米好きな元日本人、
スキルと知識を活かして
異世界で米活はじめます！
異世界ごはん無双
～スキルと前世の知識を使って、お米改革はじめます！！～
isekai gohanmusou

召し上がれ！

フィーユ・アリスティア
辺境伯家の娘。
自由に憧れるお嬢様。
フェリク・クライス
前世は米好きな日本人。
今世は米農家の息子。
神様によって米特化の
スキルを授けられる。
アリア・フローレス
フローレス商会の代表の娘。
フェリクとは幼なじみ。
スキルで品種改良！
美味しい米を使った料理を

ライス
神獣フェンリルの末裔。
フェリクの米を食べたおかげで
フェリクと意思疎通が
できるように。
ただの犬かと思ったら
まさかの神獣!?

異世界ごはん無双
isekai gohanmusou
～スキルと前世の知識を使って、
お米改革はじめます！～

ぼっち猫　イラスト 成瀬ちさと

口絵・本文イラスト
成瀬ちさと

装丁
木村デザイン・ラボ

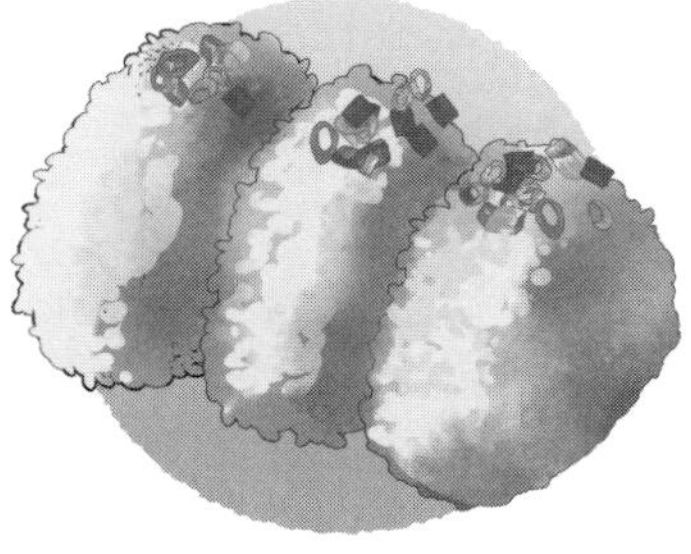

プロローグ

米が好きだ。ごはんが好きだ。

これさえあれば生きていける。

程よく水分を含んだあのもっちり感、白く輝く艶《つや》やかさ、噛《か》んだ瞬間にじんわり広がる甘みとうまみは僕を魅了してやまない。

使い勝手だって抜群にいいしアレンジもし放題、おまけに栄養価も高い米を日々の生活に取り入れないなんて、人生の八十パーセントは損してる。

そう思っていたのに――。

第一章　あなたのスキルは【品種改良・米】です↑!?

「えー！　またカユー!?」

目の前には、少量のサラダと肉、それから米に水を加えて煮込んだだけの、薄黄色に濁ったドロドロの液体・カユーが置かれている。

うちの夕飯の定番メニューだ。

特にカユーは、朝昼晩と毎食のように登場する。

食べられないほどまずいわけじゃないけど、独特な強い臭いがあって、こうも毎日食べたいものではない。というか、ぼくはカユーが苦手だった。

「しょうがないでしょ、うちは米農家なんだから。それに家計も大変なのよ。我儘《わがまま》言わないでちょうだい」

「そうだぞフェリク。飢えに苦しまずにいられるだけありがたいと思え」

「そんなあ。ぼくもパンが食べたいよ……」

「もう、贅沢《ぜいたく》言わないの」

ぼくはしぶしぶ、スプーンでカユーをすくって口へと運ぶ。

相変わらずの臭いと舌触りにはうんざりだけど、空腹には勝てない。

今日もサラダと肉で味をごまかしながらカユーを流し込んで、食事を終えた。

「そういや、フェリクももうすぐ八歳になるのかあ。スキル、期待してるぞ！」

「あんまりハードル上げちゃダメよ。可哀想《かわいそう》でしょ」

この世界では、八歳になると神にスキルを授けられる。

どんなスキルが与えられるかは神のみぞ知る、というところで、たとえ貴族であっても、王族であっても選ぶことはできないという。

とんでもない人生ガチャシステムだ。

――ん？　ガチャ？　ガチャってなんだろ？

不思議なことに、たまに自分でもよく分からない言葉がニュアンスでふっと飛び出すことがあり、しかし結局いつもそれが何だったのか分からずじまいなのだ。

――もしかして、スキルをもらったら分かるのかな？　実はめちゃくちゃすごいスキルをもらえる前兆だったりして！　母さん譲りの珍しい白髪も、なんか特別感があるし？　成り上がりのフラグなのでは？　……フラグが何か分かんないけど。

とはいっても、だいたいは身分に見合ったスキルとなることが多い。

農家の息子が突然すごいスキルを授かる、なんてことは、ほとんど奇跡に近いことだった。

だから期待してはいけない。いけないけど。

でもやっぱり期待してしまう――。

◆◆◆

そんな中、ついに迎えた誕生日当日。

ぼくは家にある服の中で一番いい服を着せられて、隣町にある教会まで連れていかれることとなった。スキル授与のためだ。

「フェリク！」

「――アリア。そうか、アリアも誕生日今日だもんな、おめでとう！」

「ふふ、ありがと。フェリクもおめでとうっ」

教会には、幼なじみでぼくが暮らしているファルム村の村長の孫娘でもある、アリア・フローレスも来ていた。

柔らかくてツヤツヤのピンク髪とくりっとした紫の目が印象的なアリアは、ぼくと年齢も誕生日も同じで、幼い頃からよく一緒に遊んでいる。

貧しいうちの食事情を見かねて、隙を見てはこっそり野菜や肉、魚、そしてごくごくたまにパンも持ってきてくれる優しい子だ。

ぼくは、アリアのことが大好きだった。いわゆる初恋ってやつだ。

「――ええと次は、フェリク・クライスさん。どうぞこちらへ」

「は、はいっ！」

ぼくは教会の神父様に呼ばれ、スキル授与のための部屋へと連れていかれる。

部屋は窓のない小さな個室で、複雑な魔法陣のようなものが書かれた上に椅子が一つだけ置いてある。

「この椅子に座って目を閉じ、神に祈りを捧《ささ》げてください」

「は、はい……」

心臓が激しく脈打ち、手にはじんわりと汗がにじむ。

数分後には、ぼくの人生が決まるのだ。

――か、神様。お願いです。

少しでもいいスキルをください！！！

目を閉じてそう強く念じ――たところで。

一瞬周囲に優しい風が舞い、どこからともなく声が聞こえてきた。

『フェリク・クライス、あなたにスキルを授けます。あなたのスキルは――【品種改良・米】です』

――え？　は？

ひ、品種改良？

しかもこれ、米限定⁉

お、終わった……。

くそっ……なんで……っ。

前世のぼくは、何か米に呪われるようなことでもしたのか？

米農家から一生逃れられそうにないスキルに、思わず涙がにじむ。

しかしこれは、神様からの授かりものだ。

ただの人間であるぼくにはどうすることもできない。

「……ありがとう、ございます」

そう言って目を開けようとした瞬間、『あっ、待って！　それから――』と何か声が聞こえたような気がするが。

神様がスキル以外の話をしてくるなんて聞いたことがない。

恐らく気のせいだろう。

……はあ。母さんも父さんも、がっかりするだろうな。

まさかここまでの外れスキルを引き当てちゃうなんて。

ＷＥＢ小説なら追放ルート確定案件だ。

——うん？　ＷＥＢ小説？　追放ルート？

なんだそれ？？？

ため息をつき、椅子から立ち上がって部屋を出ようとしたそのとき。

強い立ちくらみがして、目の前が真っ暗になった。そして。

——な、なんだ、これ？

突然、脳内にものすごい勢いで知らない記憶がなだれ込んできた。

知らない……いや、違う。

これはすべて、ぼくが経験してきたことだ。

僕の、前世の記憶だ。

◆◆◆

なだれ込んできた記憶の僕は、米原秋人《まいばらあきと》という、三十歳の会社員だった。

秋人は結婚どころか彼女すら無縁のぼっち生活を送っている男だったが、彼はそれを不幸だと感じることなく過ごしていた。

なぜなら、米があったから。ごはんがあったから。

秋人は無類の料理好きで、特に米が大好きだった。

程よく水分を含んだもっちり感、白く輝く艶やかさ、噛んだ瞬間にじんわり広がる甘みとうまみは、秋人を圧倒的に魅了していた。

「そうだ、僕は米屋で米を買った帰り道に――」

その日は、行きつけの米屋にお気に入りの銘柄の新米が入る日で。

会社を早退し、無事その新米十キロをゲットした。

そして米を自転車に積み、帰宅している最中――曲がり角からスピードを落とさずに飛び出してきたトラックに撥《は》ねられたのだ。

視界の先には歪《ゆが》んだ自転車。

そして、破れた米袋から溢《あふ》れた米が大量に散らばっていた――。

ああ、あの新米、食いたかったな……。

◆◆◆

「――ライス！　フェリク・クライスっ！」

「――っ⁉」

ふと気がつくと、僕は床に倒れていて。

父さんと母さん、神父様、そしてアリアとその家族までもが心配そうに僕の顔を覗《のぞ》き込んでいた。

「フェリク！　よかった目を覚ましたのねっ」

「か、母さん……」

僕が起き上がると、母さんがぎゅっと抱きしめてくれた。温かい。

が、三十歳会社員だったころの記憶を取り戻してしまったが故に、柔らかい感触と甘い香りが妙に気にな——いやいや、相手は母親だぞ！

「フェリク、可哀想に。スキルのことがよほどショックだったのね。大丈夫よ。あなたのスキルがどんなものでも、私の大切な息子であることに変わりはないわ」

「そうだぞ。まあ残念——というか【品種改良・米】って……ふ、はは」

「ちょっとあなた！　何笑ってるのよ！」

「……ま、まあ、スキルがなくても生きてはいけます。それに、もしかしたらおいしいお米と出会えるかもしれませんよ」

神父様は、どうするべきかといった感じで視線を彷徨《さまよ》わせ、苦し紛れの慰めの言葉を必死で紡ぎ出す。

その横では、アリアが何とも言えない表情を浮かべていた。

「米……そうだ米だ！　こんな大事なことを忘れていたなんて！！！」

「え、ふ、フェリク？　どうしたのよ突然……」

「……スキルの授与で、少し頭が混乱しているのでしょう。今日は帰ってゆっくりお休みください」

「ご心配をおかけしてすみません。フェリク、帰ろう」

こうして僕は、スキル【品種改良・米】を授かり、両親とともに帰宅したのだった。


スキルを授かった日の夜、夕飯にパンが出た。しかもふわふわのお高いやつだ。

さらに、分厚いステーキとシチューまでセットになっている。

こんな豪勢な料理、未《いま》だかつて見たことがない。

多分両親なりに、どうにか僕を立ち直らせようと考えたのだろう。

「今日はフェリクの大好きなパンだぞ。好きなだけ食え。米農家だって、頑張ればこうしてパンが食べられるんだ。だからおまえも――」

父さんはそう言って、僕に食事を勧めながら慰め、諭してくる。

しかし今の僕は、正直米のことで頭がいっぱいだった。

――今まで食べてたカユーって、あれ玄米粥《げんまいがゆ》だよな。

いやでも、玄米粥は好きでよく作ってたはず。味覚が変わった？

いやいやそんなことがあってたまるか！

米を愛する者として、そんなの絶対に認めたくない！！！

絶対に改良の余地があるはず。だったら――。

「……フェリク、どうかした？　やっぱりショックで食欲が」

「――あ。う、ううん！　全然そんなことないよ。元気だよ。ほら、こんな豪華な食事見たことなかったから、ちょっとびっくりしちゃって。いただきますっ！」

僕が元気よく食べだしたことで、両親はほっとした顔になる。

「このパン、ふわっふわだね。おいしいよ！」

「ふふ、元気になってくれてよかったわ。このパン、フローレスさんが誕生日だからって特別に下さったのよ。今度改めてお礼に行かなくちゃ」

「だな。パンを買う金が浮いたおかげで、ステーキもシチューも思う存分食えるんだからな」

「僕も明日、アリアにお礼言わなきゃ！」

この日はみんなでおいしいものをたらふく食べ、とても楽しい夜を過ごした。

しかし翌日、僕は人生がいかにスキルに左右されるかを改めて思い知るのだった。

「見ろよ、あいつだぜ。【品種改良・米】なんていうスキル授かった雑魚」

「はは、ウケる。まあ米農家の息子だし、ちょうどいいんじゃね？」

「ちょっとやめなよ！　──ふふっ、面白くて笑っちゃうじゃんっ！」

僕のスキルが【品種改良・米】という外れスキルだった、という噂《うわさ》はたちまち広まり、翌日の昼には村中に広まっていた。

うちは貧しい米農家ということで、元々あまりいい扱いはされていなかったのだが。

スキルが確定したことで、一層周囲の目があからさまになってしまった。

「ちょっとあんたたち煩《うるさ》いわよ！　……フェリク、気にしちゃダメよ！」

「なんだよ。おまえのスキル【転移】だったんだろ？　そんな雑魚と関わってないでオレらと遊ぼうぜ！」

「はあ？　絶対イヤよ。誰があんたたちみたいなのと！」

アリアは彼らからふいっと顔を背け、変わらず僕の味方になってくれた。

ちなみにスキル【転移】は、こんな辺境の農村にはそぐわない超当たりスキルで。

これを得たアリアは、将来が約束されたも同然だった。

──本当、どこまでいい子なんだこの子は。

ここが小説やマンガの世界なら、アリアは確実にメインヒロインだろうな。

まあでも実のところ。

僕は自分のスキル【品種改良・米】を悲観してなどいない。

むしろこれは、僕にとっては超絶大当たりなスキルのはずだ。

前世の記憶が戻ったことで、今の僕の頭の中には数えきれないほどの米レシピが詰まっている。

そんな僕が！　スキル【品種改良・米】で最高にうまい米を作れれば！

――もうこれ、勝ち確定では⁉

よし。絶対うまいお米料理を作ってみせるぞ。

待ってろ僕のおいしいごはん！！！！！


翌日、僕は早速「米活《こめかつ》」をスタートさせることにした。

まずは、家族が揃《そろ》う夕飯のカユーをおいしくするところから。

「母さん、今日は僕が食事の用意をしてもいい？」

「――え？　どうしたのよ急に」

「僕、決めたんだ。お米をおいしいものにしてみせるって」

僕のその言葉に、母さんは驚いたような表情をして。

そして困ったように笑って、優しく頭を撫《な》でてくる。

「――そうね。でも、あまり無理しちゃだめよ。お米にだって、貧しい庶民の空腹を満たすという大事な役割があるんだから」

「でも、おいしい方が嬉《うれ》しいだろ？」

「そりゃあもちろんそうだけど……」

恐らく母さんは、僕のスキルが【品種改良・米】だったことで、それをどうにかして役立てようと無理をしていると思ったのだろう。

まあこの世界のお米料理って、あのまずいカユーしかないしな。無理もないか。

この世界では、米の存在があまりに軽視されている。これは由々しき事態だ。

「お願いっ！」

「……分かったわ。火の扱いには気をつけるのよ？」

「うんっ！　ありがとう母さん！」


――よし。んじゃやるか！

僕は米を貯蔵している袋に手をかざし、スキル【品種改良・米】を発動させる。

発動方法は、スキルを使おうと思った瞬間、自然と頭に浮かんできた。

味の比較がしたいし、今日は今まで通り玄米粥にしよう。

僕は前世で食べた米の中から、お粥に合いそうなものを強くイメージする。

スキルの発動に合わせて、米袋が強い光を放ち始めた。

どういう原理か分からないが、目の前で米の構成が書き換わっていくのが分かる。

――こんなもんか？

どんなタイミングでも好き勝手に品種改良できるなんて、さすがは神に与えられたスキルだよな。

最高すぎる！

僕は米袋に手を入れ、米をすくって眺めてみる。

いつも濁っていた米粒の透明度が一気に上がり、艶《つや》とみずみずしさも増している。

これはいけるぞ！！！

洗った玄米を鍋《なべ》に入れ、水を入れて一時間ほど浸水させる。

本当は数時間やればもっといいが、夕飯の時間が遅くなってしまうため、今日は一時間で我慢することにした。

あとは水、それから塩ひとつまみを追加し、最初は強火～中火、沸騰したら弱火に切り替えて、芯《しん》がなくなるまでじっくりコトコト煮込めば完成――なのだが、うちにはコンロがない。

そのため薪《まき》で火力を調整するしかなく、母さん監視のもと、どうにかこうにか目視でお粥を育てていく。――うまくいきますように！

成功すれば、この世界に来て初めてうまい玄米粥が食べられるかもしれない。

――ああ、楽しみだな。

「お母さん、横でお肉焼いててもいい？」

「もちろん」

「火傷《やけど》しないように注意するのよ。カユー、混ぜなくて大丈夫？」

「いいんだこれで」

心配なのか、母さんは定期的にこちらの様子を見つつ鶏肉《とりにく》を焼いている。

まあ僕、まだ八歳の子どもだしな。無理もないか。


「で、できたあああああああ！」

少しクセのある香りはするが、いつもの強烈な臭いとは全然違う。

スプーンですくって口に含み、咀嚼《そしゃく》すると、玄米ならではの米の風味がふわっと広がっていく。

――う、うまい。

味覚が変わったわけじゃなかったんだ……。

久々に食べるちゃんとした玄米粥に、そしてそのうまさに、思わず涙がにじんだ。

「……フェリク？」

「あ、ご、ごめん大丈夫」

「そう？　あとはお母さんがやるから、フェリクは座ってなさい」

「はーい！　あ、カユーは混ぜちゃだめだよ！　そのままよそってね！」

「？　分かったわ」

違いに気づいてくれるかな……。おいしいって思ってくれますように！！！

「今日のカユー、フェリクが作ってくれたのよ」

食卓に料理を運んでいると、父さんが田んぼから戻ってきた。

母さんはまるで自分のことのように、僕が作ったことを自慢げに話している。

「おお、すごいじゃないかフェリク」

「えへへ、おいしいといいなー。早く食べよう！」

「そうだな。早速いただこう」

席につき、「いただきます」をして、二人ともいつものようにカユーをスプーンですくって口へと運んだ。そして、驚いたような顔でじっとカユーを見つめ、互いに顔を見合わせる。

「……こ、これ、本当にうちのお米なの？」

「昨日までとはえらい違いだぞ……。いったい何したんだ」

「実は、早速スキル【品種改良・米】を使ってみたんだ」

「は？　す、スキルってだって、昨日授けられたばっかじゃねえか」

――ん？　あれ？

「え、でもほら、スキルって使い方が自然と分かるもんだし……」

「そりゃあ使い方はな。でも、分かるのは使い方だけだろ。具体的にイメージできなきゃ、品種改良なんて何の役にも──」

し、しまったそうなのか。てっきり誰でもすぐに使えるもんだと……。

「……ねえ、実はうちの子すごい天才なんじゃない？　だってまだ八歳なのよ、この子。どうしましょう」

さっきまであれだけ憐《あわ》れみに満ちた目を向けられていたのに、今ではすっかり目を輝かせ、期待に声を震わせている。やっぱり、うまい米は正義だ。

「──フェリク、おまえはまだ子どもだから分からないかもしれないけどな、これはすごいことだぞ。父さんは米農家の息子に生まれて米とともに育ってきたが、こんなにうまいカユーを食ったのは初めてだ」

「お母さんもよ。こんなにおいしいカユーは初めてだわ」

前世では、おいしいごはんが持つポテンシャルをいかに引き出し、どれだけおいしく食べるかに全てを注いでいた。

まあ、米大好きだったとはいえ米農家だったわけじゃないし、品種改良はしたことなかったけど。

それでも、収穫後の米でこれだけの力を発揮するとは。スキルの力ってすごい。

「喜んでくれて嬉しいよ。もう少し浸水時間を長くすると、さらにおいしいはずだよ」

「し、浸水？」

「お米を火にかける前に水に浸《つ》けておくと、中心まで水が行き届いておいしくなる──んじゃないかなーって思って」

「そんなこと、考えたこともなかったわ。だってどうせ煮込むのに……」

僕を含め、今日はみんな食が進んで、いつもは余りがちなカユーもあっという間に空っぽになった。

記憶が戻る前は、僕の人生終わったと思ったけど。

こんな素晴らしいスキルを与えてくれた神様には、感謝してもしきれない。

これから、やりたいことがたくさんある。

玄米粥の味は好き嫌いが分かれるところだが、精米してふっくら炊き上げたごはんを食べたら、みんなどんな顔をするだろう？

ああ、早く食べさせたい。

村のヤツらは、まだこのスキル【品種改良・米】のすごさを知らない。

僕のこと、外れスキルを引き当てた雑魚だと思ってる。

でも僕は、このスキルでうちの米を世界一おいしい米にしてみせる。

おいしいごはんが炊けたら、いつも優しいアリアにも食べさせてやりたいな。


翌朝。

寝る前に鍋に米を浸して塩をひとつまみ入れておき、それで朝食のカユーを作ってもらった。こうすることで、浸水中の雑菌の繁殖を抑えることができるのだ。

今日もカユーがうまい。幸せで涙が出そうだ。

そんなことを考えながら朝食を済ませたころ、急に父さんが真面目な顔で「おまえに大事な話がある」と言いだした。

な、なんだ？　僕何かしたっけ？

「……な、なに？」

「昨日あのあと、母さんとも話をしてな。おまえの才能は、親として放ってはおけないって話になったんだ」

「ええ、そんな大げさな……」

なんて言いつつ、内心では僕のスキルが、というより米の重要性が認められたことが嬉しくてたまらなかった。ふっふっふ。

今までも、うちの両親は米農家としてやるべきことはやっていた。

でもそれは、「田んぼを受け継いだから」という何となくの理由であって、生きるためであって、米への愛を感じるかと言われたらノーと言わざるを得ない。

うちだけでなくほとんどの米農家がそうした惰性でやっており、米文化は「まずい」「貧乏くさい」と衰退する一方だ。

——でも、今は違う。

父さんも母さんも、僕が作ったカユーを食べて米の可能性を感じてくれたんだ。

米を何より愛してきた僕にとって、こんな嬉しいことはない。

「大げさなんかじゃない。父さんは今まで、米をおいしいものにしようなんて考えもしなかった。米は今でも安価で腹を満たせる庶民の味方だが、それだけだと思ってた。でもおまえは、スキル授与からたった数時間であんなにうまい米を作りだした」

「う、うん……」

「そこでだ。フェリク、おまえに頼みがある。うちの米ならいくらでも使っていいし、失敗してもいい。必要なものがあれば極力どうにかするし、田んぼも自由に使えるよう一部おまえにやる。だからクライス家を、米農家の未来を救ってくれ」

父さんはそう、真剣な様子で頭を下げた。

父さんのこんな姿を見るのは初めてだった。

「ち、ちょっと父さん、顔をあげてよ。僕がスキル【品種改良・米】を気軽に試せたのは、うちにお米がたくさんあったからだよ。それに、僕からもお願いしようと思ってたんだ。だから嬉しいよ。ありがとう」

「フェリク……」

僕がそう言って笑顔を見せると、父さんも母さんも喜び涙をにじませた。

本当に、なんて恵まれた環境に転生したんだろう。

そして何より、よくぞ戻ってくれた前世の記憶！

神様ありがとうございます！！！

目を閉じ、そう神に感謝の言葉を捧《ささ》げたそのとき――。

『つ、通じますかーっ⁉　フェリクさーんっ！』

「⁉」

『あっ、あのっ、そのまま目を閉じて聞いてください。私、あれです。神様です』

――え、まずい。米への希望が見えたのが嬉しすぎて、ついに幻聴が……。

『幻聴じゃないです！　今、神界からあなたの脳に直接語りかけています。ちなみにほかの人には聞こえてないので、返事は脳内でしてくださいね』

（は⁉　――え、ええと。こうかな）

『そうですそうです。それでですね、あなたにはもう一つスキル【精米】を与えることになってたんですよ。なので今あげちゃいますね！　えいっ☆』

そんなかんじ⁉

あの厳かな中で与えられる授与式はなんだったんだ。

『あなたは前世で心からお米を愛し、人生をお米に捧げていたにも拘《かか》わらず、楽しみにしていた新米を食すことなく事故で亡くなるという悲しい結末を迎えました。ですので、今世ではぜひお米を存分に楽しんでほしいのです』

その割には、マズいカユーしかない世界に転生しましたけど⁉

い、いやでも、結果的に素晴らしいスキルがもらえたわけだし良しとしよう。うん。

（あ、ありがとうございます……）

『いえいえ。それでは私はこれで！　素敵な生をお過ごしくださいね☆』


「……フェリク？　急にどうしたんだ。大丈夫か？」

「あ、う、ううん何でもない。それじゃあ、おいしいごはんを楽しみにしててね！」

朝食のあと、父さんから田んぼのことや農機具のあれこれについて説明され、うちが所有している田んぼの五分の一を僕が自由に使えることになった。

たとえまずい米だろうと、うちの大事な収入源だ。

それを五分の一とはいえ八歳の息子に好き勝手やらせようってんだから、我が父ながら思い切ったことをしたなと思う。

——というか僕、米は買うの専門だったから農業経験はないんだけど。

だ、大丈夫かな。

「分からないことがあったら何でも聞いてくれ。父さんも用事があるとき以外は、基本的には田んぼにいるからな」

「分かった。頑張るよ」


「まずは、キッチンに置かれている使いかけの米袋で試そう」

昨日【品種改良・米】でおいしい玄米にはしてあるし。

精米とは、玄米についている米ぬかを除去する作業だ。

つまりそれをイメージしてスキルを発動させれば——。

「スキル【精米】！」

昨日同様、米袋ごと発光し、しばらくすると収まった。

精米が終了したのだろうか？

「——お、おおお！　ちゃんと白米になってる！！！」

米ぬかと混じっていて少し分かりづらいが、手で米をこすり合わせると、綺麗《きれい》に精米された白米が姿を現す。

昨日使ったスキルのおかげで米質も申し分ない。

あとは精米した米をふるいにかけ、米ぬかと米を分ければ完成だ。

こ、これでつやつや白米が！

おいしいごはんが食べられるぞおおおお！

もちろん、米ぬかも有効活用したいのでバケツに集めておいた。

堆肥《たいひ》にもなるし、ぬか漬けを作るのもいい。

「――まあ！　そのお米どうしたの？　真っ白じゃない！」

「ふっふっふ。これがお米の表面を削るスキル【精米】の力だよ、母さん」

「表面を削るって、脱穀のことかしら？　それならうちでもしてるけど、こんなに白くはならないわ」

「さらにもう一段階、玄米――茶色いお米の表面についている〝ぬか〟を取り去るんだ。そうすることでクセのない、おいしくて食べやすい真っ白なお米になるんだよ。で、これがお米を真っ白くしたときに出た米ぬか」

僕がバケツを指さすと、母さんはぽかんとした様子で米と米ぬかを見つめる。

この世界には、玄米を白米にするという概念自体が存在しない。驚くのも無理はないだろう。

「え、えっと、ちょっとお母さんにはよく分からないけど、お米を真っ白にするとおいしくなるってこと？」

「うん。ちなみに米ぬかは、堆肥にするといいらしいよ。あとは野菜や肉、魚、何でも、これに漬けこむとすごくうまくなる」

「……フェリク、あなたいったい」

――あ。危ない危ない。

米のことになると、楽しくてついうっかりテンションが上がってしまう。

怪しまれないように気をつけないと。

「あー、ええと、スキルを使ったら自然に頭に浮かんできたんだ」

「そ、そうなのね。でもフェリクのスキルは【品種改良・米】だったわよね？」

「実はもう一つ、【精米】がセットだったみたいで」

「スキルを二つもいただいたの⁉　しかもそんな知恵まで……。お母さん、教会ではフェリクの将来が心配だったけど、むしろあなたは神様に選ばれた子なのかもしれないわね」

そう言って、嬉《うれ》しそうにぎゅっとハグしてくる。

考えない。僕は何も考えないぞ！！！

そんなことより今は米だ。白米だ。

「い、今からこのお米でおいしいごはんを炊くから。だからあっち行ってて」

「ごはんをたく……？」

「いいからっ！　できてからのお楽しみっ」

「ええ……。もう、分かったわよ……」

母さんをキッチンから追い出し、僕は早速準備に取り掛かった。

まずは米を洗って鍋《なべ》に入れ、水を米の上から中指の第一関節のところまで入れて浸水させる。

本当はここで氷を使えればよりいいのだが、あいにくこの世界では氷は貴重品で、うちみたいな貧しい米農家ではそう易々《やすやす》と使うことができない。

そのため、できるだけ冷たさを保つために、庭の裏にある川で冷やしながら待つことにした。

「おい、フェリクが鍋冷やしてるぞ」

「何してんだあいつ？　ついに頭おかしくなったのか？」

近所の子どもたちの声が聞こえてきたが、正直死ぬほどどうでもいいので反応しないことにした。

ちなみに川の水が入らないよう蓋《ふた》をしているため、中の白米は見えていない。

——愚かだな。米を笑う者は米に泣くんだぞ！

サラサラと流れる川の音を聞きながら、僕はごはんが炊き上がったらどうするかを考え始めた。

——器によそってそのまま、もしくは塩だけで食べてもおいしいけど、父さんにはおにぎりがいいかな。

たぶん炊き上がる頃には休憩に入るだろうし、握って持っていきたい。

でもそれなら、おかずか具もほしい。

……あ、たしか干し肉とセリがあったはず。あれをちょっとだけもらおう。

干し肉は隣町に行った際に定期的に買ってくる安い日常食で、セリは山でたくさん採れる。この二つなら、多少使っても怒られないはず！

浸水が終わったら、蓋をした鍋をかまどにかけ、火加減を調整しながら炊飯していく。ぐつぐつと煮込まれている音がパチパチと弾《はじ》けるような音に変わったら火を消して、蒸らせば完成だ。

しばらくして蓋を開けると、お米特有の甘い香りをはらんだ湯気が立ちのぼる。

ツヤツヤの米粒が一粒一粒しっかりしていて美しい。

「で、できたあああああ！」

「フェリク、そろそろお父さんに食事を持っていくから——って、勝手に火を使うなんてだめじゃない！　火傷したらどうするの!?　……あら、この匂いは……いつものカユーと似てるようで違うわね？」

「ご、ごめんなさい。でも母さん、見てよ。これがごはんだよ！」

僕は炊き上がったごはんを母さんに見せる。

「こ、これ、お米なの？　水が入ってないのに柔らかそう……」

「じっくり炊くと、米が水分を吸ってふっくらもっちり仕上がるんだ。はいこれ、味見してみて」

混ぜた木べらでごはんを少し取り、母さんに味見を促す。

「――っ!?　甘くておいしい……！　それに臭みもないし、本当にふっくら。これがカユーと同じお米でできてるなんて、信じられないわ」

「ちゃんと手をかければ、お米はこんなにおいしくなるんだ。それで、父さんの昼食だけど――」

僕は母さんに説明し、刻んだセリと干し肉を塩コショウで炒《いた》めてもらった。

これをごはんに混ぜて――握る！

せっかくなので、一つは塩だけのシンプルなものも入れることにした。

ごはん本来のおいしさも味わってほしいし！

「はい、母さんも」

「あ、ありがとう。お米をこんなふうにして、ほかの食材と混ぜて握るだなんて。これも神様からの知恵なの？」

「――え。あー、うーん。たぶんそんな感じかな？」

「おいしいっ！　これすごいわ！　干し肉のうまみと塩気、セリのほろ苦さが、このクセのないお米ととてもよく合うっ」

「でしょ？　絶対おいしいと思ったんだ」

早速僕も食べてみたが、本当に、我ながら見事に炊き上げられたごはんだった。

干し肉とセリの塩コショウ炒めとの相性も抜群で、握ることでごはんに程よく味がなじんで一層完成度が高まっている。

玄米も栄養たっぷりで捨てがたいけど。

やっぱり白米の甘みを存分に味わえるごはんは最高だな！

今までこんな大事なことに気づかず、米を嫌々食ってたなんて。自分を殴りたい！

これなら父さんも絶対喜ぶぞ！！！


田んぼに行くと、父さんはまだ作業を続けていた。

稲は収穫時期が近づきつつあり、風になびいてサワサワと揺れている。

まだまだ緑が強く、黄金色になるにはもう少しかかりそうだが。

それでも穂先には既に若い米が実っていると思うと、喜びが溢《あふ》れてにやけそうになる。

「――圧巻だな」

こんなにも素晴らしい光景を、何とも思わずに見てたのか、僕は。

知らないって恐ろしい。

「父さん、そろそろ休憩の時間だよ」

「――ん？　もうそんな時間か。フェリクが知らせに来てくれるなんて珍しいな」

「今日のお昼ごはんは、僕も手伝ったんだよ！」

「お、じゃあ今日もうまいカユーが食べられるのか」

「ううん。今日はこれ！　はいっ！」

僕は、塩おにぎり、それから干し肉とセリのおにぎりの入った弁当箱を手渡す。

一つくらいはおかずも、ということで、母さんが卵焼きも作ってくれた。最高か。

父さんは弁当箱を開けおにぎりを見てぽかんとしている。無理もない。

「こ、これは……？　もしかして米でできてんのか？　やけに白いしツヤツヤだが……こんなに水分が少なくて食えるのか？」

「いいから食べてみてよ！　まずは真っ白いやつからね！」

父さんは不審がりながらも手や顔を洗いに行き、戻ってきておにぎりに手をつける。

「や、柔らかい⁉　いったいどうなって――」

「米をスキルで精米して、鍋で炊いてみたんだよ。塩のみのシンプルな味つけだけど、ごはん本来の甘みが引き立っておいしいよ！」

父さんは、自分の育てた米が見たことのない姿になっているのを不思議がりつつも、恐る恐る口に含んだ。

「――う、うまい！　は？　え？　なんだこれ？　臭みが一切ない。それどころか、甘みとうまみがすごいぞ」

「ふっふっふ。だろ？　これがスキル【品種改良・米】と【精米】を掛け合わせた力だよ。昨日の米の、ぬかを落としたんだ」

「米の、ぬか……？」

僕は米の仕組みについて、父さんにも説明してあげた。

「うちの米にこんな革命的なうまさが潜んでたなんて……。今まで食ってた米はなんだったんだ。この干し肉とセリが入ったタイプも、こんなにうまいもんを食ったのは生まれて初めてだ。卵焼きまでいつもよりうまく感じるよ」

「えへへ。気に入ってくれてよかった！」

父さんは三つあったおにぎり、それから卵焼きをあっという間に完食した。

どこの世界でも、やっぱりおにぎりと卵焼きは合うんだな！

「――フェリク、これは一大事だぞ。早速次に売りに行くときまでに、この新しい米の売り出し方を考えよう。価格も考え直さなきゃな。でないと、うちの小さな田んぼで作る米なんかあっという間だぞ」

「うんっ！　たくさん売って、もっともっとおいしいお米がたくさん作れるようになるといいなっ」

――そうだ！　せっかくだし、アリアにも持ってってやろうっと。

ふわふわパンのお礼、まだできてないし！

アリアはまだ子どもだから、セリと干し肉より違う具材がいいかな？


家族におにぎりを披露し、好評を得た翌日。

「――え？　お米を使った新しい料理？」

「そう。ぜひアリアにも食べてほしいなって」

「ええ、でも……。と、とりあえずあがって」

僕はアリアのためにおにぎりを作り、フローレス家を訪れていた。

アリアの家は、この村ファルムの長を務めている家系で、今はアリアのおじいちゃんが現役の村長をしている。

ちなみに父親は貴族を相手に商売もしているらしく、この村一番のお金持ちだと父さんが話していた。実際、家も大きい。

「あら、フェリク君じゃない。いらっしゃい」

「おばさんこんにちは！」

「ちょうどおいしいケーキがあるのよ。食べていくでしょう？」

フローレス一家は、揃《そろ》ってアリアに負けず劣らずの人の良さで、貧しい一村人である僕が遊びに行ってもいつも快く迎えてくれる。

「ケーキ――！　食べる！　あ、でも今日は、僕も食べてほしいものがあるんだ」

「あら、何かしら？　それならリビングでみんなで食べましょうか。少し散らかってるから片づけるわね」

「あっ、ママ、あの――」

アリアが何か言おうとしたが、アリア母は気づかず行ってしまった。

「大丈夫だよ、カユーみたいにまずくないから」

「本当に～？　フェリクには悪いけど、私お米はあんまり……。フェリクだって、いつもおいしくないって言ってたじゃない」

「はは、まあそうなんだけどさ。でも、これは違うから！　びっくりするよ」

「うーん……」

リビングへ行くと、アリア母が紅茶を用意してくれていた。

僕はそのテーブルに、持ってきた包みを置く。

「……これ？　開けてもいい？」

「うんっ！」

アリア母が包みを開き、弁当箱の蓋を開ける。ドキドキ。

「………こ、これは？」

「お米で作った、『おにぎり』っていう食べ物だよ」

「お米？　お米ってこんなに白かったかしら……」

「カユーとは似ても似つかないけど、粒の形はたしかにお米ね……」

僕は【品種改良・米】からの【精米】について、そしてお米を炊くという調理法、「おにぎり」について説明した。

「そ、そうなのね？　うちは米農家じゃないからよく分からないけど、見た目はちょっと可愛《かわい》いわね。せっかくだしいただいてみましょうか」

「……じ、じゃあ一つだけ」

アリア母は、おにぎりを三人分一つずつお皿の上に載せ、フォークを添える。

おにぎりにフォーク！　その発想はなかった！！！

ちなみにおにぎりの中には、小さな角切りにしたチーズと枝豆、それから塩焼きにした鮭《さけ》をほぐしたものを混ぜて入れてある。

アリアが大のチーズ好きなため、少しでも身近に感じてくれればと昨日の夜に考案したものだ。

「それじゃあいただくわね」

「いただきます……」

アリア母もアリアも、まずはフォークで先端をちょこっとだけ崩し、口へと運ぶ。

この世界で米にいい印象を持っている人間なんてそういないだろうし、お金に困っていないフローレス家は普段はカユーを食べることもない。そのため、どんな味がするのかと緊張しているのだろう。

「あ、あれ？　お米なのにおいしいっ！」

「本当、おいしいわ。お米ってこんな味だったかしら。甘みがあって、周囲にまぶしてある塩気との相性がとてもいいわ」

「ねえ見てママ、これ、チーズが入ってる！」

「あら本当！　お魚と枝豆も入ってるわ。なんだかワクワクするわね」

二人は中の具材に気づき、驚きの声を上げる。

そしてそのまま具材と一緒にごはんを食べ、目を輝かせて顔を見合わせた。

ふっ、これは落ちたな！

米のおいしさ、そして懐の深さを存分に味わうがいい！

「すごい、私これまでは絶対にパン派だと思ってたけど、これならお米の方がいいかも」

「臭みもないし、これなら何とでも合いそうよね。うちもお米にしようかしら。こんな食べ方、よく思いついたわね。すごいわフェリク君」

「えへへ、ありがとう。お米、安くしとくよ！」

「まあ！　フェリク君ったら商売上手！」

アリア母はおかしそうにクスクスと笑う。それにつられて、アリアも笑いだした。

——やばい、何だこれ。嬉《うれ》しすぎて、楽しすぎて顔がにやけそうだ。


「——おや、フェリク君いらっしゃい。楽しそうだな、何を盛り上がってるんだ？」

「あ、おじさんこんにちは。おじゃましてます」

「パパ、見てこれ！　フェリクがすごいの！」

「お米がこんなに進化していたなんて、私知らなかったわ」

アリアとアリア母は、キャッキャと盛り上がりながら、僕が作ったおにぎりをアリア父に見せる。

「米が進化……？　何の話だ？　というか、これはいったい……？」

「あー、ええと……」

僕はアリア父に、これまでの経緯を説明する。

その間にアリア母がおにぎりをお皿に載せ、フォークを用意して、アリア父に試食するよう求めた。

アリア父は、仕事柄貴族との会食も多く、日々おいしい料理を食べ慣れている。

もしかしたら、その中でおにぎり――はなくても白米のごはんくらいは食べたことがあるかもしれない。そう思ったが。

「…………フェリク君、これは本当にお米なのかい？　あの、カユーの材料の？」

「うん。スキルを使って品種改良したり、精米したりはしてるけど」

「……これと同じものをもう一度作ることは？」

「もちろん何度だってできるよ。具材を変えればアレンジだって無限大だしね」

「そ、そうか。これは大変なことになるぞ……」

アリア父は椅子に座り、おにぎりをじっくりと味わいながらも、頭を凄《すさ》まじい速度でフル回転させて何か考えているようだった。

――というか、おにぎりをケーキみたいにフォークで切って食べるの、斬新で面白いな。

この世界の人には、おにぎりがこういうふうに映るのか。

なら、ケーキみたいに上にトッピングを載せるのもありなんじゃないか？

中に隠れた具材を見た時のアリアたちの反応からして、女性陣は見た目が華やかになればきっともっと喜ぶ――ような気がする。もちろん人によるだろうけど。

「――フェリク君」

「うん？」

「この白くした米を『炊く』という調理法、それで作った『おにぎり』を、商品として展開したい。協力してくれないか？」

「えっ？」

「ちょっとあなた、フェリク君はまだ八歳なのよ？　そんな難しいことに付き合わせたら可哀想じゃないのっ」

「そうよ。パパは仕事のことになるとすぐ熱くなるんだからっ！」

アリアとアリア母は、呆《あき》れたようにそう止めに入ったが。

「いや、こんな才能を大人になるまで放っておくなんてそれこそ可哀想だ。フェリク君、どうだ？　もちろん君のご両親ともちゃんと話をするし、支払いも不正なく行なうと約束しよう」

アリア父は、まっすぐに僕を見つめる。どうやら本気らしい。

「ちょうど父さんと話をしてたところなんだ。おじさんが協力してくれるなら、こんな心強いことはないよ」

「よし、それなら一度、ご両親を交えて話をしよう。明日の昼、君の家へ行くよ。ああ、こんなことをしている場合じゃないぞ。早速みんなにも話をしなければ――」

アリア父はそう言って席を立ち、大急ぎで出かける支度をして出ていった。

まさかこんな急展開になるなんて……。

こんなことなら、もっといろんなおにぎりを持ってくるんだった。

「フェリク君、急にごめんなさいね」

「ううん、うちはただの米農家だし、父さんもそんな器用なタイプじゃないからさ。おじさんみたいな人が入ってくれると助かるよ」

僕もこんなことしてる場合じゃないいな。

明日アリア父が来るまでに、もっと研究しておかないと。


アリアの家から帰ったあと、僕はアリア父の訪問に備え、自分にできることは何かを考えておくことにした。

アリア父は顔が広く、うまくいけば協力者も得られるかもしれない。

それに米だってまだちょこっといじった程度だし、やりたいことはたくさんある。

――おにぎりとして売り出すなら、カユー用のさらさら系よりも粘りが強い米の方がいいよな。

でもお粥《かゆ》もうまければ需要はあるはずだし、二種類に分けて栽培してみよう。

僕は父さんにもらった田んぼの半分をお粥に、もう半分をおにぎりに適した米質になるよう【品種改良・米】を施した。

あとは白米とおにぎりをどこでどう販売、提供するかだけど――。

「クゥン……」

「……ん？　え、子犬？　なんでこんなところに」

田んぼを眺めて思考を巡らせていると、田んぼとあぜ道の間の小さな斜面に、小さな犬がうずくまっているのを見つけた。犬は泥で汚れて、弱っているように見える。

「ど、どうしよう？　今、父さんも母さんも山に行ってていないし……」

うちは貧しいため、両親が定期的に山へ行き、自生している野草を採ってくる。

いつも通りなら、帰ってくるのは夕方の遅い時間になるだろう。

「と、とりあえず洗わなきゃ。それから水と、何か食べ物を――」

僕は子犬を家まで連れていき、綺麗《きれい》に洗って拭《ふ》いてやった。

子犬がぷるぷると身を震わせると、あっという間にふわっふわの真っ白な子犬へと変化する。こいつ白かったのか……！

「クゥン」

汚れた服を着替えてから抱き上げると、小さく鳴いてすり寄ってくる。可愛い。

「はいこれ、水。ちょっと待ってろ。何か食べさせてやるからな」

「ワン！」

子犬は、器に入れた水をチロチロとおいしそうに飲み始めた。

「――よし。でも何を作るかな」

正直、僕は犬を飼ったことも、飼おうと思ったこともない。

犬が何を食べるのかもよく分からなかった。

さっき炊いたごはんが少し残ってるし、お粥でも作って与えてみるか？

まずは鍋《なべ》に水と残ったごはんを入れ、ほぐしてから強火で加熱する。

沸騰したら弱火にし、柔らかくなるまでコトコトと煮込んで、火を消して蓋《ふた》をした状態で少し蒸らせば完成だ。

干し肉や野菜も与えた方がいいかもしれないけど、弱ってるかもしれないし……。

とりあえずはこれだけでいい、よな？

少し冷ましたお粥を器によそい、子犬の前に置いてみる。

どうか食べてくれますように！

「クゥン……？」

子犬は嗅《か》ぎ慣れない匂いだったのか、しばらく不思議そうに鼻をお粥に近づけてヒクヒクとさせていたが。

食べられると判断したのか、ついに口をつけた。

それからはがっつくように食べ進めて、あっという間に完食してしまった。

「お、全部食べられたのか。えらいぞ」

「ワンッ！」

子犬は元気になったのか、僕を見上げて嬉しそうにしっぽを振った。

心なしか、さっきよりも毛並みにツヤがあるような気がする。

まあさすがにそれは気のせいだろうけど。

「まだ本調子じゃないだろうし、あんまり無理はするなよ」

「ワンッ！　ワンッ！」

玄関のドアを開けると、子犬は元気に飛び出していった。

どうか健やかに育ってくれますように。


「――ってわけでね、今日は二種類のお米に分けて品種改良してみたんだ」

「米の種類ってなんだ？　米は米じゃないのか？」

「同じお米でも、使い道によって分けたほうがおいしいんじゃないかなって」

「へえ、米も奥が深いんだな。すごいぞフェリク」

そう、お米は奥が深いんだぞ！

前世の日本では何百種類ものお米が栽培されていて、「甘い」「あっさり」「もちもち」「しっかり」などの判断基準からチャートが作られていた。

僕はというと、甘くてもちもち感がありつつも柔らかすぎない、程よい硬さのものが特に好きだ。

「毎日おいしいお米が食べられると思うと、お母さん楽しみだわ～」

採ってきた野草をキッチンへ運び、吟味しながら、父さんも母さんも幸せそうにしている。

喜んでもらえて何よりだ。

ちなみに記憶が戻ってから気づいたけど、野草の中にはセリや青じそ、フキ、ねぎ、ニラなど前世で食べていたものに似た植物も多く含まれている。

「今回もたくさん採ってきたね」

「今日はお父さんも一緒だったから、捗《はかど》ったわ～。ふふ」

前世の常識で考えると、季節感どうなってるんだ？　とツッコミを入れたくなる野草も多い。しかし、実際採れるのだから考えても仕方がない。

改めて、ここは前世と違う世界なのだと実感させられた。

「でも実際、おいしい野草もけっこうあるよね」

「お、フェリクもついにこのうまさが分かるようになってきたか？　ちょっと前までは苦いから嫌って言ってたのにな。はっはっは」

「あはは。ものによるけどね」

母さんのスキル【鑑定・植物】は、植物に毒があるかどうかを鑑定することができる。

そのため、間違って毒のある植物を食べる心配がないのはとてもありがたい。

「それから、明日アリアんとこのおじさんがうちに来るって。おにぎりを食べて感動したらしくて、売らせてほしいって言われてさ」

「フローレスさんに⁉　そりゃすごい！　さすが父さんの息子だな、これはもう将来安泰なんじゃないか？」

父さんはそう言って目を輝かせた。

本来僕の父さんは、あまり商売的なことは得意じゃない。

だからアリア父の申し出は、父さんにとって願ってもないことだろう。

アリア父が商売上手なのは、この村の住民ならみんなが知っていることだ。

「でもフェリクは子どもなんだから、あんまり無理しちゃだめよ？　あなたも無理させないでちょうだいね」

「分かってる。父さんは家族を大事にする男だからな！」

父さんは自信たっぷりに笑い、僕の背中をバシバシ叩《たた》いてくる。痛い！

——まったく。調子いいよな父さんは。

スキルが分かった時には【品種改良・米】って……、って笑ってたくせに！

まあお米の魅力を分かってくれたなら、それでいいんだけどさ。


翌日、アリア父は約束通りうちに来た。

「——ということがありまして、ぜひフェリク君の力を貸してほしいんです」

「そりゃありがたい。ちょうどそうした話をしていたところなんです。フローレスさんにはいつも世話になってますし、これでよければいくらでも使ってください」

アリア父が改めて事の経緯を説明すると、父さんは上機嫌で即刻ＯＫを出す。

――それはまあいいけど。

でも人を「これ」扱いするな！

「はは、ありがとうございます。それでフェリク君、昨日お米のことを領主様にお話ししたら、とても興味を持ってくれてね。一度君に会いたいそうだ」

「り、領主様が⁉　でも、僕みたいな子どもが会って大丈夫かな……」

「とても親切で優しい人だから大丈夫だよ。うまくいけば、良い条件で土地を貸してもらえるかもしれない」

さ、さすがアリア父……仕事が早い！

昨日の今日でそこまでの話にしてくるなんて。

領主様としても、人気が下がる一方の米の使い道を広げられることは、大きなプラスになると考えたらしい。

普段米を食べないアリア父がおいしいと感じたことも、領主様が興味を持つ大きな理由になったのだろう。

僕や父さんが同じことをしても、間違いなく門前払いだったはずだ。

「それから、飲食店をやっている知り合いが何人か興味を持ってくれたよ。だから今度、うちでおにぎりの試食会を開こうと思うんだ」

「し、試食会。それはすごいね……」

「はは、心配しなくても大丈夫だよ。面倒なことはおじさんとクライスさんに任せて、フェリク君は自由に開発に勤《いそ》しんでくれればいいからね」

アリア父は僕が不安がっていると思ったのか、笑顔で安心させてくれる。

本当に、凄《すさ》まじく頼れる男だ。

「お、俺も!?」

「それはそうでしょう。クライスさんのところの息子さんじゃないですか」

「そ、そりゃあそうですが、フローレスさんの役になんて立てる気が……」

「何言ってるんですか。私は米農家ではありませんし、お米に関しては素人なんですよ？　むしろいてくれないと困ります」

「ま、まあ、それなら……」

思った以上に話が大きくなっていて動揺を隠せないのは、父さんも同じらしかった。

にしても、領主様と直接会って話すなんて初めてだな。緊張する！

◆◆◆

「初めまして。君がフェリク君かい？　私はこの辺一帯を所有・管理している辺境伯家の当主、リアム・アリスティアだ」

「は、初めまして。フェリク・クライスと申します」

五日後、僕はアリア父とともに領主様の屋敷へ来ていた。

目の前には、金髪に青い瞳《ひとみ》を持つ、見るからに住む世界が違いそうな威厳を湛《たた》えた領主様。

しかしその目はとても優しく、僕が畏縮しないよう気を遣ってくれている。

——思ったより若いんだな。多分三十代後半か四十代前半くらいか？

「遠くまでわざわざすまないね。道中、大変だったろう？」

「いえそんな。立派な馬車まで手配いただき恐縮です」

ファルムから屋敷へは、速度強化系のスキルを使った馬車で丸二日かかる。

アリア父が領主様に話をして、領主様の手配した馬車がファルムに到着するのに三日、僕とアリア父が馬車に乗り込み屋敷へ向かうのに二日かかった形だ。

では、アリア父が翌日うちに話を持ってこられたのはなぜか。

それには、アリア父のスキルが関係している。

彼は【音声伝達】というスキル持ちで、一度会って話をした、顔と名前を明確に思い浮かべられる相手となら、遠方にいてもやり取りすることが可能なのだ。

スキルを使用すると、相手方の目の前に半透明の画面――ゲームに出てくるステータス画面のようなもの――が出現し、相手がそれに触れることで会話がスタートする。

日本と比べ文明が未発達なこの世界では、まさにチートスキルと言っても過言ではない。

「……ほう。ずいぶんとしっかりした子だね。うちの娘にも見習わせたいくらいだ」

「お、恐れ入ります……」

まあ僕、中身は三十歳ですし！　いや、こっちでも八年生きてるわけだから、実質三十八歳か？

記憶が戻ったのはつい最近だけど。

「では早速だけど、本題に入らせてもらおうか。まずはフェリク君のスキルについて、私に教えてくれるかな」

「は、はい」

僕は自身のスキル【品種改良・米】と【精米】について説明する。

ちなみに、ほかの植物でも同様の効果を得られないかと実験してみたのだが。

はっきり「米」と限定されているだけあって、米以外には効力を発揮しなかった。

「――なるほど。元々存在する米を、おいしく食べられるよう改良するスキルというわけか。エイダンが絶賛するほどだ、ぜひ私も食べてみたい」

「ええ、もちろん。アリスティア卿《きょう》にお召し上がりいただくために、フェリク君をここまで連れてきたのですから」

エイダンというのは、アリア父の名前だ。

「フェリク君、キッチンも食材も好きに使っていいから、私にもその白米のおにぎりとやらを作ってくれないかい？」

「わ、分かりました。お口に合うかは分かりませんが、やってみます」

「楽しみにしてるよ。……バトラ、二人をキッチンへ」

「かしこまりました」

こうして僕とアリア父は、執事・バトラの案内のもと、屋敷のキッチンへと向かったのだった。


「――ひ、広いっ！」

「さすが、領主様のお宅はどこを見ても素晴らしいね。設備も最新だし、うちとは比較にならないな」

フローレス家も、うちに比べればずっと広いし素晴らしいけどな！

そう思いつつ、アリア父が感嘆の息を漏らすのも納得のクオリティだった。

自分が住んでいるのがいかに田舎中の田舎で、うちがどれだけ貧しい家なのかを思い知る。ぐぬぬ。

——まあでも、米に恵まれた今となってはそんなことどうでもいいけど。

食うのに困ってるわけではないし、米もある。小さいけど田んぼだってある。

「以降、フローレス様、フェリク様のお世話はメイドのミアが担当いたします。足りないものや分からないことがありましたら、何なりとお申し付けください」

「メイドのミアと申します」

「は、はい、よろしくお願いいたします」

美しい黒髪を肩の上で切りそろえ、メイド服を綺麗《きれい》に着こなすミアは、深々とおじぎをして微笑《ほほえ》んだ。黒髪ストレート×メイド服なんて最高か！

「シェフたちには、夕方までキッチンに立ち入らないよう伝えてあります。どうぞご自由にお使いくださいませ。私はこれで失礼いたします」

バトラは一礼して、その場から去っていった。

「フローレス様にお持ちいただいたお米は、こちらに運んであります」

「ありがとう、助かるよ」

「お水はここをタッチすると出ます。コンロはこちらをお使いください。それからお鍋《なべ》などの調理器具は——」

ミアは、僕とアリア父に一通りキッチンの中を案内してくれる。

うちで作れるんだから当然だが、必要なものはばっちり揃《そろ》っているようだ。

「お米は【品種改良・米】と【精米】で完璧《かんぺき》な状態にしてあるから、あとはこれを鍋で洗って、浸水させて——」

「ほうほう。米の状態で見ても驚くほど真っ白でつやがある。それに透き通っていてとても綺麗だ。あの黄味がかった中は、こんなふうになってたんだね。驚いたよ」

アリア父は、見慣れない米の姿に興味津々だ。

「おにぎりに使う具材がほしいんだけど、領主様は何がお好きなんだろう？　おじさん知ってる？」

「そういえば、先日の食事会のとき――」


「領主様、おまたせいたしました」

「ほう、これがおにぎりか。たしかに見たことのない斬新な食べ物だ。しかしこっちは白くはないな。焼いたのか？」

お皿には二種類のおにぎりを載せてある。

一つはシンプルに米のうまみを味わう、白米と塩のおにぎり。

そしてもう一つは――。

「はい。どちらも白米ですが、色のついている方は、具材を入れたおにぎりを香ばしく焼き上げました。まずはお米本来の味を楽しんでいただきたいので、白いおにぎりからお召し上がりください」

「――分かった」

バトラが白いおにぎりを取り皿に移し、領主様の前に置く。

ここでもやっぱり、手で食べるのではなくナイフとフォークが登場した。

いつかは手で持って直《じか》にいってほしいけど、今は大人しくしておこう。

ナイフで器用に切り分けると、フォークで口へと運んでいく。そして。

「――う、うまい！　なんだこの優しい甘みは。それに水分を含んでしっとりしていながら、水っぽくはなくふっくら弾力のある食感に仕上がっている。これはどうやって味つけしたんだい？」

どうやら領主様もおにぎりを気に入ってくれたらしく、一気に目を輝かせる。

恐らく、何か味つけに秘密があると思っているのだろう。

ふっふっふ。でもそれは米のうまみなんだな！

「塩です」

「塩のみだと？　これが？　この甘みとうまみは、すべて米の持つ味だというのか」

「はい。塩以外は何も使ってません」

――よし、いいぞ！　まあ、米のうまさの前では領主様もただの人間ってわけだな！

「次はこの、焦げ目のついている『焼きおにぎり』を。こちらは、塩コショウで味つけして焼いた白身魚とにんにくの素揚げを包み込んで、刻んだにんにくとバターを使ってこんがり焼きました」

「白身魚とは。私の大好物じゃないか！」

「おじ――エイダンさんから、領主様は白身魚がお好きだと聞きまして」

「はっはっは。なるほどな。いやあ、フェリク君は本当に、子どもとは思えないな」

領主様は楽しそうに笑い、焼きおにぎりを切って魚と一緒に頬張った。

「こ、これは――！」

「い、いかがでしょうか？」

「最高だよ。この程よく水分を含んだ米に包まれているためか、白身魚もふっくらとしている。にんにくとバターの風味もたまらないね。この香ばしく焼けた部分なんて、これだけを延々食べていたいくらいだ。エイダン、これは本当に、フェリク君が一人で考えて一人で作ったのかい？」

「ええ、もちろん。私は料理をしたことがありませんし、米に関しては素人です」

「まだ八歳だというのに、本当に驚くことばかりだ……」

——やばい。嬉《うれ》しすぎて顔がにやける！

貧乏人の食べ物だと馬鹿にされてきた米が、領主様をうならせているなんて。

そしてそれを成し遂げたのが僕だなんて。

大好きな婚約者を親に認められたときって、こんな気持ちなのかな？

神様本当にありがとう！！！！！

「エイダン、これはガストラル王国の食文化に革命が起きるかもしれない。さっそく話し合って、まずはうちの領内での展開方法を考えようじゃないか」

「アリスティア卿なら、そうおっしゃると思っておりました。既に親しい仲間に声をかけております」

アリア父はにっこりと笑い、それから恭しく一礼する。そして頭を下げている間に、チラッと僕の方を見てウインクしてきた。この天然人たらしめ。

「さすがエイダン。仕事が早いな」

「恐れ入ります」

二人は既にいろいろと考えているようで、顔を見合わせて頷《うなず》く。

「フェリク君、来週あたり、一度君の家へお邪魔してもいいかい？」

「う、うちに、ですか？　でもうちは狭いし、何もないし、領主様をおもてなしできるような蓄えも……」

「そうした気遣いは不要だよ。君のご両親に挨拶《あいさつ》をしたい、というのと、いろいろと聞きたいこと

こっちへ呼べばいいのに……。聞きたいことってなんだろ？
領主様、うちに来てどうするつもりなんだろう？　ただ挨拶したいだけなら、父さんと母さんを
「……分かりました。では、また喜んでいただけるお米料理を考えておきます」
があるんだ」

領主様の屋敷に一泊し、翌日。

手配してもらった馬車で、アリア父とともにファルムへ帰ることになった。

帰宅までの道のり、アリア父は僕にいろんな話をしてくれた。

「そうだ、いっそフェリク君も会社を作ってみるかい？」

「えっ⁉　か、会社？」

いやいや、八歳の子ども相手に何言ってるんだこの人⁉

「これだけの可能性があるんだ。恐らく膨大な利益が出る。だから、うちが横取りするのはなんだか申し訳ないと思ってね」

「横取りってそんな。それに会社なんて作れるお金、うちには……」

「君の家には既に田んぼがあって、お米もたくさんあるだろう？　まずはその米とおにぎりの作り方をセットにして、販売したらどうかな。もちろん私も手伝うよ」

アリア父は本気のようだった。

でも販売って言ってもな……。いったいどこにどうやって売ればいいのか。

この世界のお米は、安いから買われる商品だ。それにうちの田んぼは狭い。

当然、家族三人が暮らしていくお金だって今後も変わらず必要だ。

起業資金になるほどの利益を出すなんて、いったい何年かかるか分からない。

「うーん。おじさんの気持ちは嬉しいけど、難しいんじゃないかな……」

「今度開催する試食会で、シェフたちに営業をかけてみるのはどうだろう？　屋台を出すのも――そうだ、そうだよフェリク君！　屋台がいい！　おにぎりはまとまりがよくて食べやすいし、アリスティア領内で一番活気があるグラムスには人気の屋台通りがあるんだ」

「や、屋台⁉　そんなこといきなり言われても――」

「ああ、さっき思いついていれば、領主様に直接お話できたのに！　これは当たるぞ。絶対に成功する！　早速計画を練らなくては」

――だめだ、おじさんの目がギラギラしてる。これは止まらないな。

でも、こんなにも早くお米の魅力を理解してもらえるなんて。

やっぱりお米はすごいってことだな。うん。


アリア父は、米の可能性を信じてどこまでも協力してくれる。

ファルムに戻ってからも、頻繁にうちに来ては僕や父さんと話をし、進捗《しんちょく》具合や今後の計画について伝えてくれた。

スキルを使えば遠方からでも会話できるのに、わざわざ会いにきてくれる。

アリア父いわく、ちゃんと顔を見て話すことも大事、なんだとか。

「フェリク君、試食会で出すおにぎりは決まったかい？」

「試食会は、一つは塩だけのおにぎり、あとは絞れなくて……普通のおにぎりを三種類と、焼きおにぎりを二種類作ろうかなって」

「なるほど。でもそんなに食べられるかな」

「白いおにぎりだけ普通サイズに握って、あとは一口サイズの丸いおにぎりにすれば大丈夫なんじゃないかな」

――ああ、一口サイズに握ったミニおにぎり、何か食べながら作業したいときによく作ってたな。懐かしい。

そのときは、ごましおとか、かつお節と醤油《しょうゆ》とか、ちぎった梅とか、ごくごくシンプルなもので作ることが多かったけど。

「なるほどミニサイズか。それはいい考えだ」

「明日には、おじさんの家で試作品を作れると思うよ。必要な材料は――」

僕は、アリア父に必要な食材を伝えた。明日までに揃えておいてくれるらしい。

「――分かった。それじゃあ私はこの辺で。明日、楽しみにしてるよ」

「うん。よろしくお願いします」

アリア父が帰ったあと、僕はまとめたレシピを再確認した。

ちなみにこの世界の文字は数字とほんの僅《わず》かな単語しか書けないため、自分用のメモには日本で使っていた文字を使っている。

一度父さんに見られたが、子どもが落書きをしているとしか思われなかったらしく。

こいつ絵のセンスないな、みたいな顔で「あまり紙やインクを無駄遣いするんじゃないぞ」と言われただけだった。

「本当はもうちょっと味にバリエーションを出したいけど、なかなか難しいんだよな。工夫はいくらでもできるけど、あまり凝ったことをしすぎるのも……」

もしも僕が貴族の息子か何かなら、そうした特殊な能力はあればあるほど賞賛されるのかもしれない。

でも、僕はただの農家の息子で、貧しい平民だ。

貴族や金持ちに「気に食わない」と思われれば、簡単に潰《つぶ》されてしまうだろう。

前世の知識を出す際には慎重にならなければ――。

第二章　おにぎり試食会と火事

アリア父と家族を巻き込み、試作や試食、打ち合わせを繰り返して。

ついにおにぎり試食会当日を迎えた。

場所は、フローレス商会本社の一室を使わせてもらうことになった。

前世で見たような高層ビルではないが、三階建ての立派な建物だ。すごい。

ちなみに本社は、ファルムから馬車で二時間ほど行った先の隣町にある。

フローレス商会では、元々商品の試食会を度々行なっているようで、キッチン付きの人が集まれる部屋もちゃんと完備されていた。

ここなら問題なく試食会ができそうだ。

今はその部屋にアリア父と僕、フローレス商会の社員数名が集まり、着々と準備を進めている。

ちなみに僕の父さんは、こういうのは性に合わないからと前準備だけ手伝い、今日は田んぼの世話があるからとファルムに残っている。

こういうとき、急に弱気になるのは父さんの悪いクセだ。

いつもは無駄に明るいのに！

「そろそろ時間か。困ったことがあったら、遠慮なく私か社員の誰かに言うんだよ」

「分かった。ありがとうおじさん」

「本当、フェリク君はしっかりしてるわね〜。おまけにすごい可愛《かわい》いし美少年！　キミ、お姉さんのうちの子にならない？」

社員の一人であるルディアさんは、そう言って僕を抱きしめる。

スラリとしなやかな体に切れ長の目、うしろにまとめられた美しい黒髪が印象的な女性だ。

ぐぬぬ、子どもだと思って無防備な……。

まあ実際子どもなんだけど！

「えっと、その……そういうのは間に合ってます……」

顔が熱い。きっとさっきまで動き回ってたからだな。そういうことにしておこう。

「ええー」

「ルディアさん、資料や材料は確認してくれましたか？」

「はい社長。チェックもすべて済ませました。入り口と受付にも、すでに社員を配置済みです」

アリア父に問われると、ルディアさんは僕から離れ、ポケットから紙を取り出して改めて目を通し始めた。

アリア父のことだ、僕が困ってると思って助けてくれたのかもしれない。


試食会の開始時間が近づくと、外が騒がしくなってきた。

シェフたちが集まり始めたのだ。

集まったシェフたち六名は、アリア父や社員も交え、それぞれ挨拶をしたり名刺交換をしたりしながら談笑している。

今回、お米を使った料理の試食会ということで、営業をかけても見向きもしてくれない店も多かったという。

それでも、この六名は興味を持ってきてくれた。

全員、このアリスティア領内の有名店で働いている実力者らしい。

「皆さま、本日はお集まりいただきありがとうございます。席に名札がありますので、そちらでお待ち下さい」

アリア父の言葉と社員の案内で、シェフたちはそれぞれ席へ向かい始める。

ざわめきが落ち着いた頃合いを見計らって、いよいよ試食会が開始された。

「――それでは改めまして。本日はご足労くださり誠にありがとうございます。ただいまより、画期的なお米料理『おにぎり』の試食会を開催いたします。司会はわたくし、ルディア・クロネスが務めます」

ルディアさんは司会進行役らしい。

さっきまで僕にベタベタしていた人と同一人物とは思えないくらい、テキパキと慣れた様子で会を進行させていく。

一通り試食会の概要説明がなされたのち、フローレス商会の社長であるアリア父が挨拶を述べ、昨今のあれこれやお米文化の状況など難しそうなことを話し始めた。そして。

「――それでは、本日の主役に登場してもらいましょう！　フェリク・クライス君、どうぞ前へ！」

「――――へ⁉」

アリア父は、にこやかな顔をこちらへ向け、手招きしている。

ち、ちょっと待てえええええええ！

そんなの聞いてないんだけど⁉

でも、この状況で出ないわけにはいかない。

僕は仕方なく前へ行き、アリア父の横に立った。

僕が出ていったことでシェフたちは驚き、どういうことだと言わんばかりの顔で僕とアリア父を見ている。

「この少年、フェリク・クライス君こそが、今日の主役でありお米界に革命を起こした天才です」

アリア父が「どうだ」と言わんばかりの声量でそう言ってのけると、シェフたちは時が止まったかのように一瞬固まり、それからどっと笑い出した。

「あっはっは。相変わらず、フローレスさんは場を和ませるのが上手だな」

「せいぜい混ぜるのをちょこっと手伝ってもらったとか、そういうところだろう？」

「おいおい、俺は仕事で来てんだぞ？　そういうのは別のイベントでやってくれよ」

「でも可愛い～！」

シェフたちは、それぞれ言いたい放題言っている。

どうやら僕が子どもであるということは伝えていなかったらしい。

「……は、初めまして。フェリク・クライスと申します。先日お米に関するスキルを授かり、お米の魅力を広める第一歩として、この試食会を開催させていただくこととなりました」

「キミ、フローレスさんにそう言えって言われたの？」

「ちゃんと言えて偉いわ～。賢いのね！」

「まだスキルを使いこなせる年齢じゃないだろ？　嘘《うそ》はダメだよ」

「いや、ええと……」

どうすんだよこれ！

どうしたらいいんだ……。

「ストップストップ！　うちの天才をあまりいじめないでくださいよ。そんなに疑うなら、実際にご覧いただきましょう。ね、フェリク君」

アリア父は、横目に僕を見てウインクし、用意していた米袋を一つ持ってきた。

これは品種改良を施した米ではなく、これまで通りのカユーの材料としての米だ。

そしてテーブルへ行き、置いてあったボウルに米をザラザラと移して、米に何の仕掛けもないことを伝える。

「皆さま、見やすい位置に移動してください」

アリア父の言葉で、シェフたちがボウルの近くへ集まってきた。

「――うん、米だな」

「いたって普通のお米ね」

「ええ、米です。念のために聞きますが、皆さんカユーの味は知っていますよね？」

「当然だろ。料理人舐《な》めるなよ」

「――承知しました。ではフェリク君、頼めるかな？」

「……分かりました。【品種改良・米】！」

その一言で、ボウルの米が白い光を放ち始めた。

量が少なかったこともあり、品種改良は五秒ほどで完了。

まだ精米前の玄米ではあるが、さっきまでとは明らかに違う。

「――ふむ。たしかにさっきよりツヤというか透明感というか、そういうのが少し上がった気はするな」

シェフのうちの一人が、米の変化に気づいて少し真剣な表情を見せる。

「たしかに。でもそんな劇的な変化は……」

「まだです。これでも十分おいしいんですけど、それはまたの機会に。【精米】！」

僕の言葉で再び米が光り出し、しばらくするとまた収まった。

「え？　スキル二つ⁉」

「――おい、なんかこれ分離してねえか？」

「はい。これをこうしてこすり合わせると――真っ白なお米が姿を現します」

「なっ――！　お米が白くなってるわ。どういうこと？」

「お米の周囲には、『ぬか』と呼ばれる層があるんです。ここは栄養豊富な部分なんですが、クセがあるので今回は取りました。料理には、この白いお米を使います」

僕はそう説明し、お米を炊く工程を説明しながら実践して見せた。

ここで実際に浸水させると時間がかかるため、説明を挟み、事前に冷水に浸しておいたお米と取り換える。

いつの間にか皆、無言で真剣に米の扱い方を見ていた。


「――そろそろかな」

炊けた頃合いで鍋《なべ》の蓋《ふた》を開けると、湯気とともに米の甘い香りが立ちのぼる。

「す、すごい……！　加熱前と全然違う！」

「艶《つや》やかで、まるで宝石みたいだ。香りも、カユーに比べてだいぶいい」

シェフたちが驚く中、フローレス商会の社員と思われる人たちが、おにぎりの具材になるものを持ってきてくれた。調理は既に済ませてある。

「少し蒸らしてから、これをごはんに混ぜ込んで握ります。でもまずは、塩のみでご試食していただきます」

蒸らしたあと、綺麗《きれい》に洗った手に水と塩をつけ、熱々のごはんを握っていく。

「お、おい、火傷《やけど》するなよ？」

「慣れると案外大丈夫ですよ。水で濡《ぬ》らしてますし」

人数分握ってお皿に並べたところで、社員たちがそれぞれの前へと配ってくれた。一応、ナイフとフォークもつけている。

「皆様お手元に届きましたでしょうか？　それでは、お召し上がりください」

ルディアさんの言葉で、皆ナイフとフォークを手に取り、おにぎりを切ったり匂いを嗅《か》いだりし始めた。そして。

「――うまい！　なんだこれ、これが本当に米なのか？　弾力があるのに柔らかくて、噛《か》めば噛むほど口の中に甘みが広がっていくぞ！」

「塩だけとは思えないうまみの強さだ」

「本当、スッキリしていてみずみずしさもあって、でも強いインパクトがある。塩に負けないどころか相乗効果を生んでるわ」

シェフたちは、あっという間に塩おにぎりを完食した。

皆気に入ったようで、塩おにぎりを大絶賛してくれた。やったぜ☆

「お次は、アレンジを加えたおにぎり五種類です」

ちなみに今日作ったおにぎりは、「干しエビと炒《い》り卵とセリ」、「鶏《とり》もも肉とごぼうのバター炒《いた》め」、「豚そぼろと青じそ」「ペペロンチーノ風焼きおにぎり」「チーズとねぎ、燻製《くんせい》肉の焼きおにぎり」の五種類。

レストランなら見栄えも大事だろうということで、おにぎりの上に具材の一部を飾って提供してみた。

ちなみに具材の調理は、シェフたちに塩おにぎりの試食をしてもらっている間に、フローレス商会の社員さんが頑張ってくれた。

事前に練習していただけあり仕上がりも申し分ない。

「素晴らしい……！　見た目も華やかで彩りもいいし、いろんな味を楽しめるという楽しさもある」

「一口サイズで食べやすいところも客にウケそうだな」

配られたおにぎりを見て、シェフたちは目を輝かせる。

試食用に小さくしたつもりだったが、どうやらそれが功を奏したらしい。

「具材の一つ一つはシンプルだが、米が持つ特有の甘みと合わさることで相乗効果を生んでいる。これをこんな子どもが考えたなんて信じられない……」

「この爽《さわ》やかな緑の野菜は何かしら？　見たことないわね」

シェフの一人が、見慣れない食材に注目し始めた。

「それは『青じそ』という野草です。山にいくらでも生えてますよ」

「野草⁉　毒は？　これ、食べて大丈夫なの？」

野草と聞いて、おいしそうに食べていたみんなの手が止まる。

野草の中には、毒を持つものも少なくない。

「母が【鑑定・植物】というスキルを持っていて、毒の有無が分かるんです。使われている野草は、すべて毒のないものです。僕も普段から食べてます」

「そうなのね。スキル持ちがそう言うなら安心、かな。それにしてもいい香り！　ぜひこの青じそとやらも売ってほしいわ」

その言葉に、ほかのシェフたちもうんうんと頷《うなず》き賛同した。

「バジルみたいに、ソースにも使えそうよね。こっちのにんにくと唐辛子を利かせて焼き上げたおにぎりもとても好き！」

「俺はこの干しエビが入ったのが好きだな。ほろ苦い――これも野草か？　これとの相性が凄《すさ》まじくいい」

「そっちは『セリ』です。それも山で採れる野草ですよ」

「――ふんふんなるほど、野草を栽培して売る案も、もっと大きく展開できそうだな。毒の有無はなかなか判別が難しいからね」

皆の意見を聞いて、アリア父は意気揚々とすごい速度でメモを取っている。

とても楽しそうで何よりだ。


試食タイムのあと、シェフたちにアンケート用紙を配布し、回答してもらう。

項目は僕とアリア父で考えたもので、十項目プラス自由欄を設けている。

「試食会、ちょうどいい人数だったね」

「ああ。ほかにも希望者が出てきたら、また別日に開催しよう」

回収したアンケート用紙には、びっしりと文字が書かれていた。

さすがシェフ！

感じてくれたことが多かったようで何よりだ。

内容に関しては、フローレス商会の方でまとめて、のちほど共有の機会を設けると言ってくれた。

僕が、この世界の文字をまだ完全には習得できていないためだ。

ファルムのような農村では、学校に行く子どもも少なく、大人でも読み書きの怪しい人が多くいる。

うちも、母さんは実家が薬屋だった関係で読めるらしいが、父さんは「こんなもんはだいたい分かればいいんだよ！」と適当を貫いている。

正直、どこかで騙《だま》されていないか心配でならない。

「フローレスさん、フェリク君、今日はありがとな！　こんな革命的な料理の試食会は初めてだったよ」

「私もよ。お米は安いし、夢が広がるわ。でも今後は高くなっていくでしょうね」

「この米、十キロ以上は買えないのか？　たったこれだけじゃすぐなくなっちまう」

「いやあ、はは。すみません。今は数に限りがありまして……。でもいずれはちゃんと仕入れられるよう、現在急ピッチで体制を整えておりますので」

どうやら、配布したアンケート用紙にお米や野草類の発注欄を設けていたらしい。さすがすぎる！

ちなみに会場に持ち込んでいた販売用のお米は、元々量が少なかったこともあって一瞬で完売した。

「頼むぞ。発注可能になったら、真っ先に知らせてくれ」

「もちろんです。今日ご来場くださった方々には、優先的に卸させていただきます」

アリア父は、キラキラとした営業スマイルで一人一人丁寧に対応していく。

中には、継続的にうちの米を仕入れたいと言ってくれる人も現れた。


「――ふう。みんなお疲れ様です。フェリク君もお疲れ様」

六人全員が帰った頃には、外はもう薄暗くなっていた。

「おじさんもね。途中どうなることかと思ったけど、みんな真剣に聞いてくれてよかったよ」

「相手はみんな、有名な店のシェフだからね。勉強熱心な人たちが多いんだよ。――でもこれは思った以上の好感触だ。早速領主様に報告して体制を整えないと」

アリア父は、今日書き留めたメモを改めて読み返し、早速構想を練り始めた。

この人が味方についてくれて本当によかった。

「社長、お疲れさまです。片づけはこちらでやっておきますので、社長はフェリク君を――」

「ああ、そうだね。そうさせてもらうよ」

ルディアさんの提案で、僕とアリア父は一足早くファルムへ帰ることになった。

思ったより遅くなったため、うちの両親が心配するかもしれないと、アリア父が「これから戻ります」と事前連絡も入れてくれた。

「フェリク君、今日はありがとう。キミのおかげで、とてもいい試食会になったわ」

「そんな、こちらこそありがとうございます。ルディアさんやおじさんがいてくれなかったら、こんなすごいこと絶対にできませんでした」

「ふふ。本当に賢い、よくできた子よね。また会える日を楽しみにしてるわ。これからよろしくね」

「は、はい！　こちらこそよろしくお願いします！」

ルディアさんにお礼を言われ、僕は慌てて頭を下げる。

本当に今回は、アリア父の、フローレス商会の力の大きさを改めて実感した。

こんな場、自分じゃ絶対に用意できない。

これなら、お米がアリスティア領内に、それどころかガストラル王国中に広まる日だってそう遠くはないかもしれないな！

◆◆◆

「フェリク、すごいじゃないか！　おかげで家計も大助かりだ。今育てている米も、既にほとんど出荷先が決まってる。米に予約が入るなんて、こんなこと初めてだ」

おにぎり試食会が大成功を収め、その後クチコミで広がったこともあって、今クライス家のお米にはあちこちから予約が殺到している。

アリア父が需要と供給のバランスを見て価格を調整していることもあり、出荷量は大して変わってないにも拘《かか》わらず、収入は何倍にも膨れ上がった。

「本当、ありがとうねフェリク。まだ八歳なのにこんなに働かせちゃって、なんだか申し訳ないけど……」

「僕も楽しんでるから大丈夫だよ。米活《こめかつ》は僕の趣味だからね！」

実際僕は、今本当に幸せだった。

おいしいお米を食べ放題なだけでも勝ち組なのに、こうして多くの人がお米の魅力を理解し、可能性を感じてくれている。

そんな布教活動の一端を担えるなんて、米推し冥利《みようり》に尽きる。

領主様のお屋敷に招かれて以降、告げ口を恐れた親にきつく言われたのか、近所の子どもたちが直接僕を馬鹿にしてくることもほぼなくなった。

ファルムにおけるフローレス一家への信頼と力は絶大なため、アリア父が日々うちを訪れている、というのも大きいのかもしれない。

心なしか村の大人たちの態度も変わり、うちと良好な関係を構築しようと努めているようにも思える。もちろん下心ありありで。

ただ米の品種改良に関しては、村ではフローレス一家以外には話さずにいた。

アリア父に「信頼できない相手に余計な情報を与えてはいけない」と口止めされていたし、貧しい生活を送ってきたうちの田んぼは小さく、現段階ではこれ以上の客は抱えられなかったからだ。

——いずれは、ほかの米農家さんたちも救ってあげられるといいな。

米文化が衰退の一途をたどるガストラル王国では、米農家は減る一方で。

残っている米農家も、そのほとんどが貧しい生活に苦しんでいる。

馬車での移動中にも、元々は田んぼだったはずの場所が荒れ地になっていたり、まったく違う畑に変わっていたりと、思った以上に深刻な現実を突きつけられた。

だから、僕は心のどこかで焦っていたのかもしれない。

米文化が完全に廃れてしまう前にどうにかしなければ、と。

この世界で米の素晴らしさやポテンシャルを知っているのは僕だけだから、と。

そうでなければ、こんなことになる前に——。

「――リク！　フェリク！」

「起きてフェリク！　大変なの！」

朝、というか深夜、僕は父さんと母さんの悲痛な声で目が覚めた。

というか無理矢理起こされた。

「……んん、なに、どうしたの二人とも。もう朝――う、けほっ」

――え、な、なんだ？　なんか焦げ臭い。

煙？　え？

それになんか、やけに暑いような――。

「火事だ！　もうだいぶ火が回ってる。早く逃げないと煙が――ごほっ」

気がつくと、家の中は煙でぼやけ、寝室のすぐ近くまで火が迫っていた。

僕は急いで飛び起き、煙を吸わないよう服で口をふさいで外へ出る。

父さんも母さんも怪我《けが》はなく、三人揃《そろ》って無事ではあったが。

しかし深夜で周囲に人気もなく、古い木造の小さな我が家は崩れる寸前だった。

そしてさらに。

「――え？　これ、何。どういうこと……」

「待て行くな。もう無理だ。今から行って、どうやって消火するんだ」

「……っ！　どうしてっ……どうしてこんな……」

「……田んぼには水が張ってあったはずだ。空気も乾燥してない。何もなしに、こんなに勢いよく燃えるはずがない」

父さんは悔しそうに唇をかみ、握った拳《こぶし》に一層力を込める。

つまりこれは。

自然発生した火事ではなく、誰かが意図的に放火したということなのだろう。

でも、いったい誰がこんな――。

しばらくすると、火災に気づいた村人たちが家から様子を見に出てきた。

そして騒ぎに気づいたアリア父も、慌てて駆け寄ってくる。

「――これはいったい、どういうことです？　皆さんお怪我は？」

「……怪我はないです。俺にも、何がなんだか」

「とにかく消火を急ぎましょう。みんな水を！　水を持ってきてください！　ほら、クライスさんも動けるなら動いて」

呆然《ぼうぜん》とする父さんや母さんに代わって、アリア父が消火に向けて動いてくれた。

アリア父の声で、周囲の村人たちは消火を手伝ってくれたが。

しかし彼がいない場では、行き交う人々は皆、僕たちを冷ややかな目で見て笑っていた。

そしてヒソヒソと「調子に乗ってるからだ」「領主様にでも助けてもらえばいい」「子どもをだしにしてフローレスさんに取り入るクズが」と、わざと僕たちの耳に入るように話し始めたのだ。

――ああ、そうか。そういうことか。

僕は、村のことや米農家の将来も考えて頑張ってたつもりなんだけどな。

役に立てば見直してもらえるかもって、思ったんだけどな。

でも、村の人たちは、そうは捉《とら》えてくれなかったってこと、か。

結果、クライス家はこの火事で、一夜にしてすべてを失った。

「ホットココアを入れたの。よかったら」

「ありがとう……」

すべてを失った僕たちは、一時的にフローレス家に保護される形となった。

「でも三人とも無事でよかった。余ってる部屋があるから、よろしければしばらく皆さんで使ってください」

「ありがとうございます。すみません、フローレスさんにはいつもご迷惑をおかけしてばかりで……」

「何言ってるんですか、困った時はお互い様ですよ」

フローレス一家は僕たちを受け入れ、とても良くしてくれた。

でも……田んぼの米も家もすべて燃えてしまった今、これからのことを考えると絶望的としか言えなかった。

いくらスキルがあったところで、米そのものがなければ何もできない。

あの様子では、村の人たちから種籾《たねもみ》を分けてもらうこともできないだろう。

「ひとまず、ゆっくり眠られては？　突然のことで混乱もしたでしょうし、疲れたでしょう。私たちももう一眠りします」

こうして僕たちは、フローレス家の一室を借りて軽く眠――ったはずだったが、起きたら昼になっていた。

一度に凄まじいストレスが押し寄せたことで、思った以上に体力が奪われていたのかもしれない。

父さんと母さんは、既に起きて何か話していたようだった。

「おはよう。これからどうするの？」

「どうしような。家も米も農具も全滅だろうし、金だって……。せっかくフェリクが頑張ってくれてたってのに」

「そうよね。本当に、これからどうしたらいいの……」

コンコン。

三人でそんなことを話していると、部屋のドアがノックされた。

「はい、どうぞ」

「失礼するよ。こんにちは、フェリク君。ご両親は初めましてかな？　エイダンから聞いたよ。ひどい目に遭ったね」

「り、領主様⁉　も、申し訳ありません、こんな寝起きのまま……」

「いやいいんだ。私の方こそ突然申し訳ない。フェリク君と会う約束をしていてね、訪れたら――驚いたよ。本当に、ひどいことをするものだ」

領主様は、そこまで言って真面目な顔になり、しばらく無言で何か考え始めた。そして。

「クライスさん、これから行く当ては？」

「い、いいえ、その……あれがうちの全財産だったもので……」

「そうか。それなら、君たちさえよければうちへ来ないかい？」

――――うん⁉

何を思ったか、領主様は突然サラッととんでもない提案をしてきた。

「……え、ええと。領主様のお宅へ、ですか？　それはどういう」

「実はね、元々そういう方向性の話をしようと思ってここへ来たんだ。下で話をしよう。ああ、ゆっくりでいいからね。私はエイダンと話でもしながら待つとするよ」

そう言って優しく微笑《ほほえ》み、去っていった。

「領主様はいったい何をお考えなんだ……？」

「さあ……。分からないけど、どちみち領主様の命令には逆らえないし、とりあえず準備をして話を聞きましょう。フェリクも準備して」

「う、うん」


「お待たせして申し訳ありません。あ、あの、それでお話というのは……」

「まあそう焦るな。とりあえず座りなさい」

リビングへ行くと、既にみんな揃っていて、アリアは朝食を食べていた。

領主様がいるため、さすがのアリアも緊張している様子だ。

「おはようございますクライスさん。朝食を用意したので召し上がってください。フェリク君も座って」

「う、うん。ありがとうおじさん」

フローレス一家も領主様も、うちみたいな米農家が一つなくなったところで何も困らないはずなのに。

本当に、人格者ってこういうのを言うんだな。

「フェリク、大丈夫？　いったい誰がこんなひどいこと……」

「――アリア。おはよう。大丈夫――かは分からないけど、でもおじさんのおかげでちゃんと眠れて助かったよ」

「……おうち、なくなっちゃったね。真っ黒だった」

「うん。収穫目前だったお米も、大事な農具も種籾も、全部燃えちゃったみたい」

何の罪もない、すくすくと育っていたお米たち。

あれらがすべて消し炭になってしまったかと思うと、悲しくて悔しくて涙が溢《あふ》れそうになった。

家族が全員助かったのは不幸中の幸いだったけど。でも。

――くそっ。見てろよ、僕《うち》の大事な米に火を放った悪魔め！！！

絶対いつか元通りの生活を取り戻して、みんなが欲しくてたまらないうまい米を作って見返してやる！

「それで領主様、お話というのは……」

「率直に言うと、うちで、住み込みで働かないかい？　というお誘いだ」

領主様の話によると、本格的に白米を売り出す場合、うちの田んぼで収穫できる量ではとても足りないらしく。

アリスティア家が用意した広大な田んぼをまるっと任せたい、とのことだった。

すべてを失ったクライス家にとっては、願ってもない話だ。

「もちろん、衣食住と足りない人手はこちらで用意しよう。使用料は収穫量の十パーセント、残りの米はこちらが買い取るという形でどうかな？　買取価格は、最初はこれでどうだろう？」

「⁉　こ、こんなにいただけません！　いくらフェリクが【品種改良・米】と【精米】を施してるとはいえ、米ですよ⁉」

提示された金額がいくらだったのかは分からないが。

父さんは領主様が差し出した書類を見て、慌てて首を横に振る。

が、それで引く領主様ではない。

父さんにとってはとんでもない金額でも、領主様にとってはそれ以上の収益が見込めると思っての提示額なのだろう。

「クライスさんたちは、うちの大事なビジネスパートナーということになる。これくらいは当然だろう。フェリク君の能力は、恐らく唯一無二だからね。もちろん、売上が上がれば上乗せも可能だ」

「ビジ――助けていただく身でそのような……。身分も立場も違いすぎます」

「うーん、クライスさんも頑固だなあ。私も一応、貴族なんだ。身分が違うと弁《わきま》えているなら、あまり私を困らせるものじゃないよ。ここは素直に頷《うなず》きたまえ」

領主様に笑顔で圧をかけられ何も言えなくなった父さんは、大人しく「承知しました」と頭を下げた。

その様子を見て、領主様は満足気にうんうんと頷きながら微笑む。

この人めちゃくちゃいい人だな⁉

「それじゃあ、交渉成立だね。エイダンも、フェリク君も、それでいいね？」

「ええ、もちろんです」

「僕も問題ありません」

「それじゃあ、馬車を用意してあるから、君たちも準備をするといい。しばらくは慣れない生活で大変かもしれないが、私もできるだけフォローするよ」

そう、領主様が席を立とうとしたその時。

「ま、待って。それじゃあ、フェリクは遠くに引っ越しちゃうってこと？」

これまで黙って話を聞いていたアリアが、突然立ち上がって声を震わせる。

その様子から、相当うろたえているのを感じる。

「アリア、やめないか。仕方がないだろう。彼らの家は、火事でもう……」

「で、でも、うちに置いておくことだってできるでしょ？　私、フェリクと離れるなんて嫌っ！」

「我儘《わがまま》を言うんじゃない。まったく……すみません、気にしないでください」

涙をにじませ反論するアリアをたしなめ、アリア父はそう準備を促す。

アリアは、僕みたいな貧乏人ともずっと仲良くしてくれていた大事な友達だ。

僕だって、離れるのは正直つらい。

「アリア、遠くって言ったって、会えない距離じゃないよ。たまには遊びに来るし、おじさんが領主様に用がある時ついて来たらいいんじゃないかな」

「だってパパ、お仕事だからって連れてってくれないのよ。次、いつ会えるの……」

「うーん。——あ、そうだ、アリアのスキルは【転移】だったよね？　だったらそれを使いこなせば、きっと一瞬だよ！」

「フェリクの意地悪……そんなのいつになるのよ……。同年代でスキルを使いこなしてるの、フェリクだけなのよ!?　……でも、分かった。私頑張って練習する。だからフェリクも、たまには会いに来てね」

「もちろん。約束するよ」

こうして僕たちクライス一家は、生まれ育った村・ファルムを離れ、領主様の屋敷へ向かうこととなった。

第三章　領主様のお屋敷へ、そして犬

「どうせ部屋も余ってるし、こっちの方が過ごしやすいだろう？」

「――――え⁉」

「い、いやでも、さすがにそんな……」

領主様の屋敷についた僕たちが案内されたのは、使用人用の部屋ではなく客室だった。しかも一人一部屋、計三部屋貸してくれるらしい。

アリア父を介して知り合った「大事なお客さん」という扱いなのかもしれないが、クライス家はただの貧しい平民だ。どう考えても分不相応だろう。

当然、父さんも母さんも困惑している。

「あ、あの、失礼ですが領主様、なぜうちのような貧しい領民にここまで……」

「私たち、お返しできるものは何も……」

「……いや、これくらいはさせてくれ。本当にすまなかった。私が浅はかな行動をしたばっかりにあのような……。もっと目立たない方法を考えるべきだった」

領主様は、なぜうちが全てを焼かれるような事態に陥ったのか、察しがついているようだった。

元々、うちとフローレス家が親しい関係にあることを良しとしない層がいた、というのもあるのだが。

そこに領主様まで加わったことがトリガーとなったのは間違いない。

ファルムにはうちより裕福な家もたくさんあったし、僕やアリアと同い年の子もほかにも何人もいた。にも拘《かか》わらず、なぜクライス家だけ、と思われていたのだろう。

まあ最初に懐いてきたのはアリアの方だし、正直僕もよく分からないんだけど。

つまり、そんな僕たち一家が領主様にまで気に入られたことが、よほど気に食わなかったのだと思われる。

ここ最近の村人たちの探るような社交辞令、冷ややかな作り笑いを見ていれば、さすがにそれくらいは気づかざるを得なかった。

でもだからって、この厚遇はさすがにやりすぎでは？

まあ、それだけアリア父の存在が偉大ということなんだろうな……。

あの人も一応、平民のはずなんだけど。

本当、絶対敵には回したくない相手だよな。

「だからまあ、せめてここにいる間は快適に暮らしてくれたまえ。もちろん、いつまででもいてくれて構わないよ。それから」

そう言って廊下に目を向けると、そこにはメイド服を身にまとった三人の女性が立っていた。

「慣れない暮らしは大変だろうから、一人につき一人メイドをつけよう。以降、何か困ったことがあれば遠慮なく話すといい。私がいる時には私に言ってくれても構わないけれどね」

メイドさん三人は、僕たちに頭を下げる。

いやメイドさんって。

まあたしかに、こんな広いお屋敷で放置されたらどうしていいか分からないってのはあるけど！

「それじゃあ、今日はゆっくり休みなさい。仕事に関する話は明日しよう」

領主様は、それだけ言うとどこかへ去っていった。

それと同時に、メイドさん三人のうち一人が僕の元へとやってくる。

おそらく十五～六歳くらいの少女で、美しい金髪はうしろに綺麗《きれい》にまとめられている。

「本日よりお世話をさせていただきます、シャロと申します」

「え、ええと、フェリクです。よろしくお願いします」

「ではフェリク様、こちらへどうぞ」

僕は両親と別れ、部屋へと案内された。

「こちらがフェリク様のお部屋です。お手洗いとお風呂《ふろ》は中にございます。すぐに着替えをお持ちいたしますね。――それから、私に敬語は不要ですよ」

シャロと名乗った少女は、てきぱきと手慣れた様子で説明していく。

「で、でも僕貴族でも何でもないですし……」

「フェリク様は、旦那《だんな》様がお連れした大事なお客様です。お客様に敬語なんて使わせていたら、私が叱られてしまいます」

「そう、なのか。分かった。じゃあ普通に喋《しゃべ》るよ」

「はい。ありがとうございます」

……き、緊張する。

でも、せっかく領主様が用意してくれたんだし。

早くこの生活にも慣れなきゃな。

翌日、両親と僕は、領主様が用意したという農場へと案内された。

田んぼはうちの十倍、いや二十倍かそれ以上かもしれない。

とにかく果てしなく広大だった。

「今日から、この農場の田んぼの管理をクライスさんにお願いすることになった。クライスさんは代々続く米農家の家系で、つまりは米のプロだ。みんな、彼の指示には従うように」

「え、ええと、今日からここで働くことになったレグス・クライスです。よろしくお願いします」

目の前には、これから父さんの下で働いてくれるらしい二十人ほどの使用人が並んでいる。すごい光景だ。

「彼らはみな農業に適したスキルを持っていてね、きっと役に立ってくれるはずだよ。——そういえば、クライスさんのスキルを聞いてなかったたね」

「お——私は【身体強化・怪力】です。普通のスキルで申し訳ありません」

「いやいや、素晴らしいスキルじゃないか。困ったときはぜひ力を貸してくれ」

「もちろんです。ちなみに妻のリイフは【鑑定・植物】が使えます」

「二人とも、頼りにしているよ」

領主様に「頼りにしている」と言われ、両親とも頬を染めて決まり悪そうにしながら頭を下げた。

——そういえば、領主様のスキルは何なんだろう？

き、気になる……。

「今日は土づくりをしてもらう予定だけど、クライスさんもうちの使用人のことを知っておいた方がいいだろう。バトラ、彼らをうまく取り持ってやってくれ」

「かしこまりました」

「フェリク君は、私と来てもらえるかな。種籾《たねもみ》を仕入れたから見てほしいんだ」

「は、はい」

領主様に連れられて農場の端にある倉庫へ向かうと、麻袋に入れられた種籾が山積みにされていた。うちとは規模が違いすぎる！

「この種籾、好きに改良してしまっていいんですか？」

「もちろんだとも。私にはよく分からないからね。――そうだ。せっかくだから、今ここでやって見せてくれるかい？」

「かしこまりました。では――」

そうだな、とりあえずもっちり系とサラサラ系の二種類を作るとして。

気候や環境、虫に負けない強度もいるよな。

あとは何だろう……収穫量を増やす、とか？

ああ、前世が米農家じゃなかったことが悔やまれる……！

米への愛なら誰にも負けないのに！！！

い、いやでも、イメージさえできればスキルがどうにかしてくれるんだし。

できることからやっていこう。

「ではいきます。【品種改良・米】！」

僕は麻袋を半々に分けて、半分をもっちり系に、もう半分をサラサラ系に作り替え、強度と量への対策も行なった。

それから――前世でお気に入りだった銘柄をイメージし、全体的にツヤツヤでふっくらおいしい米になるよう、思いを込められるだけ込めておいた。

「――よし。これで大丈――――あ、あれ？」

スキルを使い終えると同時に体の力が抜け、意識が遠のいていくのを感じる。

スキルをたくさん使いすぎて、体力を消耗しすぎたのかもしれない。

八歳なんて、一度も発動できない子だってザラにいるらしいし。

――でもきっと、これでおいしい米がたくさんできるはず！

遠くの方で、領主様が「フェリク君！」と連呼しているのを聞きながら、僕の意識は暗闇へと落ちていった。


「んん……？　うわっ⁉」

目を覚ますと、借りた客室である自室に寝かされていた。

横には、心配そうな顔をしたメイドのシャロが立っている。

「フェリク様！」

「え、ええと……おはよう……？」

今の僕は八歳で、シャロから見ればただの子どもだ。

だが、メイド服の金髪美少女に見守られながら目を覚ますというのは、何とも新鮮で複雑な気分だった。

前世では女性とは無縁の生活を送ってきたためか、正直戸惑ってしまう。

「ふぇ、フェリク様！　ダメです、まだ起き上がっては――」

「大丈夫だよ。ちょっとスキルを使いすぎただけだから」

「そ、そうだったんですね……」

僕の言葉に、シャロはホッと胸をなでおろす。

こんな、前世の自分の半分ほどしか生きていない少女に心配かけてしまうなんて。申し訳ない……。

「そうだ、領主様は？」

「旦那様は、先ほどお仕事でお出かけになられました」

「そ、そっか」

まあ忙しいよな。

つい最近までは、会うことすらできない雲の上の人だったわけだし。

いや、今も本来はそうなんだけど。

「種籾は一応完成してるはずなんだけど、あとは僕は何をしたらいいんだろう？」

「……でしたら、ちょうど先ほどフェリク様用のキッチンが完成しましたので、そちらへご案内しますか？　旦那様からも許可を得ておりますので」

「え？　僕用のキッチン……？」

「はい。お米の研究に必要だろうから、と」

まさかそんなものが用意されていたなんて。

さすが、貴族はやることが予想の斜め上すぎる！

シャロに連れられてキッチンへ行くと。

そこにはコンロが五つ、流し台が二つ、大きな作業台といくつもの棚、それからなんと――。

「こ、これって――」

「こちらは冷却庫と冷凍庫です。冷却庫は食材を冷たい状態で保存するための棚で、こちらの冷凍庫に入れれば食材を凍らせることもできます。冷たい状態で保存すると、食品の消費期限を大幅に延ばすことができるんです」

知ってる！　知ってるけど！！！

この世界で見たのは初めてだ。す、すげえ！！！

「す、すごいね。さすが領主様だ……」

この世界には、電気で物を動かす「家電」というものは存在しない。

その代わり、大金持ちか貴族しか買えない超高級品として、「魔導具」なるものが売られているという噂《うわさ》は聞いていた。

だが、コンセント一つで動く家電とは違い、魔導具には魔石と言われる特殊な宝石が必要で。まずこの宝石がめちゃくちゃ高い。

さらに専門の魔導具師による定期的なメンテナンス、というか魔力の補充が必要となるため、維持費も馬鹿にならない。

「こんな高価なもの、僕専用にもらっちゃっていいのかな……」

「旦那様が用意されたんですから、フェリク様にそれだけ期待されているということですよ、きっと。そのような素晴らしいお方にお仕えできるなんて光栄です」

シャロは嬉《うれ》しそうに微笑《ほほえ》む。笑顔が眩《まぶ》しい！

「それから隣の部屋を倉庫に改造しておりまして、研究用のお米はこちらに」

キッチンの奥にある扉を開けると、そこは立派な倉庫になっていた。

棚には、米が入った袋が大量に並んでいる。

これからここで米に囲まれて、おいしい米を僕の手で生み出していくのか。幸せすぎて、いっそこの部屋に住みたい！

「そうだ、シャロも試食を手伝ってくれると嬉しいな」

「えっ⁉　でもそんな、使用人の身で勝手にいただくわけには……」

「でも、試食も大事な仕事だと思うよ？　ほかの人がどんな感想を持つのか、知りたいし。……ダメ、かな」

「そ、そうですか……？　かしこまりました。では楽しみにしていますね！」


翌日、僕は早速お米の研究を開始することにした。

まずは何から始めよう？

やっぱりまずは、【品種改良・米】で最高のお米を――。

「えっ⁉」

キッチンの奥にある倉庫のドアを開けると、保管してあった米袋の一部が破れ、床にお米が散乱していた。そして。

「クゥゥゥン……」

「い、犬⁉　あれ、でもこの鳴き声……」

倉庫には、耳をしょんぼりさせながら申し訳なさそうに鳴く、大きくて真っ白なふわふわモフモフの犬がいた。

「も、もしかしておまえ、うちの田んぼにいた……。いやでもこんな遠くまで自力で？　それに、犬ってこんなに急に大きくなるんだっけ⁉」

前回会った時には、簡単に抱きかかえられる子犬サイズだったはずだが。

今目の前にいる犬は、おすわりの状態でも僕の腰の位置より背が高い。

そして額には、以前はなかった雪の結晶のような――いや、前世で見た「米」という文字にも見える――とにかくそんな形の模様が浮かび上がっていた。

でもなぜか、直感が以前田んぼで出会ったあの犬だと訴えてくる。

「クゥゥゥン」

「……どうしたの？　お米の袋破っちゃダメだよ。こんなに散らかして……。もしかして、またおなかすいてるの？」

「ワン！」

「……はあ。まったくしょうがないなあ。じゃあお粥《かゆ》作ってあげるから、ちょっと待ってて」

というかこの犬、いったいどこから入ってきたんだろう？

この倉庫はキッチンのさらに奥にあって、ドアには鍵《かぎ》がかかっていた。

倉庫内にある窓にも鍵がかかっているし、そもそもここは二階だ。

猫ならともかく、犬が入って来られる高さじゃない。

「見回りの人が入ったときに紛れ込んじゃったのかな……。まあいいか」

僕は倉庫の端に置いてあったほうきとちり取りで掃除を済ませ、早速お粥作りに取り組むことにした。

シャロがいたら、追い出されていたかもしれないな。

ここに来たのが僕一人でよかった。

こぼれていたお米をザルに入れて綺麗《きれい》に洗い、お粥を作って犬に与えた。

犬は迷いなくお粥に飛びつき、おいしそうにガツガツと食べている。

——僕もおなかすいたな。せっかくだし雑炊でもするか。

「たしか冷蔵庫——じゃなかった、冷却庫にいろんな食材が入ってたはず」

本当は和風に仕立てたいところだが、ここにはかつお節も昆布もない。

「お、鶏肉《とりにく》がある。あとは生姜《しょうが》とねぎと卵、それから塩コショウがあれば——」

まずは鶏肉の皮を除き、小さめに切っておく。

生姜は皮つきのまま千切りに、ねぎは粗めのみじん切りに。

ちなみにこの世界のねぎは長ねぎに近い太さで、けっこうしっかりしている。

「よし、次は鍋《なべ》に洗ったお米と鶏肉、生姜、ねぎ、水を入れて——」

沸騰したら弱火にし、塩を加えてそっと優しく混ぜ、二十分から三十分ほど煮込んでいく。

お米が好みの柔らかさになったら、溶き卵を回し入れて少し置けば完成だ。

「できたあああああああ！　鶏の出汁《だし》を活かした鶏雑炊！」

鶏の出汁とお米由来の甘さを感じさせる蒸気が、空腹を刺激してくる。

器に盛りつけ、早速食べようとしたその時。

「クゥゥゥン」

下を見ると、犬が物欲しそうな顔でこちらを見ていた。

「——え？　ダメだよ、これは僕のなんだから。それに犬にはちょっと——」

「ワン！　ワォン！」

「もおおおお！　ダメだってば！！！」

器に覆いかぶさり、食べられないようにガードする。

しかし今度は、鍋に残っている雑炊を狙い始めた。賢いな⁉

「あっ⁉　こら！　ダメだって！」

慌てて立ち上がり、鍋を守ろうとした——のだが。

「クゥゥゥン！」

犬が鍋に向かって一鳴きすると、なんと鍋が光り始めた。

そして気がついたときには、鍋の中に残っていたはずの雑炊が綺麗さっぱり消えていた。

「——は？　え？」

「ワン！」

犬はこちらを見て、それから僕の足下へすり寄ってきた。

「……にしても、本当に人懐っこい犬だな」

思わずしゃがんでそっと抱きしめ撫《な》でると、嬉しそうにしっぽを振る。

可愛《かわい》いしあったかい……！　ってそうじゃなくて！

「こ、こいつ今、鍋の雑炊を吸収した？　どうやって？　僕が知らないだけで、実はこの世界の犬って魔法かスキルが使えたりする⁉」

あまりに不可思議な状況に、頭が混乱してめまいがしそうだ。でも可愛い……。

「……ま、まあ僕まだ八歳だし？　知らないことがたくさんあってもおかしくないし？　そもそも犬が前世と同じとは限らないんじゃないかな！」

つまり、考えても仕方がない。

僕は、この件について考えるのを放棄することにした。

「雑炊が冷める前に食べよーっと！」

おなかが落ち着いたのか、犬はもう邪魔してこない。

「――うん、うまい！　鶏の出汁とお米の甘みはやっぱり合うな。生姜も入れて正解だった。味が引き締まるんだよな。卵もふわとろでおいしい！」

「ワォォォォン！」

久々に味わう鶏雑炊のうまさに昇天しそうになりながら、きっかけをくれたこの犬は神様の遣いなんじゃないか？　なんて思ってしまった。


「フェリク様、こちらにいらしたんですか」

「うわあっ⁉　――あ、し、シャロ」

「？　今日は何を？　……なんだかおいしそうな匂いがしますね」

食べ終わって一息つきながら犬を撫でていると、シャロがキッチンへやってきた。

ここに犬がいるのはまずい気がして、思わずテーブルの下へ追いやり足で隠す。

「お、お昼ごはんを食べてたんだよ」

「ここで、ご自分で作られたんですか⁉　気が利かず申し訳ありません！　てっきりお部屋で召し上がるものと思い、お待ちしておりました」

シャロはあたふたしながら頭を下げる。

「ううん、食事は自分で作れるから大丈夫。キッチンも食材もあるし。こっちこそ、勝手なことしてごめんなさい。お米料理の研究もしたくて」

「ワン！」

「そ、そうですか──って、い、犬⁉」

シャロが僕の足下にいる犬に気づき、思わず一歩後ずさる。

が、改めて真っ白なふわモフの毛並みと美しい金色の瞳《ひとみ》を見ると、頬を紅潮させて声にならない声を上げる。

「なっ、何ですかこの可愛いワンちゃんはあああああああ！　ふわふわでモッフモフじゃないですか！　瞳も綺麗で、知性すら感じさせますね⁉　な、なでなでしてもよろしいですか？」

「えっ？　あ、うん……多分……」

シャロが撫でると、犬は大人しくそれを受け入れた。

噛《か》んだり吠《ほ》えたりしなくてよかった……。

「ああ、可愛すぎてとろけそうです……！　フェリク様、犬を飼われてたんですね。お名前はなんていうんですか？」

「いや、ええと……」

どうしよう？

実は飼い犬じゃなくて気がついたらここにいたんです、なんて言ったら、こいつはどうなるんだろう？

というかそもそも、居候してる平民の分際で犬を飼うのはアリなのか？

「………ら、ライス」

「ワォン？」

「こいつの名前は、ライス」

考えがまとまらず、何か言わなきゃとっさに名づけてしまった。ごめん。

でも首輪もしてないし、きっと飼い犬じゃないよな？

「ライス！　可愛い名前ですね！　ライスくーん、素敵な飼い主様に飼ってもらえて幸せですね♪」

「ワン♪」

——あれ？　なんか思いのほか受け入れてる？

犬ってこんなにあっさり名前を理解するもんだっけ……。

思った以上に賢いな。

お粥も雑炊も好きみたいだから勢いでライスって名づけたけど、気に入ってくれたみたいでよかった。

でも、ライスか。我ながら素晴らしい名前を思いついたな。愛せそう！

よろしくな、ライス！

「でも昨日、この子いましたっけ？　今気づきました」

「えっと……知り合いの家に預けてたんだけど、追ってきちゃったみたいで」

「そうだったんですね。旦那《だんな》様はご存じですか？」

「多分知らないと思う……。どうしよう」

僕みたいな貧しい平民が、領主様の屋敷に勝手に犬を入れるなんて。

領主様の怒りを買ってしまうかもしれない。

「大丈夫ですよ。旦那様は、ちゃんと話を聞いてくださる方です。正直にお話ししましょう。ねっ？」

「う、うん……」

「私がどうしたって？」

廊下へ続くドアの方を見ると、そこにはなんと領主様が立っていた。

「り、領主様⁉」

「？　どうかしたのかい、そんなに慌てて。何かあっ――うん？　その犬は？」

「こ、これはその……」

僕はさっきシャロと話した内容に加え、ファルムの田んぼで助けた犬であることを話した。

こういうのは、真実を織り交ぜておくのがバレないコツだと聞いたことがある。

「――そうか、犬もいたのか。知らなかったよ」

「勝手に申し訳ありません」

「どうやって入ったのか分からないが、よほど君のことが好きなんだろうね。それで、君はどうしたい？」

領主様は、そう言って僕の目をじっと見る。

「………僕は、できれば一緒にいたい、です」

せっかくライスって名前もつけたし、こいつごはん好きだし。

もしかしたら、いい米友《こめとも》になれるかもしれない。

「生き物を飼うというのは、とても重いことなんだ。君は、この子の一生を左右する存在になる。途中で投げ出したりしないと約束できるかい？」

――あれ？　これってもしかして、飼ってるのが嘘《うそ》だってばれてる⁉

元々飼ってる犬なら、きっとこんなこと言わないよな？

「……は、はい。ちゃんと面倒を見ると約束します」

「分かった。なら好きにしなさい。――ただし、うちの物を傷つけたり壊したりしたら、きっちり弁償してもらうからね？」

「…………き、肝に銘じます」

「――ふ、ははっ。まあそれはさすがに冗談だよ。でも、それくらいの気持ちでちゃんと面倒を見るようにね。それから、あとでいいから執務室に来てくれ。話がある」

領主様は、それだけ言うとそのまま去っていった。

「許可をいただけてよかったですね！」

「う、うん。父さんと母さんにも話してくるよ」

あとでバレてややこしいことになったら、絶対めちゃくちゃ怒られる！

その後両親への説明と説得を済ませ、ライスの件も一段落して。

僕は言われたとおり、領主様の執務室へと向かった。

話ってなんだろう？

やっぱり、勝手に犬を連れ込んだこと怒ってるのかな……。

いや、僕が連れ込んだわけじゃないんだけど。

ちなみに、ファルムの農家に野生動物が迷い込むのは珍しいことではないらしく。

うちの両親は二人とも、「相棒ができてよかったな」「領主様に迷惑かけちゃダメよ」くらいの軽い反応だった。

「し、失礼します……」

「ああ、フェリク君だね。入りなさい」

部屋に入ると、ソファに座るよう促される。

「どうだい、ここでやっていけそうかい？」

「えっと……分不相応すぎて恐れ多くはありますが、おかげさまで」

「そうか、少しずつでも慣れてくれると嬉《うれ》しいよ。――それで、話なんだけどね。グラムスにお米料理の屋台を作る、という話は聞いているかな？　エイダンからは、君の了承を得ていると聞いているが」

「えっ⁉　え、ええと……」

あの話、進んでたのか！

というか、僕はあの場にいただけで了承なんてしてませんけど⁉

「……なるほど、やっぱりエイダンが独断で進めたことか。まったくあいつは」

領主様は、呆《あき》れたようにため息をつく。

まずい、ここで僕が微妙な反応をすると、アリア父の立場が悪くなってしまうかもしれない。

もしそうなれば、アリアの生活にも影響が――！

「あー、で、でも、屋台を出したいって話は聞いています。それに、お米料理が広く受け入れられるのは、米農家の息子としても嬉しいことです。ですので、お力になれることがあればぜひ協力させてください」

「――ふ、ははっ。君は本当に大人だね。エイダンのこうした行動は、昔からよくあることだよ。こんなことで今さらどうこうしたりはしないから、安心しなさい」

領主様は僕を見て、おかしそうに笑う。

よくあるのかよ！

焦ったわまったく！！！

「――それで、フェリク君の本心は？」

「ええと……今お伝えしたことも本心です。お米には、まだまだたくさんの可能性があります。僕は、一人でも多くの人にそれを知ってほしいんです」

正直、僕一人で屋台を出店して成功させる自信はない。

でも、領主様やアリア父が協力してくれるなら。それならできるかもしれない。

そう思った。

「――そうか、分かった。それなら正式に依頼しよう。フェリク君に、お米料理の屋台で出す料理のレシピ考案を任せる」

「し、承知いたしました。誠心誠意、努めさせていただきます」

「期待しているよ。それから、エイダンがレストランでのレシピ開発の話も来ていると言っていたな。たしか――」


き、緊張したああああああああああああ！

「おかえりなさいませフェリク様」

「ワォン！」

「ただいま……」

「お疲れのようですが、何かありました？」

キッチンへ戻ると、シャロとライスが迎えてくれた。

僕の帰りを待っていてくれたらしい。

「実は近々、グラムスにお米料理の屋台を出すらしいんだ。それで、僕にそこのメニューを考えてほしいって。あと、レストランからもいろいろと依頼がきてるみたい」

「すごいじゃないですか！　これは出世間違いなしですね！　私、応援します！」

シャロは目を輝かせ、自分のことのように喜んでくれる。

「ありがとう。まずはお米の品種改良からかな」

先日のアリア父の話から、屋台で扱う料理のメインはおにぎりの可能性が高い。

なら、冷めても香りやもっちり食感が落ちない、粘りの強いお米がいいかな。

粒がしっかりしたのも、それはそれで魅力的だけど。

うーん、この辺はかなり個人の好みが出るところだし、どっちも用意するか？

それなら、食べ比べセットも面白いかもしれない。

あとは調味料！　これも早急に充実させたい！！！

こっちは時間がかかるし、早く着手しないと――。

「お手伝いできることがありましたら、遠慮なくおっしゃってくださいね！」

「ワン！」

シャロはともかく、なぜかライスもやたらと意気込んでいる。

こいつ、絶対人間の言葉分かってるよな!?

コンコン。

「失礼します。フェリク様、入ってもよろしいでしょうか」

早速作業に取り掛かろうとしたそのとき、廊下側のドアがノックされた。

今度はなんだろう？

「はい、どうぞ」

静かに開けられたドアの先には、先日アリア父とここを訪れた際にお世話をしてくれたメイドさんが立っていた。

「君はたしか――ミア？」

「はい。お米の研究に人手がいるだろう、とのことで、本日より私もフェリク様付きのメイドとして働かせていただくことになりました。よろしくお願いいたします」

ミアがお辞儀をすると、肩のあたりで綺麗《きれい》に切りそろえられた黒髪がサラリと揺れる。その美しさに、うっかり見とれてしまいそうだ。

「ミアはちょっと無口なところがありますが、とってもいい子なんですよ」

「うん、前に一度お世話になったことがあって」

「そうだったんですね！　ミア、フェリク様のお手伝い、一緒に頑張ろうね」

「はい。誠心誠意お仕えいたします」

メイドさんを二人もつけてもらうのは少し申し訳なくもあるけど。

でも人手が多いのは本当に助かる。

「改めてよろしくね、ミア。ちょうど今、作業を始めようと思ってたんだ」

「お、お邪魔してしまい、申し訳ありません」

「ううん、ちょうどよかったよ。せっかくだから見てて。今後は、いろいろとお願いすることも出てくると思うから」

「かしこまりました」

ミアはほっとした様子で、これから何が始まるのかと待機している。

「ふっふっふ。今日はこれを使って、麹菌《こうじきん》を手に入れようと思う！」

僕は、アリア父に頼んでおいた「あるもの」を作業台の上に出す。

「これは……？　稲穂ですか？　でもなんか黒くなってますね」

「この黒いのは稲霊《いなだま》っていって、ここに万能調味料の素《もと》『麹菌』が潜んでるんだ。まあカビの一種なんだけどね。これを培養しようと思う」

「か、カビ⁉　カビで調味料を作るってことですか？」

シャロとミアは、互いに顔を見合わせ不安そうにしている。

この世界にも、チーズやワインなどの発酵食品は多数存在するのだが。

しかしそれが「菌」による「発酵」であることにはたどり着いていないらしい。

「まあ、いずれこの素晴らしさが分かるよ。って言っても、完成までには時間が必要なんだけど」

ここから麹菌を手に入れるには、まずお米を蒸して木灰《きばい》をまぶし、そこに稲霊の胞子を均一に付着させて、温かい場所に置いておく必要がある。

「問題は保温だよね。季節的に、何もしないと温度が下がりすぎちゃうかも……」

「でしたら保温庫をお持ちしますね。イベント時にたまに使われるくらいなので、多分いけるかと。メイド長に使っていいか聞いてみます！」

そ、そんな便利なものがあるのか……！

「助かるよ。倉庫の端をあけて、そこに運んでもらえると助かる」

「かしこまりました！」

麹が手に入ったら、味噌《みそ》に醤油《しょうゆ》、お酢、料理酒、塩麹にみりんと、作りたいものがたくさんある。

こうした調味料が完成すれば、屋台のメニューも無限大だ。

「フェリク様、保温庫の用意ができましたよ！」

「ありがとう。助かるよ！　こっちもちょうど準備ができたところ！」

保温庫は、大きめの電子レンジのような見た目をしていた。

詳細な温度設定もできるらしい。家電はないけど、案外ハイテクだな！

「――――これでよし、っと！」

「ワンッ！」

保温庫に先ほどの米を入れれば、今できることは完了だ。

あとはくっついた米を手でほぐしたり、内部の温度を調整したり、水分を発散させたりしながら育てていく――んだったよな？

まさか、昔気になって調べたことがこんなところで役立つとは思わなかった。

何でも深掘りしておくもんだな……。

「ここから先は僕も手探りだから、やり方をレクチャーできるようになったら改めて教えるね。とりあえずキッチンへ戻ろうか」

知識はあっても、さすがに種麹から作るのは初めてだ。正直自信がない。

「――にしても、工房でカビを育てるなんて。旦那《だんな》様に叱られないでしょうか」

「ここなら風通しもいいし、キッチンからも離れてるし、大丈夫だよ」

「気をつけてくださいね。旦那様や大切なお客様に万が一のことがあったら、厳罰は免れませんよ。最悪処刑ってことも……」

――――う。せっかくここまできたのにそれは困る！

「こ、この件は、しばらく他言無用でお願いします……」

味噌や醤油が完成してすごさが分かれば、領主様なら絶対に認めてくれるはず！

それまでどうにかやりすごせますように！！！


その後は倉庫で、【品種改良・米】と【精米】を繰り返す。

お米はひとまず、今回ももっちり系としっかり系の二種類に分けて改良した。

精米が終わったところで倒れかけたが、ライスに支えられて事なきを得る。

やっぱり賢すぎでは？

「このお米をふるいにかけて、白米と米ぬかに分けたいんだ。お願いできる？　あ、米ぬかも使うから捨てないでね」

「お任せください！」

「かしこまりました」

シャロとミアは、力尽きた僕の代わりに手際よく作業を進めてくれた。

正直、八歳児の体力で大量の仕分け作業を行なうのはかなり厳しい。

二人がいてくれて本当に助かった。

「――ふう、これでいかがでしょう？」

シャロとミアは、分けられた白米と米ぬかを見て一息つく。

三十キロ分くらいのお米を精米したため、米ぬかもけっこうな量になっていた。

「ばっちりだよ。二人ともありがとう。今日は疲れたし、ここまでにしようか」

「フェリク様、大丈夫ですか？」

「ご無理は禁物ですよ。フェリク様の力は唯一無二なんですから」

二人も疲れただろうに、スキルの使いすぎでへたり込んでいる僕を心配して声をかけてくれる。

優しい。

「大丈夫だよ。休めば回復す——うわっ!?　ミア!?」

「お部屋までお運びいたします」

「いやいやいやいや！　大丈夫だから！　部屋までくらいは歩けるから！」

だからお姫様だっこはやめてええええええええええええ！

「……シャロの方がよかったでしょうか？　その、私はあまり女性らしい体つきではありませんし。こうして密着するならばもっと——」

「ええーっ？　あはは、フェリク様やらしいっ！」

「僕はそんなこと一言も言ってないよっ！」

というか、ミアのこれは真面目に言ってるのかふざけてるのかどっちなんだ。

真顔すぎて読めない！

「もーっ！　顔真っ赤ですよ～？　エッチなのはいけないと思いまーす。ふふ」

くそっ！　子どもだと思ってからかいやがって！！！

か、顔が熱い！


翌朝、体力はすっかり回復していた。

さすが、子どもの体は回復が早い。

「フェリク様、おはようございます」

「おはようございますフェリク様。今日もいいお天気ですよ～！」

「ミア、シャロ、おはよう」

「ワンッ！　ワォォォン！」

「あはは、ライスもおはよう」

身支度と朝食を済ませたあと、麹の様子を見つつ世話をして、三人と一匹でキッチンへ向かう。

ちなみにミアが持ってきてくれた朝食は、ハムエッグとサラダ、スープ、ふわふわの焼きたてパンだった。これはこれでもちろんうまい。

「今日は何をされるんですか？」

「今日はまず、ぬか漬けを作ろうと思う」

「ぬか漬け……？　昨日の米ぬかを使うってことですか？」

「そうそう。あれのポテンシャルはすごいんだよ！」

ぬか漬けがあれば、ごはんも一層おいしくなるというものだ。

酒のつまみにもなるから、領主様やおじさんもハマるんじゃないかな？

うまくいけば、これも名物に――。ふふ。


「フェリク様、お持ちしました！　でも野菜くずなんて何に使うんです？」

「ありがとう。まあ見てて！　まずは米ぬかをボウルに入れて――」

そこに塩と水を加えて、しっかり混ぜ合わせていく。

――んだけど、意外と混ざらない、というか一体化してくれないんだよな！

水を拒絶する米ぬかと水を、握っては場所を変え握っては場所を変えと辛抱強く結合させていく。

しばらくすると、米ぬかのざらざら感はありつつもしっとりしている、特有の触り心地へと進化した。

「粘土みたいになりましたね……？」

「粘土、ですね」

二人はぬか床を見て困惑している。

「ここに持ってきてもらった唐辛子と干しきのこ、綺麗に洗った野菜くずを加えて、最後に上から押さえて空気を抜けばおしまい！」

「………お、おしまい？」

本当は昆布やかつお節があればよかったけど、まあないものは仕方ない。

「あとは蓋《ふた》をして、ときどき混ぜながら冷却庫で育てるだけだよ。うまくいけば、二週間くらいで完成するはず」

ああ、完成が待ち遠しい……！！

「あ、あの……失礼ながら、それはいったい何になるんですか？」

「うん？　ああ、ぬか漬けっていう漬け物の一種だよ」

「……つ、漬け物、ということは、これを食べるんですか⁉」

シャロもミアも、ぬか床を見つめながらショックを受けている。

僕が知る限り、この世界に漬け物はあまり存在しない。

漬け物に近しいものと言えば、塩漬けとシンプルなピクルスくらいのものだ。

ましてや米ぬか自体見たことなかったわけだし、驚くのも無理はない。

「見た目はたしかにちょっとあれだけど、でもおいしいんだよ？」

「そ、その……何といいますか、野菜でしたらちゃんと本体をご使用いただいても」

シャロは、僕の行動があまりに不可解だったのか、戸惑いうろたえながら小声でそう提案してくる。

僕が貧しい米農家の息子であることは多分知ってるし、そういう食生活を余儀なくされていたと思ったのかもしれない。

まあ、それはそれであながち間違ってないんだけど。

「ああ、えっと、野菜くずは食べるんじゃなくて、発酵させるための栄養なんだ」

「では、その米ぬか？　を食べるということでしょうか？」

「ううん、食べても問題ないけど、野菜くずを使ってぬか床――この土みたいな部分ね、これを簡単に言えば『漬け物製造機』に変えて、それから野菜やら何やらを漬け込んで食べるんだよ」

僕なりに頑張って説明してみたが、シャロとミアは頭に「？」を浮かべている。

「ま、まあとりあえず大丈夫だから。楽しみにしててよ」

「……は、はあ」

動揺を隠し切れない二人を見て、僕は改めてぬか床の、ぬか漬けの魅力を伝えなければと心に誓う。

絶対おいしいって言わせてみせるぞ！！！


ぬか漬けは適宜様子を見ながら育てていくとして。

次は屋台に出すレシピを開発したい。

今、カユー改め玄米粥《げんまいがゆ》から始まって、白米、おにぎり、焼きおにぎりときた。

個人的には鶏雑炊も作ったか。

おにぎりのバリエーションは無限大すぎてキリがないから、これは空いた時間で増やしていくことにして。

「グラムスは大きくて賑《にぎ》やかな街だって聞くし、もっとインパクトのある豪華なメニューがあった方がいいよな、きっと」

「豪華なメニューですか。うーん」

お米についてしまっている、「貧乏くさい」「地味でおいしくない」というイメージを払拭《ふっしょく》したい。

でも、前世の米活《こめかつ》は一人で楽しんでただけだし、正直見た目を華やかにしようなんて考えてなかったんだよな。

パッと思いつくのは、やっぱりお寿司《すし》だけど……。

でもこの世界で商品化するのは、何かとハードルが高そうだ。

飲食店でも冷蔵庫——じゃなかった、冷却庫や冷凍庫があるとは限らないだろうし、生魚を使うのはあまりにリスクが高すぎる。

魚介類は、一度は凍らせないと寄生虫がいたら怖いし。

貴族の会食とか特別な席とか、そういう場面でなら全然アリだと思うけど。

まあでも——。

「握ったごはんの上に具材を載せるスタイルってのはいいかも。いっそのこと、ケーキみたいにするとか?」

「ケーキですか、それは興味を引きそうですね!」

この間のアリアたちの反応から考えても、かなり喜ばれそうな気がする。

……でもそれって、実質ちらし寿司だよな。

僕が考えるようなことなんて、既に考え尽くされているというわけか。

まあこの世界には存在しない料理なわけだし、ちらし寿司でもいいけど。

「うーん。でも、どうせならもう一工夫ほしいな……」

ただ上に載せるんじゃなくて、層にするのはどうだろう？

それか、円柱状にして何か巻くか？　薄く切ったきゅうりとか。

いや、せっかくならパンと合うおかずと組み合わせて対抗させるのもアリかもしれない。パンに合うものは、大抵はごはんにも合うだろうし。

ハムやベーコン、卵、サラダ類もいいな。

いっそこんがり焼いてライスバーガーってのも……。

ああもう！　全部見たことあるやつ！！！

というか全部僕が食べたいわああああ！！！！

今すぐ目の前に現れてくれないかな、なんて、思わずため息が出てしまう。

こうしたお米料理のすべてが、僕が作らないと存在すらしないなんて。

「あ、あの、フェリク様？　大丈夫ですか？」

「あ、ああ、ごめん。ちょっと考え事してただけだから大丈夫だよ」

——とりあえずごはんを炊くか。話はそれからだ。

僕はキッチンに用意されていた鍋《なべ》で米を研ぎ、浸水させて冷却庫に入れる。

氷があれば氷も——と思ったが、氷はなかった。

「この冷凍庫、氷ってどれくらいでできるか分かる？」

「サイズと量にもよりますが、だいたい五分くらいでしょうか」

五分⁉　そんな早いの⁉

「凍らせたいものを入れて、このスイッチに触れてください。冷凍庫内の温度を自動測定して、集中的に凍らせてくれます。勝手に凍るのを待つと、たぶん数時間はかかるかと……」

「な、なるほど。集中的に凍らせるのはすごいな……」

「ただ、集中冷凍は魔石の消耗が激しいのでお気をつけください。魔導具師様が来られる前に切れてしまうと、中にあるものがすべて溶けてしまいます」

よく見ると、冷却庫も冷凍庫もメーターのようなものがついている。

これがゼロになると使えなくなる、ということなのだろう。

――いくら好き勝手使っていいと言われてるとはいえ、さすがにフル活用するのは気が引けるな。今回は試作だし、冷却庫で我慢しよう。

というか、贅沢《ぜいたく》言っちゃいけないんだろうけど炊飯器が欲しい！

この世界、土鍋《どなべ》もないし。

まあ普通の鍋で炊いてもうまいはうまいけど、でも毎回これで炊くのはさすがの僕でもちょっとつらい。保温もできないし。

うちに置いてきた高級炊飯器、一緒に転生してくれればよかったのに！

あれめちゃくちゃ高かったんだぞ！！！

「――そういえばもう昼だね。せっかくだし何か作るよ。シャロとミアも食べるよね？　何か希望ある？」

「い、いえ。私はそんな……」

「ミア、私たちはフェリク様付きのメイドなんだし、白米を食べるのも仕事のうちじゃない？　いただきましょう。ねっ？」

シャロはそう言って、キラキラと目を輝かせながらミアに詰め寄る。

「……シャロのそれは、自分が食べたいだけでは？」

「それもある！　だってせっかくのお誘いだもん。ミアは食べたくないの？」

「そ、そういうわけでは……ないですけど……」

「じゃあ二人とも食べるってことでいいよね？　おかずは――そうだなあ」

たしかさっき、冷却庫に鮭《さけ》があったような？

あとは――。

「よし、ちょっと待ってて」

冷却庫から鍋を取り出して炊飯に着手し、同時進行でおかずを作っていく。

まずは下処理をした鮭を焼いてほぐし、炒《い》り卵を作って、三つ葉を切る。

卵の味つけは塩コショウでシンプルに。

ごはんが炊けたら、鮭と炒り卵を炊き立てごはんの上に載せ、仕上げに三つ葉で爽《さわ》やかさをプラスすれば完成だ。

「できたあああ！　さ、食べて食べて！」

「わー、すごい！　彩りもいいし、このまま屋台で出せるんじゃないですか!?」

「これ、本当に私がいただいてもよろしいのですか？」

「もちろん。僕はさっき少し食べたから、二人が食べてくれなきゃ食べきれないよ」

「そ、そうですか。ではご厚意に甘えます。ありがとうございます」

「いただきまーすっ♪」

さっき作った鶏雑炊は、半分以上ライスに取られちゃったし。ちょうどよかった。

そう思ったが。

「クゥゥゥン！」

「……え？　もしかしてまだ食べるの⁉　大丈夫⁉」

「ワン！」

というか、犬にこんなもの食べさせていいんだろうか？

でも直感だけど、こいつ多分、普通の犬じゃない気がするんだよな。

絶対言葉通じてるし、鍋の中身も消し去っちゃうし！

よく分からないけど、分かった上で求めてくるなら大丈夫、かな？

ライスの前に、同じように作った鮭と卵の他人丼を置いてみると、嬉《うれ》しそうに食べ始めた。

「ワォォン！」

「――お、おいしい！　程よく弾力があって食感もすごくいいですね！　ごはんってこんなに甘いんだあ……！」

「⁉　おいしいです。おかずの塩気とのバランスが絶妙です！」

ライスもシャロもミアも、すっかりごはんに夢中だ。

「気に入ってくれてよかった。クセがないのは、さっき米ぬかを除いたからだよ。まあちゃんと調理すれば、玄米は玄米でおいしいんだけどね。栄養価も高いし。――うん、うまい！」

やっぱり、鮭と卵はごはんに合うな！

味つけがシンプルだからこそ、三つ葉の爽やかさが一層際立つのもいい。

この組み合わせもおにぎりのレパートリーに加えよう。

派手で豪華な料理も悪くはないけど、僕としては、やっぱりこういう素朴なものが好きなんだよな。

生きててよかった……！

「これからは、お仕事でこんなにおいしいごはんが食べられるんですね！　私、ずっとフェリク様付きのメイドがいいです！」

「ちょっとシャロ、欲望がだだ漏れです……」

「そういうミアも、ちゃっかり完食してるじゃない？」

「う……。だって……」

だんだん、この二人の関係性が見えてきたな。いいコンビだ。

「おいしく食べてもらえるのは大歓迎だよ。シャロとミアも、ここにあるお米や食材はいつでも好きに使っていいからさ。組み合わせを考えてみてよ」

「承知しました！　お任せくださいっ☆」

「……シャロ、料理できるんですか？」

「もーっ！　最初は誰だって初心者なの！　これから頑張るんだから！」

「あはは、二人とも期待してるよ」

第四章　アリアとのグラムス散策、そして工房⁉

「フェーリクっ！　久しぶり！」

「──あ、アリア⁉」

数日後、領主様の帰宅に、なんとアリアがついてきた。

アリアの両親も一緒らしい。

「実はね、私たち、グラムスに引っ越すことになったの」

「えっ⁉」

「ちょっとよく分からないんだけど、この前突然領主様がうちに来て、君たちはグラムスに移りなさいって」

「そ、そうなんだ？」

グラムスは、アリスティア領内で最も栄えている、領主様のお屋敷からも一番近くにある街だ。

なんだろう？　お米ビジネスを本格始動するためだろうか？

まあなんにせよ、アリアが来てくれたのはとても嬉しい。

領主様の力なしでは、ファルムに行くだけでも一週間近くかかってしまう。

「そういえば、お米料理の研究は順調？　屋台を出すって聞いたけど」

「うーん、一応レパートリーはそれなりにあるんだけどね。でもイマイチこれってインパクトがなくてさ」

「インパクト?」

「街で売るなら、いわゆる目玉商品がいるんじゃないかと思うんだ」

ファルムのような田舎ならともかく、グラムスにはおいしいものを売っている店も屋台もいくらでもあるという。

その中で、アリア父と領主様は、お米料理を名物にする予定らしいのだ。

「……それなら、街に行ってみる? 今ならママが連れてってくれるかも」

「街に?」

「パパがね、ライバルに勝つには、まず相手を知ることが大切だっていつも言ってるの。だから、実際にお店や屋台を見てみましょうよ」

「――それだっ!」

そういえば、僕はこの世界の街の様子をほとんど見たことがない。

領主様のお屋敷に向かう途中、馬車から見たくらいで、グラムスを実際に歩いたことは一度もなかった。

――にしても、さすがおじさんの娘だな。

八歳の子どもにここまでの正論を突き付けられるとは思わなかった……。

機転の利かない自分が恥ずかしい。

まあ僕も見た目は八歳の同い年なんだけど。

「もちろんいいとも。行っておいで。ただし、ご両親は今忙しいだろうからね、メイドを連れていくといい。バトラ、馬車の用意を」

「かしこまりました」

こうして僕は、アリアとシャロ、ミアとともにグラムスへ向かうことになった。

ちなみに、ライスは屋敷でお留守番だ。

「連れていけなくてごめんね」

「ワンッ！」

ライスは大丈夫、と言わんばかりにそっとすり寄ってくる。

――よし、ライスのためにもおいしいお米料理を開発するぞ！

「ごめんね、二人とも。忙しいのに」

「いえ。フェリク様にお仕えするのが、私たちの務めですから」

「それに、みんなで街を散策なんて楽しそうですしね～っ！」

ちなみにお金は、「必要経費」ということで領主様からたくさんもらった。

これなら、四人で好きなだけ食べてお土産を買ってもおつりがくるだろう。


グラムスへたどり着いたのは昼過ぎ。

大通りには大きな建物が立ち並び、そこから少し逸《そ》れたところには、まるで日本の商店街のごとく屋台が並んでいる。

「す、すごい……！　こんなたくさんの店、この世界で初めて見たよ」

「この世界で……？　面白い言い方をしますね。ここは、アリスティア領で最も栄えている場所なんですよ！」

しまった、うっかり本音が出てしまった。言葉選びには気をつけよう。

「アリア、迷子になるなよ」

「フェリクだって！」

「二人とも、私たちからあまり離れないでくださいね。街には危険も多いですから」

屋台の並んでいる通りは大通りより少し狭く、人通りもとても多い。

そのため、御者さんには夕方に迎えに来てもらうことになり、僕たちは四人で街を散策することとなった。

せっかくだし、あとで御者さんにもお土産を買おう。

「フェリク、ね、あの串焼《くしや》きおいしそうじゃない？」

「たしかにうまそう。でもこれって白米とは何の関係も……。いや、そんな頭の固いことを言ってるからダメなんだな。食べよう！」

「やったあ♪」

牛串焼きを四本注文すると、店頭の網でジューシーに焼き上げてくれる。

塩コショウのシンプルな味つけだが、それがまた肉の焼かれる香ばしい香りがダイレクトに届く要因にもなっていて、とてつもなく食欲をかきたてられた。

「はいよ。牛串焼き四本な！」

「ありがとうございます」

お金を払って受け取り、アリアとシャロ、ミアに一本ずつ手渡す。

焼きたての艶《つや》やかさと香ばしさを併せ持つ見た目と、湯気による強烈な鼻腔《びこう》への刺激がたまらない。屋台で買ってすぐに立ち食いするという背徳感も、この串焼きの魅力を一層高めている要因だろう。

「私までこのような……本当によろしいのですか？」

口ではそう言いながらも、ミアは頬を紅潮させ、すっかり串焼きに釘付《くぎづ》けだ。

あの屋敷に住み込みで働いているならグラムスへはよく来るだろうし、こんなに喜んでもらえるとは思わなかった。

「もちろん。二人だけで食べるなんてこっちが気まずいし。それにせっかくなら、意見も四人分あった方がいいだろ」

「――ふふ、ありがとうございますフェリク様」

ミアが喜ぶ姿を嬉しそうに見つめるシャロは、いつもと違ってミアのお姉さんのようにも見えた。

世話係のメイドさんとはいっても、シャロもミアもまだ十代半ばの子どもだ。

こうしていろんな顔を見てしまうと、むしろこっちが世話を焼きたくなってくる。

というか。

前世の僕の半分くらいしか生きていない子に世話をされていると思うと……。

――いや、余計なことは考えないようにしよう。僕は八歳！

串焼きの肉を頬張ると、牛肉特有の強いうまみを持つ肉汁がジュワっと溢《あふ》れ出す。

「んーっ！　おいしいっ♪」

「おいひいれす」

「こうして外で買い食いするのも、いいものですよねーっ♪」

肉質は霜降りではなく赤身寄りだが、だからこそ肉好きにはたまらない肉々しい味が――ってあれ？

「……この肉、どうやって保存してるんだろう？」

特に塩漬けにされている感じでもないし、焼き加減は絶妙で、中がほんのり赤い。

いくら牛肉とはいえ、常温保存していたものをこんな焼き加減で出していたら、間違いなく食中毒が発生する。

「あ、あのっ、すみません」

「うん？　どうした、串焼きに何か気になることでもあったか？」

「えっと、その……。このお肉はどうやって保存してるんですか？」

子どもが突然そんなことを聞くのは不自然かもしれないと思ったが、背に腹は代えられない。

串焼きの店の男は、一瞬驚いたような顔をしてこちらを見たが。

それからプッと吹き出し、笑い始めた。

「あっはっは。変なところに興味を持つ子だな。気になるか？　これだよこれ、冷却庫だ。すごいだろ？」

「れ、冷却庫？　こんなところに？」

いや、こんなところとか言ったら失礼だけど。

でも、この串焼き屋が実は貴族で大金持ち……なんてことはちょっと考えにくい。

「実は領主様とフローレス商会の計らいで、ギルドが小さな冷却庫を大量に所有してててな。登録者に一つずつ安く貸し出してくれるんだ。魔導具師に頼む時期も合わせてるから、メンテナンス代もお安く済むってわけさ。って、子どもがこんな難しい話聞いても面白く――」

「なるほど！　すごく勉強になります！」

「お、おう……？　まあ役に立ったならよかったよ」

僕があまりに目を輝かせていたためか、男は少したじろぎながらそう言った。

子どもがこんな話に目を輝かせるなんて、僕も逆の立場だったら同じような反応をしていたかもしれない。

――にしても、領主様とフローレス商会はもちろんだけど、商業ギルドも優秀ってことか。活気にあふれるわけだな。うん。

というか、まさかグラムスでこんなに冷却庫が普及してるとは思わなかった。

これは料理の幅が広がるぞ！！


その後も僕たちは、屋台通りをじっくりと見て回った。

その間に、林檎《りんご》やいちごを飴《あめ》でコーティングしたもの、塩漬けの豚肉を焼いたものと卵と野菜が挟まったサンドイッチ、茹《ゆ》でたじゃがいもなどを購入。

みんなでわいわい食べる屋台のメニューは、シンプルでも特別感がある。

むしろ、見慣れたメニューをこうした場で食べることこそ贅沢《ぜいたく》に思えた。

ちなみに、ファルムの家では高級品として滅多に登場しなかったパンも、グラムス内のあちこちで売られている。

もちろん、お値段はそれなりだけど。

でもこの価格帯は、グラムスで働く人々には手が出ない額ではないらしく、お手軽さが好評なようで思った以上に売れているようだ。

対してカユーの店は閑散としており、時折貧しそうな人々が買っていくぐらいで、それ以外の人は見向きもしない。

米農家の息子として、父さんの苦労を見ているようで悲しくなった。

「おなかいっぱいになったねー！」

「そうだな。さすがに疲れたし、どこかで休憩したいよな」

「でしたら、大通りのカフェはいかがですか？」

「カフェか。そうだね。ゆっくりできそうだし行ってみよう」

「ではご案内いたしますねっ！」


表の通りへ出ると、屋台通りとはまた違う活気に満ちていた。

こちらは屋台通りと違って人を選ぶ店が多いようで、店に入っていくのは皆それなりの身分の人のように思える。

——お金、余裕だと思ってたけど足りるかな。

こういう店ってどれくらいの価格帯なんだろう？

そんなことを考えていると、シャロが店頭にいた店員と何か話し始めた。

店員は驚いた様子で深々とお辞儀をし、僕たちを丁重に中へと招いてくれた。

連れていかれた先は、広くて豪華な、明らかに特別な部屋で。

話を共有された店員たちが周囲で慌ただしく動き始める。

——ああ、多分これ、アリスティア家の名前を出したんだろうな。

米農家の息子だってバレたらつまみ追い出されそう……。

シャロは、さっきの店員に何かを見せて話していた。

恐らく、アリスティア家の者であると示す証《あかし》のようなものがあるのだろう。

ドリンクを四人分注文し、僕とシャロは紅茶、アリアとミアはグレープフルーツジュースを飲みながらほっと一息つく。

横に立っていられると落ち着かないので、シャロとミアにも座ってもらった。

「フェリク様、屋台巡りはいかがでしたか？　何か参考になりましたか？」

「すごく参考になったよ。屋台ってもっとイベントっぽいイメージがあったけど、ここでは日常の中に溶け込んでるんだね」

「屋台通りは、労働者が仕事の合間に空腹を満たす大事な場所なんです。私たちも、休みの日はたまに来るんですよ」

「シャロは勤務中の買い出しのときも――むぐ」

ミアの言葉に、シャロは慌ててミアの口をふさぐ。

「と、とにかく、屋台で出すなら手軽に食べられるものが好まれると思います！」

「手軽なもの、か。なるほど」

そうか、そうだよな。

もちろん見栄えもある程度は大事だけど、日常的に食べるなら、やっぱり安くて手軽でおいしいのが一番だよな。

ちゃんと見ずにイメージで考えてたら、見当はずれなメニューを売り出して大失敗するところだった。危ない……。

「でも私たちみたいな田舎者にとっては、屋台だってイベント同然だけどねーっ！」

「あはは。僕は屋台の食べ物なんて、食べたことなかったよ」

「フェリクの家、いつもお金なくて大変そうだったもんね」

「アリアの家には本当に助けられてるよ。ありがとう」

ＶＩＰルームのような場所にはあまりに似つかわしくない会話だが、アリアのこの無邪気さに、ふっと心がほぐれた気がした。

子どもの純粋さってすごいな。僕も同じ子どもとして見習いたい……。

――おかげさまで、メニューの方向性も定まった気がするし。

明日からまた研究に勤《いそ》しむぞ！


「おはよ！　また来ちゃった♪」

「アリア！　おはよう。こんな朝早くにどうしたの？」

キッチンでお粥《かゆ》とベーコン入りスクランブルエッグを作り、シャロとミア、ライスと朝ごはんを食べていると、突然入り口のドアが開けられアリアが入ってきた。

「パパが用事があるっていうからついてきた――って、犬⁉」

「ワンッ！」

アリアは、ライスの存在に気づき目を丸くする。

――そういえばライス、また大きくなってる気がするな。

体の大きさで見たら、もう僕より大きいんじゃないか？

「この子どうしたの？　領主様の犬？」

「ううん、僕が飼ってるんだ。ファルムにいたころ、こいつが田んぼでおなかをすかせてたことがあって、助けたら懐かれちゃって……」

「いつの間に⁉　全然知らなかった！　でもモフモフしてて可愛《かわい》いーっ♪　触ってもいい？　噛《か》まないかな？」

アリアはそう言いながらも、僕が答える前にライスに抱きつく。

ライスは、まるで子どもを見守る親のようにおとなしく受け入れてくれた。

「ワォォン！」

「大人しいね。名前はあるの？」

「ライスだよ。お米って意味の言葉」

「ええっ？　犬にお米って名前つけたの⁉　もう、最近のフェリク、ちょっとお米に夢中すぎじゃない⁉」

アリアは呆《あき》れたようにため息をつく。

「僕には、お米のすごさを世に広めるっていう使命があるからね。それに、こいつを見てたら自然と頭に浮かんだんだよ」

こいつ、白米みたいに艶やかで真っ白だし。額に「米」みたいな模様もあるし。

それにごはん好きだし、ぴったりの名前だと思うんだよな。

「……はあ。まあいいけど！　それで、今日は何食べてるの？　……それ、もしかしてカユー？せっかくおいしいお米料理を作れるようになったのに」

食べかけの器の中を見て、アリアは顔をしかめた。

こういうとこ、子どもって本当素直だよな……。でも。

「ふっふっふ。残念、これはただのカユーじゃないよ。ちゃんとした作り方で、白米で作ったおいしいお粥なんだ。アリアも食べる？」

ちなみに今日のお粥は、海老《えび》や干した貝柱とともに煮て、生姜《しょうが》と塩を加えて味を調えたもの。前世の言葉で言えば中華粥だ。

「お、おかゆ？　本当においしいの？」

「騙《だま》されたと思って一口食べてみなよ」

「……まあ、一口だけなら。でもたしかに、いい匂いはするよね」

器によそって渡すと、アリアは恐る恐るスプーンですくう。

が、そこで自分の知っているカユーとは違うと感じたらしい。

そのままぱくっと口へ入れて――。

「……お、おいしい！　何これ本当にカユーなの⁉」

中華粥のおいしさに魅了され、あっという間に完食してしまった。

……どころか、鍋《なべ》に残っていたお粥まで全部食べ切った。

アリアがお米好きになってくれて嬉《うれ》しい限りだ。

「ちゃんとした作り方をすれば、お粥はこれだけおいしくなるんだよ。あとまあ、魚介の出汁《だし》で煮てるし生姜も入ってるから、より食べやすいのかも」

「すごい、カユーがこんなにおいしいなんて信じられない！　やっぱりフェリクは天才だわ！」

「あはは。ありがとう」

アリアと話をしていると、彼女が開けっ放しにしていたドアからアリア父が入ってきた。アリアを探しに来たのかもしれない。

「フェリク君、おはよう。いい匂いがするね」

「おじさんおはよう。朝ごはんにお粥を食べてたんだ。アリアが食べきっちゃったからもうないけど」

「……アリアが？　あれだけカユー嫌いだったのに」

「これはもう、カユーとは別ものだわ。これなら毎日でも食べたいくらい。うちも朝ごはんはこれにしない？」

アリアは目をキラキラさせ、そう訴える。

「そうだね、アリアがそこまで言うなら、ママにお願いしてみようか。……それよりフェリク君」

「うん？」

「領主様と私から、君にプレゼントがあるんだ。ついておいで。——シャロとミア、だったかな。アリアを少し頼む」

「承知いたしました」

「えっ、ちょっとパパ⁉」

「——あ、あの、プレゼントって何？　どこに行くの？」

「着いてからのお楽しみだよ」

ついてきたそうにしているアリアをシャロとミアの元に残して、僕はアリア父のあとをついていった。

いったい何をくれるんだろう……。

しばらく行くと、庭の一角に一軒の家が建っていた。

——うん？　こんなところに家？　なんだろう？

一般的な戸建ての数倍はありそうな建物で、三階建てに見える。

完成したばかりなのか外壁も美しく輝いていて、汚れ一つない。

「さあ着いたぞ。これだよ、君が自由に使える、お米の研究・加工用の工房だ」

アリア父は、自慢げにその新しい家——工房を披露する。

「…………は？　え？　えっと…………冗談だよね？」

「もちろん本気だよ」

いやいやいやいや。

僕まだ八歳なんですけど⁉

八歳の子どもにプレゼントするもんじゃないだろ常識的に考えて！

「フェリク君には、これからもレシピ開発に勤しんでもらわないといけないからね。もっと広い場所が必要だろうって話になったんだ」

「ひ、広いって、限度ってものが……」

というか、あのキッチンと倉庫も十分広かったけど⁉

こんなの、分不相応にも程がある。

「これは投資だよ。この間チラッと話したと思うけど、おにぎり試食会に来ていたシェフの一人が、ぜひフェリク君にレストランで出すお米料理のレシピを考案してほしいって依頼してきたんだ」

「その話、おじさんから聞くのは多分初めてだよ……」

「あれ⁉　ごめんごめん、話したつもりになってたよ。ああ、もちろん屋台出店の計画も実現に向けて動いてるから安心してくれ。先日、屋台通りに空きが出てね、そこを使おうと思って押さえておいた」

アリア父は、嬉々《きき》として近況を説明してくる。

この人本当に商売が好きだな！

このあとも、工房の前で今後の展望やら何やらを延々聞かされる羽目になった。

「——どうだい？　喜んでもらえたかな？」

いつの間にか来ていた領主様に声をかけられ、僕はようやく現実へと引き戻された。

アリア父は、領主様と僕を残し、「仕事に戻ります」とその場を離れた。

「………え、っと。ありがとう、ございます。——じゃなくて！　あのでも、これはさすがに」

「なんだ、どこか不満かい？」

「そうじゃなくて！　こんな立派な工房、僕にはもったいなさすぎるというか……」

領主様は困惑する僕を満足気に見て、それから工房内を案内してくれた。

外からは三階建てに見えたが、実際は地上三階、地下一階と四階分のフロア、それに加えて屋根裏部屋もある。

「地下は倉庫、一階にはキッチンと簡易倉庫、食事ができるスペース、それから今後のことを考えて商談スペースも設けてある。奥には使用人用のエリアもあるから、屋根裏部屋と併せて使わせてやるといい」

二階へ上がると、そこには大きな部屋が用意されていた。立派な書斎もある。

バス・トイレ付きで、普通に暮らせるレベルの設備がすべて揃《そろ》っていた。

「二階はフェリク君のプライベートエリアだよ。休憩時間や考え事をしたい時に使うのもいいし、泊まりこむのも自由だ。好きに使いなさい」

「は、はあ……」

三階には、来客時に泊まってもらうための客室が四部屋、あとは作業スペースと簡易的なキッチン、飲食スペースがあった。

……うん。これはもう、工房というより屋敷をもらったも同然では⁉

「工房の管理にも人手がいるだろうから、使用人も三～五人ほど増やす予定だ。それから君との仕事の都合上、エイダンも頻繁に通うことになるだろうから、客室を一つ彼用に空けておいてやってくれ」

「こ、こんなの、本当にいいんでしょうか……。僕みたいな米農家の息子がいただいていいものでは……」

次から次へと巻き起こる想像すらしない展開に、めまいがしそうだ。

ここまでくると、何かの罠《わな》なんじゃないかとすら思えてくる。

「安心しなさい。私も、さすがに気まぐれでこんなことはしないよ。フェリク君の能力には、それだけの価値があるんだ。それに、この工房を建てた費用を回収できるくらいの儲《もう》けは既にほとんど確定しているよ。だから堂々と受け取りなさい」

なん……だと……⁉

お米の収益でこんなすごい工房が⁉

どうやらお米ビジネスは、僕が思っていた以上に広がっているようだった。

ちなみにお金の管理については、僕の両親と話し合った結果、「莫大《ばくだい》な利益を八歳の子どもに渡すのは危険」という結論に至ったらしく。

運用や管理は、当分は経験値の高い領主様とアリア父が主軸となって行なうことになっているらしい。

「そういうことだから、欲しいものや必要なものがあったらいつでも言ってくれていいからね。私に言いづらければ、シャロかミアに言うといい」

「あ、ありがとうございます……」

なんかもう、すごすぎて何も言えない！

でもありがとうございます！！！

「それから、これは相談なんだけど。お米の需要が思った以上に急拡大していて、在庫が不足気味でね。君の両親が育てているうちの農場分、それからエイダンが仕入れてくるお米では足りなくなりそうなんだ」

なんと、あれだけ不評だったお米が今や不足気味らしい。

「遠方からだと運搬コストがかかるし、そもそも米は現地付近で消費されて終わることがほとんどで、流通体制が確立していない。私も農場の拡大やら何やら進めてはいるが、君も何か案があったら教えてくれないかな」

「――案、と言われましても。――あ、そういえばグラムスの屋台通りに、一軒カユーを出しているお店がありました。閑散としていましたし、声をかければ協力してくれるかもしれません」

「なるほど、グラムスなら近いし助かる。早速屋台の管理者に問い合わせよう。エイダンなら知り合いかもしれないな」

領主様は独り言を言いながら、あれこれ考えを巡らせ始めた。

「い、今のところはそれくらいしか……すみません……」

いくら前世で三十歳だったとはいえ、この世界での僕はまだ八歳で。

つい最近まで、ファルムから出たことすらほとんどなかった。

前世でも、おいしいごはんのために働いていたただの平社員だったし。

僕の人生の大半は、消費側の米活で構成されていたと言っても過言ではない。

領主様に助言するには、あまりに世界を知らなすぎる。

「いや、急にすまないね。ほかにも何かあればどんどん教えてほしい。もちろん、思いついたらで構わないよ」

「わ、分かりました。少し考えてみます……」


この日の午後は、僕とシャロ、ミア、アリア、それから応援に来た男性陣数名で、僕の自室や専用キッチンに置いていたあれこれを工房へ搬入する作業に追われた。

その際、ライスも荷物を運ぶ係として大いに役立ってくれて、その賢さで皆を驚かせた。

「部屋は本当に残さなくていいのかい？」

「はい。一か所にまとめた方が管理もしやすいので」

領主様はこれまで使っていた自室も残すと言ってくれたが、一つにまとめた方が管理もしやすいということで、お礼を言って丁重にお断りした。

今日からは、この工房が僕の拠点となる。

「開発中のごはんのおともや調味料、麹《こうじ》の類も、ここならより安定した環境で育てられるよ」

「それはよかったです。明日には、新たな使用人も増えますよ！」

「うーん。シャロとミアみたいに、仲良くできる人だといいなあ」

怖くて厳しいメイドさんが来たらどうしよう？　正直不安だ。

僕、貴族のマナーやルールなんて全然知らないし。

「ふふ。フェリク様なら、きっとどんなメイドが来ても仲良くできると思いますよ」

「私もそう思います。フェリク様、とてもお優しいですから」

「いいなー、私もフェリクと一緒に働きたい……」

僕たちの会話を聞いていたアリアが、寂しそうに口を尖《とが》らせる。

本当、アリアは好奇心旺盛《おうせい》だよな。さすがおじさんの娘だ。

「アリアはまだ子どもなんだから、そんなこと考えなくていいんだよ。おじさんだって、アリアには自由に生きてほしいと思ってるんじゃないかな」

お米に興味を持ってくれるのは嬉しいけど、アリアは希少スキル【転移】を授かった、将来有望な子なわけだし。

「……何それ。フェリクだって子どもだし、私たち、同じ日に生まれた同い年じゃないっ！」

アリアは不服そうに、じとっとした目をこちらに向ける。たしかに。

「それはまあそうだけど……でも僕は、家もなくなっちゃったし。ここに住まわせてもらう分しっかり働かないと。アリアにはちゃんと帰る家があるだろ？」

「それは……そうだけど……」

家のことを言われて何も言えなくなったのか、アリアは黙り込んでしまった。

ずるい言い方してごめん！

そりゃあ僕だって、本音を言うとアリアがいてくれた方が嬉しい。

でも、アリアの家にはアリアの家の方針があるし、僕は幼い少女を感情に流されて振り回せるほど無邪気じゃない。

この子には今、もっと他にやるべきことがあるはずだ。

「アリア、そろそろ帰るぞ」

「――パパ。もう帰るの⁉　私、今日はここに泊まりたい」

「フェリク君は今忙しいんだ。あまり長居をすると邪魔になるだろう。フェリク君、アリアが長々とすまないね」

「ううん。僕もアリアのこと好きだし、こうして来てくれるのは嬉《うれ》しいよ。引っ越しも手伝ってくれたしね。ありがとう、アリア」

そう声をかけると、我儘《わがまま》を言っているのが恥ずかしくなったのか、アリアは黙り込んで赤面しうつむいてしまった。そして——。

「……ま、また手伝ってほしいことがあったら、いつでも遠慮なく言うのよ！　私はフェリクの味方なんだからっ！」

それだけ言って、大人しくアリア父とともに帰っていった。


「うーん、お米の新たな仕入れ先かあ」

考えてみます、とは言ったものの。

ない袖《そで》は振れないというか、ない米は炊けないというか。

領主様に相談を持ち掛けられて以降、僕は米を増やす方法を考えてはみたが。

一消費者だった僕がそんな魔法のような方法を知ってるわけもなく、これといった案が浮かばないまま時間だけが過ぎていった。

「——待てよ。スキル【品種改良・米】を使えば、収穫までの時間をショートカットできるかもしれない」

なぜ今まで気づかなかったのか。

僕は早速、種籾《たねもみ》用のお米を一袋引っ張り出し、品種改良を施してみた。

「あとはこの種籾を父さんに渡して――。できれば、小さくてもいいから僕が自由に使える田んぼもほしいな。今度領主様に相談してみるか」

僕は種籾を工房付きのメイドさんの一人に渡し、父さんに届けるよう伝えて、アリア父に依頼されていた「屋台で出すお米料理」、そして「レストランへ提供するお米料理」のレシピ開発に取り掛かることにした。

おにぎりと焼きおにぎりのほかにも、何か目を引く一品がほしい。

とは言っても、派手さや豪華さを追求するのではなく、あくまで食べやすさや手軽さにこだわった何か――。

◆◆◆

「フェリク！　あの、あれ、あの米はいったいなんだ⁉」

数日後、工房に両親がやってきた。

父さんは工房のドアを開けるなり、動揺を隠し切れない様子でそう聞いてきた。

「ワウウウウウウ！」

あまりにも勢いよくやってきたもんだから、ライスが驚き威嚇している。

こいつも大きな音は苦手なんだな。なるべく気をつけよう。

「父さん落ち着いて。ライスがびっくりしてるよ。とりあえず座って話そう。母さんも入って」

僕はライスを撫《な》でてなだめながら、二人に部屋へ入るよう促す。

「お、おう。にしてもでかい犬だな。そいつ、本当に犬なのか？」

「思っていた数倍大きいわね。でもふわふわで可愛い！　ライスくん、この人が驚かせちゃってごめんね〜」

二人はライスの大きさに驚きつつも、工房のキッチンにある椅子へ座った。

ライスも危険はないと理解したらしく、『まったく人騒がせな人間だ』と言うかのようにため息をついて静かに床にうずくまる。

「そういえば、二人がこの工房に来るのは初めてだったよね」

「あ、ああ、そういやそうだな。立派な工房だ」

「フェリクがこんなに出世しちゃうなんて。お母さん嬉しいわ」

最近忙しくてあまり会えてなかったし、ちょうどよかった。

報告したいこともいろいろあるし。

父さんなら他の米農家との繋《つな》がりもたくさんあるだろうし、新たな仕入れ先も斡旋《あっせん》してくれるかもしれない。

「——そ、それよりフェリク、あの種籾はいったい何だ？　田植えから五日で稲が実っちまった」

五日！　思った以上の効果だな⁉

米の価値を守ることを考えると、さすがにちょっと早すぎるかもしれない。

味や品質への影響も気になる。

「実は【品種改良・米】で、成長速度を早めてみたんだ」

「おまえのスキル、いったいどうなってるんだ？　スキルってのは、そんな何でもアリな代物《しろもの》じゃないはずなんだが……。一応、収穫した米を持ってきたぞ」

「ありがとう、助かるよ父さん！」

父さんが持ってきた米を確認すると、米粒のあちこちが白くなったり欠けたりしていた。粒も心なしか小さい。

「うーん、父さんの言う通り、何でもアリではないみたい……。もっと研究を重ねてバランスを探ってみるよ」

「あんまり無理しちゃダメよ？　ちゃんと寝てるの？」

「大丈夫だよ。二人こそ、ちゃんと寝てる？」

「父さんたちは大丈夫だ。領主様がつけてくれた部下が優秀でな、率先して動いてくれるから助かってるよ」

領主様や執事のバトラさんから聞いた話では、父さんも母さんも人望が厚くとても慕われているらしい。楽しくやっているようで何よりだ。

「そういえば、九歳になったら僕に家庭教師をつけてくれるらしいよ。将来のために勉強もしておきなさいって領主様が」

「家庭教師⁉　勉強させてくれるのはありがたい話だが、せっかくなら学校に通った方がいいんじゃないか？」

「うーん、でも、グラムスにある学校は貴族しか入れないんだって。それ以外ってなると、ここから通えなくて寮生活になっちゃうんだ」

領主様にとって僕は、家庭の事情と仕事の都合で屋敷に住まわせているだけの、言ってしまえばよそ者だ。身分もあまりに違いすぎる。

だから僕も、「家庭教師を雇ってもらうなんて気が引ける」と話したのだが。

領主様は「先行投資だから」と聞き入れてくれなかった。

たぶん、僕が学校に行くと仕事が回らないってのが大きい理由だと思うけど。

「そう……。でも、一人じゃ寂しいんじゃない？」

「アリアも一緒に学ばせてくれるみたいだから、そこは大丈夫」

「そうか。まあフェリクがそれでいいんなら応援するぞ」

家庭教師が来てくれるのは週三日で、それ以外は自習になるらしい。

でも前世では一応大学まで出てるし、多分どうにかなるだろう。

「――そうだ。フェリク、今度フローレスさんに、米の仕入れ量を増やせないか聞いてみてくれねえか？　家も離れちまったし、最近全然会えなくてな……」

「えっ⁉」

なんと、こちらが話を切り出す前に、父さんの方から打診してきた。

自ら望んでくれる相手がいるなら、そんなありがたいことはない。

「この前、ファルムの家に何か残ってないか確認しに行ったんだ。そのとき、隣村の農家仲間に引っ越したことを話しに行ったら、米が売れなくて困っててな」

父さんによると、「米がどんどん売れなくなって、うちももう潮時かもしれない」とうなだれていたらしい。

その村へは、僕も何度か行ったことがある。

物心つくかつかないかくらいのことであまり覚えてないけど、村民の多くが米を作っている、ファルムよりも貧しい寂れた集落のような村だ。

「大歓迎だよ！　ちょうど領主様に、お米をもっと確保できる方法を探してほしいって言われてたんだ。聞いてみる！」

スキルで時間短縮を試みるのもいいけど、せっかくなら困っている米農家を助けてあげたい。

「本当か、助かるよ！　貧しい村だけど、ファルムのヤツらよりずっと信頼できる良い人たちばかりだ。ぜひ話だけでもしてみてくれ」

「――なるほど。それはいい案だ。早速遣いの者を手配しよう。ほかにもそうした米農家や村を知っていたら、ぜひ教えてほしい」

「分かりました。一応、父を同行させるのがいいかもしれません。突然アリスティア家の使者が来たら、みんなびっくりするかもしれないので」

「そうだね。そうさせてもらおう」

父さんからの、米農家さんの話を伝えると、領主様はすぐに快諾してくれた。

そして時間を見つけては自らも足を運び、話をして、次々と環境を整えていく。

領主様は忙しい中定期的に工房を訪れ、僕に近況を報告してくれた。

ただ報告しているというより、僕のところにやってきては自らの思考を整理しているようにも思えたが。

――見た目が子どもだから話しやすいのかな。

そこらへんの子どもよりは、領主様のことを理解もできるだろうし。

みんなの協力によって、少しずつではあるが米不足解消の目処《めど》が立ちつつある。

領主様やフローレス商会によって救われた困窮していた米農家の人々は、泣いて喜び、村をあげて一生懸命米作りに取り組んでいるそうだ。

「おかげさまで農場の方も順調だよ。フェリク君が作ったお米の種籾は頑丈らしくてね、どんな天気にも負けることなく立派に育っているらしい。虫による被害もないというから驚いたよ」

「恐縮です」

フローレス商会と提携している契約農家には、僕がスキル【品種改良・米】を施した種籾を安価で卸し、それを使用してもらっている。

これによって米の品質と収穫量が安定し、農家の生活もフローレス商会も潤って、ひいては半期ごとに領主様へ献上される税収も大幅にアップした。

精米の副産物として出る籾殻や米ぬかも、もちろん無駄にはしない。

堆肥《たいひ》の作り方やぬか漬けのレシピを広め、稲全体をフル活用してもらうことで、無駄なコストや廃棄物の削減もはかった。

前世で言うなら「ＳＤＧｓ」というやつだ。多分。

そして僕は何をしているかというと。

スキル【品種改良・米】や【精米】で種籾および白米を作り、屋台用とレストラン用のレシピ開発に加えて、ここ最近はレストランや貴族宅で働くシェフの相談に乗る機会も増えてきた。

時には領主様やアリア父、彼らの部下とともに、貴族宅へ赴くこともある。

「今日の依頼主は、先日の試食会に参加していたシェフのおにぎりを食べて感動したらしくてね。シェフにもっとお米料理を学ばせるのはもちろん、君に直接お礼が言いたいと言っていたよ」

依頼主である貴族の屋敷へ向かう馬車の中、領主様が嬉しそうに報告してくれる。

「そんな、僕はお米が愛されればそれで十分です。貴族様のお屋敷に招かれて、そのうえお礼を言われるなんて恐れ多いです……」

「まあそう言ってやるな。貴族だって人間なんだ。素晴らしいと感じることがあれば、喜びや礼を伝えたいことだってある」

窓から外を見ると、道の整備や宿の建設が進められていた。

遠方から来る農家の人々や行商人が困らないよう、今急ピッチで開発を行なっているらしい。

そして――うん？　あ、あれは……。

そこには、談笑しながら和気あいあいと仕事を進める一般労働者のほか、腕や足に焼印を押され、足枷《あしかせ》をつけられ重労働を強いられている奴隷の姿があった。

時折、奴隷の管理者と思われる者の怒声とともに、奴隷の悲痛な叫び声が響く。

この世界には様々な事情から奴隷になってしまう者がいるが、その中には、犯罪を犯し「犯罪奴隷」となったケースもある。そして、この犯罪奴隷が人として扱われることはない。

「フェリク君のおかげで、アリスティア領は一気に発展しているよ。君は多くの領民の生活、それから命を救ったんだ。本当にありがとう」

「い、いえそんな。領主様やフローレスさんのお力があってこそです。でも、ありがとうございます」

途中、ボロボロの姿で使役されている奴隷に見知った顔があった気がしたが。

同行している領主様には見えていない様子だったため、見なかったことにした。

でも、僕だって今は何不自由なく暮らせてるけど、領主様やフローレス商会の力を借りなければただの貧しい米農家の子どもだ。

もしも領主様の怒りを買えば、侮辱罪で奴隷落ちしてしまうことも考えられる。

この人を敵に回さないように気をつけよう……。

おじさんが作り笑いとポーカーフェイスに長《た》けている理由が分かった気がする！

第五章　餅《もち》の魔力は異世界でも共通！

「で、できたああああああああああ！」

「うっ――⁉　こ、これはまたなかなかに刺激的な光景ですね」

「だ、大丈夫なんですかこれ」

工房の廊下でひっそり育てていた種麹《たねこうじ》が、ついに完成した。

見た目は完全に「カビが生えた米」なので、たしかにけっこうグロい。

横では、シャロとミアが割と本気で引いた目をしている。

「…………ワォォン」

いつもは近くでお米を狙っているライスも、スッと遠くに離れてしまった。

「いや、言いたいことは分かるよ。だって見た目は――というか実際本当にカビの一種なんだし。でもこれは、無限の可能性を秘めた魔法の粉なんだ」

ここまで来たら、あとは昨日蒸しておいた米に種麹をふりかけ、ほぐしたり攪拌《かくはん》したりしながら発酵させるのみだ。

問題なく成功していれば、お米が真っ白で美しいふわふわ絨毯《じゅうたん》へと成長し、「米麹」を手に入れられるはず！！！

――とはいえ、実際にやるのは初めてなんだけど。

前世で麹を使った調味料「塩麹」が流行《はや》った際、その素晴らしさに感銘を受け、麹について調べまくったことがある。

麹に関する知識は、ほぼそのときに得たものだ。

あとはまあ、麹専門店でもいろいろ聞いたことがあったっけ……。懐かしいな。

「……私、メイド続けられるのかな」

「私たちにできることは、祈ることしかなさそうです」

キッチンへ行き、僕が着々と作業を進めていくうしろで、シャロとミアが絶望に打ちひしがれていた。多分、多分大丈夫だから！　信じて！


「――よし、麹作りの作業はいったんここまでかな。そろそろおじさんが来る時間だし、片づけてそっちの準備をしないと。ちょっとやりたいこともあるしね」

「今度は何をされるんですか？」

「ふっふっふ。今日は、【品種改良・米】で『もち米』を作る！」

「も、モチ米？　って何ですか？」

なぜ今まで気づかなかったんだろう？　なんか足りないと思ってたんだよ！

つきたての餅のうまさは筆舌に尽くしがたく、僕は正月に限らず年に数回は餅つき機で餅を作っていた。

そして周囲に配っては「なぜ今」みたいな顔をされたものだ。懐かしい。

前世では、餅っていうと「年末年始に食べるもの」という認識が強く。

毎年時期になると「余った餅の使い方五選」「餅の消費に困ったらコレ！」など、餅に謝れと言いたくなるＷＥＢ記事が多数生産されていた。

――餅が余るなんて、そもそもそんな状況発生しないし！

焼いても揚げても茹《ゆ》でてもおいしい、あんな優秀な作り置き滅多にないんだぞ！

ああ、お雑煮食いたい……。

おこわや中華ちまき、おはぎ、お赤飯もいいな。

それにもち米があれば、みりんも作れるようになる。

「あ、ああ、ごめんごめん。簡単に言うと、弾力と粘りがあって、つくとすごく伸びるお米だよ。うまいんだ～」

「あの、フェリク様……？」

危ない危ない。

うっかり前世の至福に思いを馳《は》せすぎて、現実が疎《おろそ》かになるところだった。

――ええと、まずは米をもち米にしなきゃな！

シャロとミアに、倉庫から未改良のお米を三袋ほど取ってきてもらって、もち米をイメージしながらスキル【品種改良・米】を発動させる。

「【品種改良・米】！　そして【精米】！」

いつも通り米袋が光を放ち、米粒が見慣れた形から丸みを帯びた形状へと変化していく。

滑らかさを感じさせる乳白色になればもち米の完成だ。

「白く濁ってしまいましたが、大丈夫でしょうか？　おいしいお米は透き通ってるってフェリク様が……」

「もち米は別なんだ。でんぷんの成分構成が違うらしいよ」

まあ、さすがに僕もそこまで細かいことは分からないけど。

普通の米にはアミロペクチンに加えてアミロースという成分が含まれているのに対し、もち米はほぼアミロペクチンで構成されている。

それが見た目や食感の差に繋《つな》がっているらしい、と何かに載っていたのを前世で見た気がする。

「フェリク様のスキルって、本当に不思議な知識がたくさん詰まってますよね……」

「そんな特殊なスキル、見たことも聞いたこともないです」

「あ、あはは。いやあ、何だろうね？　なんか勝手に浮かんでくるんだよ」

ぽかんとした様子で見つめるシャロとミアを適当にごまかして。

早速、もち米を炊いてみることにした。

まずはもち米を洗い、十五分～三十分ほど吸水させたら鍋《なべ》にもち米、それから普通の米の時よりやや少ないくらいの水を入れて火にかける。

強火で沸騰させて、それから弱火でじっくりが基本だ。

あとは蒸らせば――。

「できたああああああ！」

「わわ、いつもどおりいい香りですね～！」

「だろ？　でもいつもとは違うんだ。はいこれ、食べてみて」

木べらで試食用の小皿に炊き立てのもち米を取り、シャロとミアに渡す。

そして自分も早速味見してみた。

「うまああああ！　これ、これだよ！　これはいい餅になるぞ！」

「――おいしい‼」

「たしかに、いつものお米とは少し違いますね？　でも、おいしいです」

どうやら二人とも、もち米も気に入ってくれたらしい。

「分かってもらえて嬉《うれ》しいよ。僕のメイドさんがシャロとミアで本当によかった」

「ふえ⁉　そ、そんな、私こそですっ！　フェリク様にお仕えさせていただけること、光栄至極に存じます」

シャロは、わたわたしながら頭を下げ、ミアもそれに続く。

本当、米活《こめかつ》仲間に関して言えば、前世の何倍も恵まれてるよな。

「もち米はこのまま食べてもうまいけど、今回はお餅にしようと思う。でもこれ、けっこう大変なんだ。手伝ってくれる？」

「もちろんです！　おいしいお米料理のためなら何なりと」

「シャロ……その発言はメイドとしてちょっと」

「──はっ！　つい本音が⁉　ち、違うんです！　もちろんフェリク様のお力になりたいという気持ちもちゃんとあるんですよ⁉」

ミアにつっこまれ、シャロは慌てて弁解する。面白い子だ。

「あはは。僕自身は貧しい平民だし、気にしないで。お米を好きになってくれればそれで十分だよ」

──あ、そうだ！

餅なら米粒が見えないし、レストランのメニューにも使いやすいかもしれない。

屋台メニューも幅が広がるぞ！

「──それであのっ、これはっ、いったい何をしているんでしょうかっ⁉」

「餅つき、だよっ！」

「お米の粒がなくなっていきます……」

僕は今、シャロとミアに参戦してもらい、大きなボウルに入れたもち米を麺棒《めんぼう》でひたすらつくという作業をしている。

ちなみに、シャロには水をつけた手でもち米を返す作業を、ミアにはボウルの固定をお願いした。

今度、臼《うす》と杵《きね》を作ってもらおう。

米粒が潰《つぶ》れて粘りが増していく様子に、二人は戸惑いを見せている。

「——こんなもんか。二人とももういいよ、ありがとう」

「こ、これはいったい……？」

「これがお餅だよ。まずはこのまま食べてみて。熱いから気をつけてね」

つきたてのお餅をちぎり、取り皿に入れて二人に渡す。

「これがお餅なんですね！　ぷにっとしてて可愛《かわい》いです～！」

「食べるのがもったいなくなっちゃいますね」

それぞれフォークで適当に切って少し冷まし、突き刺して頬張る。

「——あふっ⁉　……でもおいひいっ！　チーズみたいに伸びるんですね⁉　お米のみずみずしい甘さが最高ですっ！」

「……これはたまりませんね。いくらでも食べてしまえそうです。むぐ」

「——うん、うまい。餅だ。完全に餅だ……」

うますぎて涙がこぼれそうになる。

こんな異世界で、つきたての餅を食べられるなんて。

本当は醤油《しょうゆ》やきな粉があればもっといいんだけど——あ、そうだ！

たしか焼いてほぐした鮭《さけ》が冷却庫に残ってたはず。

これとセリ、あとバターを使おう！

餅にほぐした鮭、細かく刻んだセリ、バター、塩コショウを加え、木べらと濡《ぬ》らした手を駆使して全体に混ぜ込んでいく。

餅の熱でバターが溶け、セリも程よく柔らかくなっていく。

「できたあああ！」

試しに少しちぎって味見をしてみると、鮭のうまみとセリの爽《さわ》やかさ、バターの芳醇《ほうじゅん》なコクと塩気が絶妙なバランスで餅の甘みを引き立たせている。大成功だ。

「はいこれ」

「ありがとうございます。こうして混ぜ込むと、彩りもよくていいですね！　いただきまーす！」

「ミアもどうぞ」

「あ、ありがとうございます。いただきます」

「んんーっ！　ミア、これ言葉が追いつかないくらいおいしいっ！」

一足先に食べ始めたシャロは、ハイテンションでミアに早く食べるよう促す。

「――っ!?　こ、これはすごいです。口の中が幸せで満ちていきます」

「これ、無限に食べられそうで危険ですね」

うんうん、分かるぞ！　餅って謎の中毒性があるんだよな！

「ワンッ！　ワォンッ！」

みんなで餅を堪能していると、再びやってきたライスが食べたいアピールをし始めた。

「おまえも食べたいのか？　でもこれ、けっこう危険な食べ物なんだよな……」

人間でも、餅を喉《のど》に詰まらせて亡くなる例が多々あった。

こんなもの、犬に与えるのはあまりにリスクが高すぎる気が――。

……いやでも、こいつ普通の犬じゃない気がするし。鍋に触れずに鍋を空にするようなヤツだし。

いける――のか？

「ちゃんと噛《か》んでゆっくり食べるって約束できる？　喉に詰まらせたら死ぬかもしれないよ？」

「ワォン！」

ライスは「大丈夫」と言わんばかりに大きく頷《うなず》いた。

――頷いた？　え、こいつ今頷いたよな⁉

「そ、そうか。それならちょっとだけ……」

お皿に小さくちぎった餅をいくつか入れて、ライスの前へ置いてみた。

「ワォン！」

ライスはおいしそうに餅に食らいつく。

そしてしっかり咀嚼《そしゃく》し、飲み込んだ。

「ワォォォォン！」

「――ふ、ふふっ。そっか、おいしいか。おまえ本当にすごいな」

そう褒めると、一鳴きして嬉しそうにすり寄ってきた。

成長を続けるライスは、既に体長が僕より大きい。

世界一大きな犬コンテストがあったら、かなりいい線いくんじゃないか？

そんなことが頭をよぎるくらいに大きくなっている。

「ライスくん、大きくなりましたよね。犬種、何なんでしょうね？」

「さあ、分かんない。出会ったときは、普通の子犬サイズだったんだけどね」

「でも本当に賢い犬ですよね。フェリク様、トレーナーの才能もあるんじゃないですか？　多才で羨《うらや》ましいです」

「いや、僕なにもしてないんだけどね……」

「ワォン！」

ライスはあっという間にお餅《もち》を完食し、満足気にそう鳴いた。


「――なんだかいい匂いがするね」

気がつくと、入り口付近に領主様とアリア父が立っていた。

シャロとミアは、慌てて立ち上がり頭を下げる。

「……ん？　その犬は、この間の犬かい？　こんなに大きかったっけ？」

領主様とアリア父は、犬の成長っぷりに驚き顔を見合わせる。

やっぱり成長速度おかしいですよね！

「今日は何を作ったんだ？」

部屋に充満しているお餅の香りに、二人とも興味津々だ。

これは――餅を売り込む絶好のチャンス！！！

本当は、もう少し味のバリエーションを考えてから提案しようと思ってたけど。

そんなもの、つきたての餅の威力には勝てないだろう。

「ちょうど新しいメニューが完成したところなんです。できたての今が一番おいしいので食べてみてください。おじさんも！」

「ほう、これもお米でできているのかい？」

「はい。スキル【品種改良・米】で作った粘りと弾力の強い『もち米』を、麺棒でついた料理です」

領主様とアリア父にも、同じように小皿に取り分けた餅とフォークを渡す。

二人とも、香りを嗅《か》いだりフォークで感触を確かめたりしている。

そして少し苦戦しながらも切り分け、口へと運ぶ。

「――こ、これは。ねっとりとした滑らかさの中にある程よい舌触りが素晴らしい。米のようでいて、お米とはまた違う甘みがある。品種が違うからだろうか」

「潰した米とは思えないな。この混ぜ込んである具材との相性も抜群にいいね」

「フェリク君、もう少しもらえるかい？」

「もちろんです。いくらでもどうぞ。おじさんも食べる？」

「ああ、いただくよ」

二人は次々とおかわりを要求し、ついた餅はあっという間に消えてしまった。

成人男性の胃袋はやっぱりすごい。

「お餅はこのままでもおいしいけど、焼くと表面はカリッとザクザクに、中はコシのあるモチモチ食感になるんです。その焼き餅を、屋台のメニューに加えたいなって」

「このままではダメなのかい？」

「今のこの柔らかさは、つきたて限定なんです。つきたてみたいに蘇《よみがえ》らせる手段もあるけど、屋台で手間をかけるのは難しいし、安定したクオリティを保つためにも焼くのがオススメです」

電子レンジでもあれば確実だけど、そういうのはないしな。

焦がしさえしなければ誰だっておいしくできる焼き餅の方が現実的だろう。

「エイダン、どう思う？」

「……そうですね、屋台で出すとなると、極力少ない手間で一定のクオリティを担保できる調理法が重要になってきます。フェリク君の話を聞く限り、たしかに焼き餅の方が現実的ではないでしょうか」

「そうか、ではぜひ焼き餅の方向性で進めてくれ」

「かしこまりました」

こうして、屋台メニューに「焼き餅」が加わった。

——味つけ、醤油が間に合うといいんだけど。どうだろうな。

きな粉はすぐ作れるし、きなこ餅は確定だな。ベーコンを巻くのもいい。

あとはガーリックバター、トマトソース、ハニーバター、チーズ——ああもう、食べたい餅が多すぎて、頭も手も腹も追いつかない！

「それから、レストランのメニューにも使いたいと思っていて——」

◆◆◆

その日の夜。

僕はいつものように、工房の二階にある自室で今日一日を振り返っていた。

最近はあちこちから相談を受けるため、混乱しないようメモを取っている。

仕事の合間を縫ってアリア父やシャロたちに文字を教わっているおかげで、少しずつこの世界の文字も読み書きできるようになってきた。

横では、ライスが床に丸まって大人しく僕を見守っている。

「レストランに提供するレシピの件も、だいぶ固まってきたし。あとは米麹《こめこうじ》の完成を待って調味料を作れれば――」

『――フェリク、少シ頑張リスギデハナイカ？　無理ハヨクナイゾ』

「いやー、でも、僕が頑張らないとお米が――って、え？　は？」

聞きなれない声が頭に響いたことに驚き、慌てて周囲を見渡す。

しかし部屋には、僕とライス以外誰もいなかった。

――ということは。

い、今こいつ、喋《しゃべ》った⁉

いやいやいやいや、まさかな。最近慌ただしかったし、疲れてるのかもしれない。

疲れてるだけ……だよな？

「………あ、あの、ライスさん？」

『ナンダ、改マッテドウシタ？』

やっぱり喋ったあああああああああああ⁉

え、なんで⁉

今まで普通に、犬みたいに「ワン」とか「クゥゥゥン」とかだったよな⁉

お、おおおおお落ち着け、これはきっと夢か何かで――。

「あの、今日はなんかこう、意思疎通がスムーズですね？」

『……アレ？　言葉ガ通ジテイル？　ソウカ、繋《ツナ》ガッタノカ！』

ライスの方も驚いたようで、勢いよく体を起こし、嬉しそうにしっぽを振る。

繋がったって何が⁉

『――フフ。マダ少シ不安定デハアルガ……コレデ、フェリクト会話ガデキルゾ』

「え……っと、どういうこと？　なんで喋れてんの？　これ、夢だよね？」

『夢デハナイ。我ハ神獣フェンリルノ末裔《マツエイ》。フェリクノ思イガ詰マッタ米ヲ食ベ続ケタコトデ、ドウヤラ繋ガリガデキタラシイ』

神獣フェンリルの末裔⁉　やっぱりただの犬じゃなかったのか！

というか、なんでそんなのがうちの田んぼに……⁉

『……実ハ少シ道ヲ間違エテナ。コノ世界ニ迷イ込ンデシマッタノダ』

ライスいわく、本来行くはずだった世界への道からうっかり逸《そ》れてしまい、この世界へたどり着いて帰り方を探して彷徨《さまよ》っている中、空腹で倒れてしまったらしい。

会ったときに子犬サイズだったのは、この世界の食べ物が合わなくて何も食べられず、力が尽きかけていたからだと話してくれた。

「そう、だったのか。大変だったね」

何をどう間違ったら別世界にたどり着くのか、よく分からないけど！

でもそれなら、いずれは元の世界に帰っちゃうってことか。

せっかくライスって名前までつけたのに、それは少し寂しいな。仕方ないけど。

『――イヤ、セッカクノ縁ダ。シバラクハ、コノ世界ニ滞在スルトシヨウ。助ケテモラッタ礼モシタイ。気ニスルナ、ドウセ人間ノ生ハ短イシナ。女神トモ、モウ話ハツイテイル』

ライスはそう言って寄り添い、しっぽで僕の体を包み込むようにそっと撫《な》でる。

大きくなってから、ふわふわモフモフ度が一層上がった気がする。

僕は思わずライスに抱きつき、そのまま頬ずりしてモフモフを堪能した。

あー、気持ちいい……このまま溶けてしまいたい……。

ライスの温かさがじんわりと伝わってきて、体とまぶたが重くなって――――。


「――リク様！　フェリク様！」

「んん……あったかい……」

「分かりますよ⁉　分かりますけど！　でもそんな場所でおやすみになられては、さすがに風邪を引きかねません！」

「――ん？　わあ⁉　ごめんライス！」

目が覚めると、僕は床でライスに包まれていた。

どうやら昨日、あのまま寝てしまったらしい。

『構わん。我からすれば大した時間ではない。ぐっすり眠れたのなら何よりだ』

ライスは「フフ」と笑って、あごで僕の頭を撫でてくる。

……あれ、昨日より言葉が流暢《りゅうちょう》になってる？

もしかして、一緒にいたから距離が縮まったのかな。

「やっとお目覚めになりましたか。おはようございます」

「おはようございます、フェリク様」

「うお⁉　お、おはよう……」

メイドさん二人に、犬に包まれて熟睡している姿を見られてしまった。

恥ずかしくて死にたい……。

「――あの、なんかライスくん、一晩で成長しすぎじゃないですか⁉　こんな大きな犬見たことないですよ⁉」

「本当です。犬ってこんなに大きくなるんでしたっけ……」

「――――え？」

ふとライスを見ると、なんとまた大きくなっていた。

もはや、体高が僕の身長を追い越しそうだ。あと十センチくらいか？

いや、もっと少ないかも……。

「あ、あはは。こんなに大きくなる犬もいるんだねー。びっくりだよ」

神獣って、いったいどれくらいまで大きくなるんだろう？

いい加減そろそろ止まってくれますように！

でも、ライスが喋ってることに関してはノータッチか。

多分これ、僕にしか聞こえてないんだろうな……。

「ワォン！」

ライスが、鳴き声とともに『その通りだ』と告げてくる。正解らしい。

僕はできるだけライスの話題が広がらないよう、今日の予定を聞いたり、お米の話をしたりしながらいつも通り身支度を進めた。

「今日の朝食は、フェリク様にいただいたレシピをもとに、担当シェフがおにぎりを作ってみたそうです。それとなく感想を聞いてほしいとのことでした」

「ちょっとミア、それ全然それとなくになってない！」

「――は！　す、すみません、それとなくがよく分からなくて」

焦るミアを見て、シャロはおかしそうに声を上げて笑っている。

今日も楽しそうで何よりだ。

「おにぎり嬉《うれ》しいよ、おにぎり二つとサラダ、チキンソテーだ。

朝食の献立は、おにぎり二つとサラダ、チキンソテーだ。

チキンソテーにはトマトソースがかかっている。

「――このおにぎり、にんにくを焼いたものとクレソンが混ぜ込んである。バターが利いてておいしい……！」

「恐れ入ります。担当したシェフも喜ぶと思います」

単体で食べてもおいしいけど、チキンソテーと一緒に食べるとより味が完成するよう、バランスも計算されているのが分かる。

さすがは辺境伯家に勤める料理人だ。

あとでお礼を言いに行こう。ついでにお餅のことも教えてあげたいし。

ふふ、喜んでくれるといいな。


こうして料理人たちと意見交換をしたり、米麹の世話をしたり、レシピ開発をしたりしながら過ごしていると、時間はあっという間に過ぎていく。

ちなみに今日は米麹が完成し、シャロとミアとともに盛り上がった。

米を覆い尽くすふわふわの菌糸を見て、「ライスくんの毛並みっぽいです！」「絨毯《じゅうたん》みたいですね」と思いのほか感動してくれた。

もっと嫌がられるかと思っていたが、真っ白だからかあまり抵抗はなかったようだ。

また、午後からはグラムスのレストランを巡り、具体的に詳細を詰めたりお米の扱い方をレクチャーしたりした。やることはたくさんある。

お米のポテンシャルを最大限引き出すには、正しい調理法が必須《ひっす》だ。

せっかくのおいしいお米も、扱い方を間違えば、べちゃべちゃになったり芯《しん》が残ったりしてまずくなってしまう。

「そういえば、いつかお米のお酒も作りたいんだよね」

「お、お酒？　お米で？」

「うん、お酒に合うおつまみもセットにして売れば、人気が出るんじゃないかなあ」

「酒類はたしかに当たると大きいけど、フェリク君はまだお酒が飲めないだろう？　どうやって研究するんだい？」

「え、ええと……まあどうにかなるんじゃないかな。おじさんや領主様もいるし！」

日本酒ができれば料理の幅も広がるし、和食作りが捗《はかど》るぞ！

「いやいや、試作段階のお酒を領主様に飲ませるなんて絶対ダメだよ。彼に万が一のことがあったら、私たち平民の命なんてあっという間に飛んでしまうからね」

たしかに、それは困るな……。

「さすがにお酒は、フェリク君が十六歳になってから……いやでも、それじゃ遅いな。先を越されてしまう。少し検討させてくれ」

ちなみに十六歳というのは、この国で成人扱いとなる年齢だ。男女ともに、飲酒も十六歳で解禁となる。

「わ、分かった。おじさんの判断を待つよ」

「――ふう。楽しいけど、やっぱり八歳児の体力じゃ限界があるな」

ここ数日、すべてを終えて自室へ戻るころにはいつも夜の八時を過ぎている。

子どもの体は、回復は早いが眠くなるのも早い。

シャロとミアも自室へ戻り、僕はぐだぐだとライスモフりタイムへ突入した。

「早く大きくなりたいな……」

子どもには子どもの良さがあるけど、制限も多いし、お酒も飲めないし！

『フェリク、あまり生き急ぐでない。せっかく我がこの世界に留《とど》まっているというのに、全然ゆっくり過ごせないではないか』

「うん？　ライスも工房の中とか庭なら、自由にしていいんだよ？　というか、僕といないときって何してるの？」

まあびっくりはされるだろうから、街中に行くのは控えてほしいけど！

『普段は姿を消して動いているから安心するといい。だがフェリク、フェリクは我の飼い主なのだろう？　飼い主なら、もっと我にかまうべきなのではないか？』

ライスは抱きついた僕を優しく包み込みながら、拗《す》ねたような言い方でそう提言してくる。

あれ？　もしかして僕、本当に飼い主ってことになってる？

というか待って。姿を消してる⁉　そんなことできるの⁉

「えーっと、ライスは僕の飼い犬ってことでいいの？」

『なっ――！　何を今さら！　あの領主様とやらと約束していたではないか！』

ライスはなぜか、「ガーン」と効果音が入りそうなくらいショックを受けている。

「そりゃそうだけど、でもあれは――。いや、僕はいいんだけどね？　でも、ライスはそれでいいのかなって思って」

『…………我にとって、フェリクは命の恩人だ。フェリクが死ぬまで付き合う覚悟はできているぞ』

ライスはそう言って、僕を包み込む力を少し強めた。

――もしかしてこいつ、僕にかまってほしいのか？

神獣なのに？　こんなに大きな体なのに？？？

神獣でもフェンリルでも、やっぱり根っこは犬ってことなのかな。なんか可愛い。

「――ふ、ははっ。今はまだ忙しいけど、いつか一緒にお弁当持って出かけたりしたいなあ。ライスとピクニックなんて、絶対楽しいに決まってるよ。そのときは、アリアも連れてってやりたいな」

『なぜ笑うのだ。……でもピクニックか。悪くない。アリアというのは、あの一緒にいた娘のことか？』

「そうそう、僕の大事な幼なじみなんだ」

『――ふ、そうか。フェリクがそう言うのなら安心だ。実現を楽しみにしているぞ』

◆◆◆

スキル【品種改良・米】によってもち米を生み出してから、一か月ほど経《た》った日。

僕が開発した餅メニューが、ついにレストラン「クラット」で試験的に提供されることとなった。

クラットは、アリア父が懇意にしているレストランの一つ。

店主のクラシーさんとアリア父は、十数年の付き合いがあるらしく。

おにぎり試食会の募集をかけた際、真っ先にうちの米に興味を持ってくれたのもクラシーさんだった。

「き、緊張する……」

「大丈夫、味は私とクラシーさんが保証する。仮に売れなかったとしても、それはフェリク君のせいじゃないさ」

「そうだよ。本当に、天才という言葉しか浮かばない素晴らしいメニューだ。特にあの餅と味噌《みそ》！

こんな画期的で新しい食材にお目にかかれるとは思わなかったよ」

キッチンの片隅で不安を吐露する僕を、二人とも優しく気遣ってくれる。

そう、実は、ついに米麹《こめこうじ》から味噌を生成することに成功したのだ。

今回のメニューに使用する味噌は、短期間で完成する甘めの白味噌《しろみそ》に近いもの。

並行してほかの味噌も育てているところだが、そちらはまだ数か月かかる。

「ありがとうございます。お米メニューの普及に少しでも貢献できたら嬉しいです」

こうして三人で話している間にも何人かの客が来店し、さまざまな料理を注文し、食事を済ませて出ていった。

でも、それぞれお気に入りがあるのか、なかなか餅レシピを注文してくれない。

——やっぱり、僕みたいな素人が考えたメニューじゃ無理なのかな。

いやでも、あれは絶対においしいはず。食べてもらえさえすれば、きっと——！

そう思っていたその時。

「このオススメにある『鶏《とり》もも肉とじゃがいも、三つ葉の餅ミルクグラタン』ってどんな料理？三つ葉と餅って何かしら？」

二人で来ていた女性客のうち一人が、僕が考案した餅メニュー「鶏もも肉とじゃがいも、三つ葉の餅ミルクグラタン」に気づき、店員にそう声をかけた。

「こちらは鶏もも肉とじゃがいも、爽《さわ》やかな香りが印象的な香草『三つ葉』、それから滑らかでもっちりとした食感が新しい『お餅』という食材を、ミルクで煮込んだグラタンです」

「へえ、初めて聞いたわ。じゃあこれを一つちょうだい」

「私もそれにする！　あと、アイスティーも二つお願い」

「かしこまりました。『鶏もも肉とじゃがいも、三つ葉の餅ミルクグラタン』と『アイスティー』を二つずつですね。少々お待ちくださいませ」

――や、やった！　注文が入ったぞおおおおおお！

あとは気に入ってもらえるかどうか、だけど……。

でも正直、味にはかなり自信がある。

餅グラタンは、前世の僕が夕飯によく作っていた料理の一つで、かなりのバリエーションがある。この「鶏もも肉とじゃがいも、三つ葉の餅ミルクグラタン」は、その中でも特にお気に入りでヘビロテしていたものだ。

鶏もも肉とじゃがいもを塩コショウで炒《いた》めて、そこに牛乳、刻んだ餅、隠し味の味噌を少し加えて煮込み、じゃがいもでとろみがついて餅が少し柔らかくなるまで加熱する。いわば、小麦粉を使わずに作るあっさり系グラタンだ。

あとは三つ葉を加え、耐熱皿に移してチーズをかけ、オーブンで焼くだけ！

「おまたせいたしました。『鶏もも肉とじゃがいも、三つ葉の餅ミルクグラタン』です。器が大変熱くなっておりますので、お気をつけてお召し上がりください」

「わあ、おいしそう！　緑が映えてとても綺麗《きれい》！」

「へえ、少し変わった香りがするわね。でもいい匂い！」

店員が去ると、二人は待ちかねた様子でフォークを手に取り、グラタンをすくって口へと運ぶ。

「——おいしい！　ソースが重すぎなくてとてもいいわ。それにこの滑らかなのに弾力がある——きっとお餅ね？　これ好き！　これだけ食べていたいくらい」

「ソースとの相性もすごくいいわ。三つ葉、だっけ？　これも好き。こんなにいくらでも食べられそうなグラタン初めて！」

二人は時折頰に手を当て、ほうっと甘いため息をつきながら、幸せの極みを味わうような顔で食べ進めていく。

そんな二人の様子を見て。

「……すみません、俺もあの子たちが食べているのと同じものを」

「私もあれと同じのをちょうだい」

周囲にいた客が、次々と餅ミルクグラタンを注文し始める。

そして注文した人たちは皆、それが米でできているなどとは思いもせず、絶賛して帰っていった。

第六章　お米料理専門屋台「むすび」の出店！

クチコミで広がったのか、翌日、また翌日と、餅ミルクグラタンを求める客はうなぎ登りに増えていった。

「すごいよフェリク君。メニューに加えてまだ一週間しか経《た》ってないのに、早い日は昼ごろには売り切れてしまう状態らしい」

「本当⁉　お餅が受け入れてもらえて嬉《うれ》しいよ。やっぱりみんな、変な思い込みさえなければお米の味が好きなんだね！」

「あはは。そうだね。これはもう、フェリク君が有名人になるのも時間の問題だな。人気者になってもほかの商会に流れないでくれよ？」

アリア父が、笑いながらもそう念を押してきた。

人気者って……。すごいのは、僕じゃなくてお米だからなあ。

「もちろん！　おじさんにも領主様にもこれだけお世話になってるんだし。この力は、今後もフローレス商会と米活《こめかつ》のために使う気でいるよ」

貧乏人の食事だと馬鹿にされていたお米を口にし、そのおいしさを素直に認めて感動してくれたのは、アリア父の人柄あってのもの。

他の人だったら、口にすらしてくれなかったかもしれない。

「そういえば、屋台の方も進めていかないとね。場所とお米、人材の確保は問題なさそうだし、食材や備品の調達ルートは伝手《つて》がある。あとはメニューの確定と店舗の具体的なデザインや設営、それから従業員の教育かな。広告も打つ必要があるね。どこに依頼するのが効率いいかな……」

アリア父は手帳を取り出し、今後の流れを確認しながらやるべきことをピックアップしていく。

「そういう難しそうなことはおじさんに任せるよ。僕は経営のことはよく分かんないし。屋台用のレシピはほぼ決まったんだ。これ、目を通してもらえる？」

「これは――⁉　フェリク君、もう文字を覚えたのかい⁉　頭のいい子だとは思ってたけど、まさかこの忙しい中、こんな短期間で習得するとは思わなかったよ」

レシピをまとめた紙の束を渡すと、アリア父は目を見開いて驚いた。

ふっふっふ。僕はお米のためなら頑張れる男だよ！

「レシピをまとめるのにどうしても必要だったから、早く書けるようになりたくて」

自分用のメモは日本語で問題ないが、人に見せるとなるとそうもいかない。

いちいち口頭で共有して書いてもらわなければならないのは、地味に大変だった。

言い忘れがあるかもしれないし、復唱されないと間違ってても気づけないし。

「君は本当にえらいな。アリアにも見習わせたいよ」

「でも間違ってるかもしれないから、変なところがあったら教えてね」

「ああ、分かった。それじゃあ、近々また打ち合わせをしよう。あとで連絡する」

「うん。待ってるね」

アリア父が帰ったあと、僕は僕で、やるべきことと今後の流れを再確認した。

こっちは日本語で書いている自分用のメモだ。

ちなみに、屋台のオープン時期は三か月後を予定しているらしい。

――あと三か月かあ。醤油《しょうゆ》は間に合わないな。

途中でも、似た味になってるなら使ってみる手もあるけど。

『どうかしたのか？』

「うん？　いやー、今作ってる発酵調味料を屋台メニューに使いたいんだけど、時間が足りなくて。最低でも半年、できれば一年はほしいんだよね……」

『……………ふむ。なるほど、要はその時間を短縮できればいいわけか』

「まあそうだね。できればね。でも、そううまくはいかないんだよ」

醤油を使わないメニューもあるし、醤油系はいったん保留にするしかないか。

この世界には存在しない調味料だし、そう簡単にはマネできないだろうし、ちょうどいいと思ったんだけどな。

『――ふふ。では明日、樽《たる》の中を見てみるといい』

ライスはそれだけ言って、どこかへ行ってしまった。

そして翌日の朝。

「――え？　は？　し、醤油の発酵と熟成が進んでる⁉」

「これ、最低でも六か月はかかるって言ってませんでしたっけ……」

「うん、そのはずだったんだけど……」

醤油の状態を確認しにいくと、なんと一気に熟成が進んでいた。

これなら恐らく、あとは布に入れて絞り、加熱すれば完成だ。

でも、こんな短期間で――？

この世界では麹の力が強くて、発酵が進むのが早いとか？

いやでも、ここまでの工程でそんな様子はなかったしな……。

「これなら屋台のオープンに間に合うのではないでしょうか」

「うん、そうなるね……」

醤油がこんな短期間でできるとすれば、醤油自体の販売も可能なんじゃないか？

でも、たまたまかもしれないし……。

とにかくもう一度、同じ工程で作ってみよう。あまりにも不可解すぎて怖い。

『──お。フェリク、調味料の出来はどうだ？　熟成は進んでいたか？』

シャロたちと醤油の状態を確認しながらあれこれ考えていると、ライスが熟成具合を聞いてきた。

声色から、何かを言いたくてたまらないうずうず感が伝わってくる。

こ、これは！　もしかしなくとも！

こいつのおかげかああああああああああああ！

昨日意味深な発言してたのは、こういうことだったのか！

「──か、完璧《かんぺき》です」

というか、ライスこんなことできたんだ⁉

『そうだろうとも。我は神獣だからな。これくらいのことは朝飯前だ。今後もおいしいお米料理を食べさせてくれるなら、協力してやらんこともないぞ』

ふふん、と得意気に鼻を鳴らすライスに、思わず唖然《あぜん》としてしまった。

けどこれで、自分で醤油を作れることが確実になった。

ライスの力を借りれば時短もできる。

ああ、この艶《つや》やかな赤身を帯びた茶色とかぐわしい匂い！

大切な相棒との再会ってこんな気分なんだな。存在がたまらなく愛《いと》おしい。

やっぱり米麹《こめこうじ》は偉大だ。

ほかにも作りたいものは山ほどあるし、早速着手しなきゃ！

熟成の終わった醤油を絞り、加熱して、保存用のボトルに詰め込む。

この世界でガラスは貴重品だが、ここには多数のガラス瓶が置いてある。

冷却庫も大きいし、保存には困らなそうで助かった。

「――うん、醤油だ！」

少し舐《な》めてみると、醤油特有の香りが口の中に広がる。

香ばしくもどこかフルーティーさと華やかさを感じさせる芳醇《ほうじゅん》な香り、熟成ゆえの奥深い味わいがたまらない。

まさかこの世界で、こんなに早く醤油に出会えるなんて。

恵まれすぎてて怖いくらいだ。

「……それ、どんな味がするんです？」

「シャロとミアも味見してみる？　調味料だから塩辛いけど」

二人に、味見用の皿に入れた醤油を渡してみた。

「辛っ⁉　でも香ばしいというか深いというか、複雑な味がしますね」

「不思議な味です。でもきっと、料理に使うとおいしいのでしょうね」

――――そうだ！

「ふっふっふ。それじゃあ、超絶シンプルで贅沢《ぜいたく》なあれを作ろう！」

「あれ、とは？　何を作るんですか？」

「――ちょうど研究用に炊いてるごはんが炊き上がるころだな」

完成した醤油を一本だけ残して冷却庫にしまい、バターを取り出す。

「……バター？」

蒸らしたごはんを鍋底《なべぞこ》からさっくり混ぜ、器に盛りつけて、その上にバターを載せる。バターの量はお好みで。

炊き立てごはんの熱でバターがとろりと溶け、周囲が艶を帯びていく。

「ここに醤油を垂らせば――」

程よく溶けたバターと醤油が絡み合い、むわっと立ち上る湯気とともに、見た目でも香りでも暴力的なまでに食欲をかき立ててくる。

「はいこれ、溶けたバターを絡めて一緒に食べてみて！」

シャロとミア、それからライスそれぞれに、バター醤油ごはんを差し出す。

「ワン！」

シャロとミアは、戸惑いと驚きを隠せない様子で顔を見合わせ、それからスプーンでごはんを崩して口へと運んだ。もちろん僕も。

「――っ⁉　えっ？　えええええ！　なんですかこれ⁉　バターとさっきの調味料だけなのに、こんなの反則ですよおおおおお！」

「ごはんの威力が暴走してます……」

「これ、これだよ……！　ああ、生きててよかったと思えるこの特別感！」

「ワォォォン！」

シャロもミアも頬を紅潮させ、何かやばい薬でも盛られたかのように、バター醤油ごはんを口に含んでは身もだえしている。

ライスも時折遠吠《とおぼ》えのような鳴き声を上げながら、あっという間に完食した。

「フェリク様がカビを育て始めたときは、メイドとして――というより人生が終わるかと思いましたけど。でも信じてよかったです！」

シャロの言葉に、ミアもうんうん頷《うなず》く。

「疑って申し訳ありませんでした」

「分かってくれて嬉しいよ。麹には、まだまだ無限の使い道があるんだ。これからもっと楽しくなるよ！」

◆◆◆

今日は、屋台で出す商品を領主様にお披露目する日。

この日のために、定期的にアリア父も交えて試作と試食を繰り返してきた。

だ、大丈夫。きっと領主様も、おいしいと思ってくれるはず……！

僕とアリア父は、ドキドキしながら領主様と試作品を見守る。

「――うん、どれも素晴らしい出来だ。バリエーションもつけやすいし、各店の工夫次第で差別化もできそうだね。それにこの、醤油という革命的な調味料！　これもぜひ名物として商品化しよう」

領主様は、一通り試食して満足気に微笑《ほほえ》む。

やったあああああああああああああ！！！

「ありがとうございます！」

「私の日々の食事にも取り入れたいな。フェリク君、よければうちのシェフにも教えてやってくれないか？」

「もちろんです！」

火事で無一文になった僕たち一家を受け入れ、衣食住を保障してくれて。

そのうえ立派な工房まで用意し、お米を広めるべく協力してくれる。

そんな領主様のお役に立てるなら、僕も嬉しい。

「そうだフェリク君！　実は先日、契約農家の大量獲得に成功してね。これから米の品種改良と改良された種籾《たねもみ》がたくさん必要なんだ。領主様も期待してくださってるし、これから忙しくなるぞ」

アリア父は、ワクワクを抑えきれない様子で僕の頭をわしゃわしゃ撫《な》でる。

――契約農家の大量獲得。

それは今後の展開を考えると、とてもありがたいし頼もしいことだ。

でもおじさんが声をかけたことを考えると、相手は恐らくあの村の――。

「あの、でも僕、ファルムの人たちのこと、どうしても……」

自分の中に、どす黒い感情が渦巻いていくのが分かる。

これは仕事なんだから、割り切って受け入れなきゃいけないのに。

もはや僕だけの問題じゃないし、せっかくおじさんが動いてくれたのに。

でも、それでも。

あんなヤツらに種籾を渡したくない……。ごめんなさい……。

僕はどうしても、うちに火をつけたファルムの人々を許すことができなかった。

家を燃やされたことも、一家揃《そろ》って殺されかけた事実ももちろん悔しいが、あの家にはクライス家が代々受け継いできた大事な農具がたくさんあったのだ。

それに、米だって収穫目前だった。

あの火事のせいで、それらすべてが一夜にして灰になってしまった。

いろんな感情がごちゃ混ぜになり、目頭が熱くなって涙が滲《にじ》む。しかし。

「ファルム？　そんな村、このアリスティア領内には存在しないよ」

領主様が、笑顔でさらっととんでもない発言をした。

「…………え？」

は？　今なんて言ったんだこの人？

ファルムが存在しない？？？

「エイダン、そんな村あったかな？」

「…………いいえ。アリスティア領内に、そのような村はありません」

その言葉にゾッとして、思わずアリア父の方を見る。

アリア父はそれ以上は何も言わず、いつものように笑みを浮かべていたが。

その笑みは、何か恐ろしいものを見たかのように引きつっていた。

「そんな！　で、でも、それなら――」

「そういえば噂《うわさ》だけどね。とある村の村民が、奴隷落ちして全権利をはく奪されたそうだ。今は施設で管理されながら、働いて罪を償っているらしい。いったい何をやらかしたんだろうね？　まったく、世の中何があるか分からないな。はっはっは」

じゃあやっぱり、あのとき働かされていた犯罪奴隷たちは――。

満足気に笑う領主様を見て、僕は言葉が出ず、気づけばアリア父と同じ顔をしていた。

「まあそういうわけだから、安心してお米と種籾の生成に励みなさい」

「は、はい。頑張ります！」

「――旦那《だんな》様、そろそろお時間です」

「なんだ、もうそんな時間か。すまないね、今日はこれから会食があるんだ」

領主様は執事のバトラに急《せ》かされて、慌ただしく部屋を出ていった。

今は、残ったアリア父とともに食後のお茶を飲んでいる。

「えーっと、ミアさん、だったかな？　悪いんだけど、少しフェリク君と二人にしてくれるかい？　話がしたいんだ」

「承知いたしました」

シャロとミア、それから部屋にいたメイドさんたちは、アリア父の言葉でそれぞれ仕事へ戻っていった。

「――――ふう。いやあ、アリスティア卿《きょう》には参ったよ。深夜に突然やってきて、笑顔で『奴隷落ちしたくなければ、明日までにグラムスへ移りなさい』だからね」

「えっ⁉」

ちなみに、ファルムの村人全員が奴隷落ちしたわけではなく、しっかり線引きはなされていたらしい。よかった……。

「でも、領主様はどうやって犯人を暴いたの？　深夜のことで目撃者なんていなかっただろうし、いてもあの様子じゃ……」

「ああ、アリスティア卿のスキルだよ。あのお方のスキルは三つあって、そのうち一つが【記憶逆行・場所】という、その場の時間を遡《さかのぼ》って確認することができるものなんだ」

み、三つ⁉

そんなことがあるのか。しかもなんかすごい！

なるほど、たしかにそのスキルがあれば、犯人も言い逃れのしようがないな。

「でも君には言いづらいけど、ほとんどの村人が関わってたよ。村長の息子でありながら計画に気づかなかった私にも落ち度はある。本当にすまない」

「そんな、おじさんのせいじゃないよ。……その、おじさんたちは、今もグラムスで何事もなく暮らしてるんだよね？」

「ああ、うちは平気だよ。村長である私の父と私は、散々叱られたけどね。家はアリスティア卿が用意してくださったし、アリアも何も知らずにフェリク君と会いやすくなったと喜んでる」

「よ、よかった……」

こんなにお世話になっているフローレス家にまで制裁が下されていたら、たとえ領主様相手でも黙っていられる自信がない。

「それより、フェリク君の才能には驚いたよ。まだスキルを授かって間もないのに、こんなに短期間でこれだけの成果を上げるなんて。というか、いったいどうやってあんな斬新なレシピを？」

「あ、あはは、たまたまだよ……」

前世でお米大好き人間だったからレシピなら無限に出ます、とは言えない。

「しかし不思議なものだね。カユーはまずいのに、白米も米ぬかで作った漬け物もあんなにおいしいとは……」

「カユーも、作り方次第でおいしくなるよ。米ぬかには、白米にはない栄養がたっぷり詰まってるし。だからいずれは、精米してない『玄米』のおいしさも伝えたいと思ってるんだ」

今はまだ、茶色い米＝カユー＝貧乏人の食事という印象が強すぎて受け入れてもらえないだろうけど。

でも、玄米には玄米の良さがあるんだぞ！

こうした幅広い食べ方を広めるためにも。

まずは第一歩として、屋台での販売を成功させなければ。

◆◆◆

着々と準備を進め、いよいよ屋台初出店の日。

屋台出店の話をもらってから、約半年が経過していた。

お米メニューを出す店は、新たに用意したお米料理専門屋台「むすび」、フローレス商会が元々所有している既存店二店、お得意様二店、先日協力関係となった元カユー専門店の計六店舗だ。

扱うのは、むすびではおにぎりと焼きおにぎり、おこげサンド、お餅《もち》、甘酒の全メニュー、ほかの店舗ではおにぎりと焼きおにぎりとお餅のみとなっている。

ポイントは、店によっておにぎりの味が異なる点。

おにぎりを食べて気に入ってくれた客を、他店にも流す計画だ。

この日の早朝、僕とアリア父は、最終確認をするため屋台の関係者に集まってもらった。今いるのは、お米料理専門屋台「むすび」の前だ。

「おはようございます。今日は屋台『むすび』のオープンおよびお米メニュー販売の初日です。よろしくお願いします。フェリク君、君も何か一言」

「お、おはようございます。今日からよろしくお願いします」

周囲にいるのは、大人たちばかり。

一番年下でも、僕以外は売り子として雇われた十代半ばの男女だ。

いつも思うけど、八歳の背丈で大人サイズの人間に囲まれると、なかなかに威圧感がある……。

しかも今、僕はこの中でアリア父の次に偉い立場にいるのか。

「え、ええと……屋台の運営については、僕より皆さまの方が詳しいことと思いますので省略します。今日は、皆さまにお渡ししたいものがあります」

僕の言葉で、シャロとミアが各店の代表にビンを手渡していく。

「フェリク先生、これはもしかして——!?」

「せ、先生はやめてって言ってるのに……。そうです、砂糖醤油《じょうゆ》です。醤油の量が足りないかもしれなくて迷ってたんですけど、やっぱり使ってほしくて」

ちなみに、なぜ「先生」と呼ばれているのかというと。

僕と彼らが最初に会ったのが、ごはんの炊き方とおにぎりの作り方をレクチャーする講習会だったためだ。

そこで白米に感銘を受けた彼らは、僕を先生と呼ぶようになってしまった。

ちなみに砂糖醤油を塗った焼きおにぎりも、講習会で一部の人に試食として出したことがあるが、醤油を作るのに数か月単位の時間がかかると思っていたため、屋台のメニューに加えるか否か迷っていたのだ。

ただ、ライスのおかげで短期間で作れる、という事実は伏せておくことにした。

「あの、ショウユって何ですか？」

「大豆を発酵させて作った調味料です。講習会で試食していない人もいるので、改めて砂糖醤油を使った焼きおにぎりを配布しますね」

フローレス商会の社員たちが屋台で焼きおにぎりを焼き、その場にいる関係者全員に配布する。

ちなみに醤油と味噌《みそ》は、今は工房の倉庫と屋敷の部屋をいくつか使って量産中だ。

――種麹《たねこうじ》を見せたときの領主様の顔には、背筋が凍るかと思ったけど！

あんな思いはもう二度としたくない……。

でも、どうにか使用許可をもらえて本当によかった。

「――うまい！　まるで互いが互いのために存在してるみたいだ」

「おいしい！　これは人気商品間違いなしですね！」

「こんなうまいもん初めて食ったよ！」

講習会で食べたことのある人も、そうでない人も、焼きおにぎりのおいしさに悶絶《もんぜつ》している。醤油×白米×おこげは最高の組み合わせだからな！

「今食べていただいた焼きおにぎりのレシピも配布します」

「あ、あの、お譲りいただけるのは大変ありがたいのですが、お値段の方は……。うちは小さな個人経営店でして、その、あまり資金が……」

まあ、そこは気になるよな。うん。でも今回は大サービスだ。

「大丈夫ですよ。今回は特別に、醤油とレシピを無償でお配りします。塗りすぎると塩辛くなるので分量を見て使用してください」

無償配布に関しては、最初は領主様にもアリア父にも大反対されたが。

しかし根気強く説得を続けて、どうにか了承を得た。

アリア父を見ると、今も少し不服そうな顔をしている。ごめん！

――でも、これで稼いで元手を作ってもらえれば、今後フローレス商会の売上にも繋《つな》がると思うんだ！　多分だけど！

「こ、こんな素晴らしいものを無償で⁉　正気ですか⁉」

「さすがに大盤振る舞いすぎでは？」

「あはは。無償なのは今回だけですよ。次回からは買ってもらいます」

「――なるほど。フェリク先生は商売の才もあると見受けられる。いったいどんな教育を施せばこんな子どもが育つんだ……⁉」

無償配布がよほど衝撃的だったらしく、みんなが自然とアリア父を見る。

「……え？　皆さんなぜ私の方を見るんです？　私は何もしてませんよ！　むしろ私が知りたいです」

アリア父は、困ってうろたえながら頭をかく。

たしかに、無償配布を提案したのは僕だけど。

でも、この人はもう少し自分の有能さや魅力を自覚した方がいいと思うな！

「それじゃあ皆さん、各自開店準備を進めてください。……フェリク君、私たちも準備を始めようか」

「はーい！」

開店まであと僅《わず》か。

甘酒はもう用意してあるし、おにぎりはレクチャーした従業員が握ってくれる。
あと僕がすることは——。

「いらっしゃいませ～！　今までにない新しい屋台メニュー、おにぎり、お餅、おこげサンド、甘酒はいかがですか～っ？　本日試食会も行なっておりま～すっ」

朝十時、ついに屋台での販売が始まった。

この時間帯は人数はあまり多くないが、お年寄りや主婦、子連れの家族、休日を楽しむ人々など、幅広い層が屋台を訪れる。

効率よく空腹を満たしたい労働者がなだれ込む時間帯と違い、客も店も比較的時間に余裕が生まれやすい。

そのため、商売そっちのけで客と談笑している店も少なくない。

「あら、今日は珍しいものを売ってるのね。これは何かしら？」

「なんだと思います？　まずは試食してみてください。はいこれっ！」

売り子の少女は、「むすび」に立ち寄ってくれた客に試食用の甘酒と焼きおにぎりを渡す。

事前にお米であることを話すと偏見で食べてもらえない可能性があるため、聞かれない限りまずは食べてもらう、というスタイルを押すことにした。

「まあ、やさしい甘さで体に染みるわ～。おいしい。こっちの食べ物も、食べたことがないわね。香ばしくてクセになりそう！」

「実はこれ、全てお米でできてるんですよ」

「えっ、お米!?　お米って、あのカユーの？　信じられないわ」

「今、お米の新しい食べ方がじわじわ人気を得てるんですよ〜。高級店でも使われ始めているそうです」

売り子さんにもちゃんと全商品を試食をしてもらい、教育も徹底した。

その甲斐《かい》あって、接客も何も心配いらなそうだ。

「そうなの？　初めて食べたわ。お米はべちゃべちゃしていておいしくないイメージがあったけど、これはとてもおいしいわね。今日はちょうど友達が遊びにくるのよ。お昼はこれにしようかしら。……こっちのは何？」

屋台で黙々と調理をしていると、女性が僕に話しかけてきた。

──きた！

「こちらは『おこげサンド』という商品です。ツヤツヤに炊き上げたごはんをカリッと焼いた『おこげ』で、塩漬け肉と青じそをサンドしました。ご試食されますか？」

おこげサンドは、実は今回のメニューで一番の自信作だったりする。

「あらいいの？　たくさん試食させてもらっちゃって、なんだか悪いわね。でも気になるしいただこうかしら。これもお米ってことなのよね？」

「はい。焼きおにぎりとはまた違う、香ばしさに特化したがっつり系のメニューです」

作り方は簡単。

まず、油を引いた鉄板にごはんを薄く均一に広げ、上から麺棒《めんぼう》で程よく潰《つぶ》して米どうしを密着させる。

こうすることで、ごはんがバラバラにならず表面はカリッと、中はモチモチに仕上がるのだ。

それをじっくり両面香ばしく焼き上げて、最後に少しだけ醤油を垂らせば生地は完成する。

あとは塩漬け肉をバターで焼いて黒コショウを振ったものと青じそを挟むだけ。

最初は肉とレタスを挟んでいたが、味にインパクトを出すため、改良期間中に青じそに変更して今の形に至った。

こういうとき、やっぱり薬味は便利だな！

試食用にカットしたおこげサンドを専用の紙に載せ、お客さんに手渡す。

「まあ、本当にカリカリね。固そうだけど食べられるかしら……」

手渡されたおこげサンドに触れ、少し戸惑いを見せたが。

口に入れ、驚きの表情を見せた。

「これ、固いのに弾力と柔らかさも感じるわ。不思議。こんな食感初めてよ。この野菜も初めて食べるけど、香りが良くて爽《さわ》やかでとてもいいわね。これがあるおかげでいくらでも食べられそう……！　塩漬け肉とも合ってるわ」

「よかった、気に入っていただけて何よりです」

「ふふ、それじゃあおこげサンドも五ついただくわ」

「ありがとうございます！」

女性がおいしそうに食べてにこやかに購入していった影響か、客が客を呼び、いつの間にか「むすび」の周辺には人だかりができていた。

みんな、見たことのない商品に興味津々だ。

「私もこのお餅ってやつを一つください。味はそうね……甘いのはある？」

「ぼく、この三角のやつ食べたい！」

「なんかすげーいい匂いするな。ここは何屋だ？」

「あ、あのっ、こちらから二列でお並びくださーいっ！　通行人の邪魔になりますので！　最後尾はこちらでーす！」

この時間帯はもう少し落ち着いて営業できるかと思ったが、どうやら読みが甘かったらしい。

「――思った以上にお客さんが増えてきたね。少し人員を増やそうか」

アリア父は、各店舗に散らばっているフローレス商会の社員を呼びに向かった。

ああ、やっぱり米のうまさは異世界でも十分通用するんだ。嬉《うれ》しい。

目の前の人がお米料理で笑顔になる幸せ。

この幸せを、もっともっと広げていきたい――。


「……米を使った料理を出している店ってのは、ここのことか？」

店員総出で客対応をしている中、一人の男が列を無視して割り込んできた。

「お、お客様、大変申し訳ありませんが、列にお並びいただけますでしょうか」

「……おまえが噂のクソガキか？　俺に並べと？　俺はラステル子爵家の跡取りだぞ。平民のクセに生意気な」

し、子爵家……？

ラステルと名乗る男の言葉に、周囲の客もざわつき、慌てて道を開ける。

「た、大変失礼いたしました。子爵家のご子息様が、どういったご用件でしょうか」

喧嘩《けんか》を売っても、身分差が圧倒的すぎて勝ち目はない。

ここはそういう世界だ。

「おまえ、いったいどんな不正をしたんだ？」

「不正……？　不正なんてしていませんが」

「嘘《うそ》をつけ。米料理でこんなに客を集められるわけないだろ。怪しい薬でも盛ったのか？　それとも、ニセの客でも雇ったのか？」

「そ、そんな……！」

――ど、どうしよう？

何をどう話したところで、こいつは多分納得しない。

恐らく、本当に僕が不正をしているか否かはどうでもよく、単純にこの店の存在が気に食わないのだろう。

「ラステル様、こいつ、早朝に怪しい黒い液体を配って何やら密会していましたよ」

斜め向かいの屋台でパンを出している店の男が、ラステルにそう告げ口する。

「――はっ、やっぱりそうか。まったく、フローレス商会の連中はろくなことをしないな。これだから平民の成り上がりは嫌いなんだ」

「ち、ちょっと待ってください！　違います！　あれはただの調味料で――――！」

「嘘をつくな！」

ラステルの怒声が降ってきた次の瞬間、左頬に激しい痛みを感じ、視界が流れ、体が地面に打ち付けられた。どうやら張り飛ばされたらしい。

「――フェリク先生！」

――――ぐ。めまいがして立ち上がれない……。

「おい、そこの衛兵！　この店を調べろ。薬物を隠し持っている」

「――ら、ラステル様！　か、かしこまりましたっ！」

屋台通りの見回りをしていた衛兵二人が、ラステルに呼ばれて近づいてくる。

ああ、なんで僕はこんなに無力なんだ。

ただお米が好きで、おいしいお米を満喫しながら平和に生きたいだけなのに。

なのにいつもいつも、その夢を突然理不尽にぶち壊されてしまう。

朦朧《もうろう》とする意識の中、どうにか立ち上がろうと戦っていると。

「――いったい何の騒ぎだい？　これはどういうことかな？」

ラステルと僕の間に、深く帽子をかぶった男性が現れた。

こ、この声――。

「ああん？　なんだよおまえ。俺はラステル子爵家の跡取りだぞ。俺に逆らえばどうなるか、分かってるんだろうな？」

「――ああ、ラステル家の。それはそれは。でも、君の自己紹介に興味はないんだよ。ここで何をやってるのか、と聞いている」

「は？　……なるほど、うちに喧嘩を売ろうってのか？」

「喧嘩？　私はべつに構わないが、買ってくれるのかい？」

まったく物怖《ものお》じすることなく対抗し続ける帽子の男に、ラステルは顔を真っ赤にし、怒りをあらわにして掴《つか》みかかった。

「おまえ――！　そもそも、目上の相手と話すのに帽子も取らないとは何事だ！」

目の前で繰り広げられている恐ろしい光景に、僕は痛みとは関係ないところで体温が下がっていくのを感じた。このラステルとかいう男、終わったな！

「――ああ、これは失礼。私はアリスティア辺境伯家の当主、リアム・アリスティアだ。……これで満足かな？」

帽子の男──領主様は、帽子を取って名乗り、相手の目をじっと見据える。

「なっ──⁉　あ、アリスティア辺境伯⁉　あ、あなた様ほどのお方がなぜこのような場に──」

「なぜって、この辺一帯は私の領地だからね。家からも近いし、比較的よく来るんだ。君こそ、ここでいったい何を？」

ラステルは青ざめ、ガクガクと震えながら後ずさりする。

「わ、私はただ、この汚らわしい屋台を……そしたらこの少年が……」

「なるほど？　ちなみに、この屋台『むすび』およびここで売られている商品は、私とフローレス商会が出資して、この少年フェリク君に協力してもらって進めている事業だ。つまり君は、うちに喧嘩を売ったということでいいんだね？」

「⁉」

ラステルは何も言い返せず、その場に尻《しり》もちをつく形でへたり込んでしまった。

「──ああそうか、すまない。喧嘩はすでに始まっているんだったね。ラステル子爵とは、後日しっかりと話をするとしよう」

「おおおおおお待ちくださいアリスティア卿！　どうかお許しください！　ま、まさかアリスティア卿が関わっていたとはつゆ知らず──」

ラステルはその場にひれ伏し、必死で許しを乞《こ》う。

「……はあ、君は本当に頭が悪いな。『むすび』のことをどう思おうがそれは勝手だけれどね、うちの大事なフェリク君に手を出した時点で、私は君を許す気がないんだよ。家ごと潰されたくなかったら、今すぐ私の前から消えたまえ。目障りだ」

領主様は有無を言わさず、ただ冷ややかな目でラステルを見下ろした。

「ひぃっ――！　ほ、本当に申し訳ありませんでしたああああああ！」

ラステルは足をもつれさせながら、大急ぎでその場を去っていく。

その姿からは、貴族としての威厳の欠片《かけら》も感じられなかった。

「フェリク君！　大丈夫かい？　……ああ、こんなに顔を腫《は》らして」

「……大丈夫、です。おかげさまで助かりました。ありがとうございます」

「近くにいて本当によかった。――いや、正直不思議なことが起こって、自分がなぜここにいるのか分からないんだけどね。今、エイダンに治癒師を呼びに行かせている」

領主様は僕に寄り添い、優しい声色で安心させてくれる。

先ほどまで氷のような目をしていた男と同一人物とは思えない。

ちなみに治癒師というのは、一般的な医師の上位に位置する、治癒系のスキルを持つ医師のことだ。

「フェリク君！　――先生、この子です。頭を打った可能性もありますので――」

「分かりました」

治癒師は僕の様子を探り、それからスキルでの治療を開始した。

温かい力が流れ込んできて、次第に痛みが引いていく。

「――ふむ。これでもう大丈夫でしょう」

「あ、ありがとうございます」

起き上がり、体が何ともないことを確認する。

治癒師の力は絶大で、痛みもめまいもすっかり消えていた。

た、助かった……。

「おじさん、治癒師さんを呼んでくれてありが――」

パンッ！

アリア父にお礼を言おうとしたそのとき。

領主様がアリア父の頬を打った。

――えっ。えええええええええええええ。

「君は、いったい何のためにここにいるんだ？　何をしていた」

「…………も、申し訳ありません。その、屋台が想像以上に混み出しまして、応援を呼びに」

「君はスキルで連絡を取れるだろう。フェリク君から目を離す必要があったのか？」

「…………いえ。私の不注意です」

領主様に叱られ、アリア父は青ざめうなだれている。

いつもは明るく飄々《ひょうひょう》としているアリア父も、今の領主様の前ではまるで小さく震える子犬か何かのようだ。

…………こ、声をかけづらい！

「あ、あの……」

「――ああ、フェリク君。もう平気かい？　怖い思いをさせて悪かったね。やはりメイドたちを同行させるべきだったよ」

「フェリク君、本当に申し訳なかった」

アリア父は、改めてそう頭を下げる。

「う、ううん。もう平気だよ。僕も、自分で対応せずすぐにおじさんを呼ぶべきだった。ごめんなさい」

　最近人の悪意に触れていなかったせいか、気が緩んでいたのだと思う。

　ファルムであんなことがあったのに、本当に学習しないな僕は。

「――はあ。まあとにかく無事でよかった。ラステル子爵には、二度とこんなことがないようきつく言っておかなければね」

「あ、あはは……」

　あの人がどうなっても、僕は悪くない。悪くないぞ！

　騒ぎが一段落したところで、周囲に人だかりができているのに気づいた。

　店員たちも、動揺していて固まっている。

　ここにいる人たちは、領主様を除けば全員普通の平民だ。

　職場が貴族の標的になるなんて、生きた心地がしなかっただろう。

　――し、しまった。どうしよう？

　こんなことがあったあとじゃ、屋台なんて――。

「私はこの辺一帯を治めるアリスティア家の当主、リアム・アリスティアだ。先ほどは驚かせてすまなかった」

　あたふたしている僕に気づいたのか、領主様が集まっていた人たちに向かってそう声を上げた。

「この屋台『むすび』の潔白は私が保証しよう。安心して利用してほしい。――それからお詫《わ》びと言ってはなんだが、今日この屋台通りで売られているお米商品の代金は、全て私が持つ。ぜひとも心ゆくまで堪能してくれ」

　領主様の言葉に、大きな歓声が上がった。

「――エイダン、今すぐ呼べるだけの応援を呼ぶんだ。私も手伝う」

「か、かしこまりました！」

領主様は、あとから駆けつけたバトラに脱いだ上着を渡し、腕まくりをする。

「在庫がなくなり次第終了とさせてもらうが、取り合いや喧嘩はしないように。……もしトラブルを起こせばどうなるか、分かっているね？」

我先にと人を押しのけようとしていた人たちは、この一言で急速に歩みを緩めた。分かりやすい！

「それにしても、さっきのは何だったんだ？　強い風が起こったと思ったら、転移でもしたかのように屋台通りに……」

領主様は、怪訝《けげん》な顔でぼそっとそうつぶやいた。いったい何の話だろう？

領主様がその場に留《とど》まってくれたことで、客同士がトラブルを起こすこともなく。

この日は多くの人々が思い思いにお米料理を楽しんだ。

そして昼食を摂《と》りに来た労働者の波もあって、昼過ぎには全店舗で全てのメニューが完売した。

第七章　七草粥《ななくさがゆ》と、領主様のお願い

初日のインパクトもあったのか、屋台通りのお米料理は瞬《またた》く間に知名度を上げ、人気商品となっていった。

あの緊迫した空気からあれだけの盛り上がりを作れたのは、みんなをまとめ上げ自らも店に立ってくれた領主様の力あってこそだ。

ちなみに、翌日には屋台通りから三店舗ほど消え、二日後にはお米料理の店に変わっていた。

消えたのはすべて、ラステル家のあの男が所有していた店らしい。

その迅速かつ容赦のない対応に、若干の恐怖すら覚える。

――本当に、良くも悪くも恐ろしい人だよな、領主様。

でもまあ、そんなことは僕には関係ない。考えても仕方がないし！

僕はただ、お米のために、協力してくれるみんなのために、目の前の仕事をこなすのみ！

――――なのだが。

いかんせん【品種改良・米】と【精米】を持っているのは僕一人で。

僕の体力も無尽蔵なわけではない。

屋台オープンからしばらく経《た》ったある日、僕は過労で倒れてしまった。

治癒師にも来てもらったが、スキルの使いすぎや体力の消耗を回復させることはできないらしい。

『まったく、フェリクはまだ子どものだぞ。一人で無茶ばかりするでない』

「だって、せっかくお米が認められるチャンスなのに」

『それで命を落としたら元も子もないだろう。……この間だって、我があの場に領主を連れて行かなければどうなっていたことか』

ライスはそう言ってため息をつく。この間？

「……もしかして、僕が殴られたときのこと？」

『……あの領主とやらは、力を持っているのだろう？　我が出ていけば混乱が生じかねないからな』

――そっか。領主様のあのつぶやきはそういうことだったのか。ライスが助けてくれたんだ。

「――ふふ。ありがとうライス。大好き！」

『なっ――！　こらっ、抱きつくな！　今は大人しく寝ろ！』

ライスに抱きつきじゃれていると、ドアがノックされ領主様とアリア父が慌てた様子で入ってきた。

「り、領主様とおじさん……！　その、度々迷惑かけてごめんなさい……」

「何を言ってるんだ、私の方こそ本当にすまない。しばらくはゆっくり休みなさい。……そしてエイダンは、あとで私の部屋へ来るように」

領主様のアリア父へ向ける視線で、部屋の温度が氷点下になった気がした。

「…………承知しました。申し訳ありませんでした」

青ざめるアリア父を見て、僕の方が申し訳なさでいっぱいになる。

「あ、あの、あまりおじさんを叱らないでください。僕が自分の体力を見誤ったのがいけないんです。お米のことになるとつい熱中しちゃって……」

実際僕は、アリア父が帰ったあとにも多くの仕事をこなしていた。

「いや、君が無理をしないよう、大人がちゃんと把握しておくべきだったんだ。――まあでも、そういう意味では私も同罪だね。フェリク君がそういうなら、今回は君に免じて不問としよう」

領主様はそう言ってため息をつき、改めて悪かったと謝罪して去っていった。

ちなみに僕が倒れた際、シャロとミアもいろんな意味で青ざめていたが。

領主が関わっている件をメイドが止められるわけがない、と、二人を責めることはしなかった。

本当に、こんなに相手のことを思いやれる貴族もいるのかと感心してしまう。

「フェリク君、かばってくれてありがとう。助かったよ……」

「ううん、僕の方こそごめんなさい。屋台は大丈夫？」

「ああ、心配ない。フェリク君のおかげで、今はまだストックもあるしね。事前に教育を徹底しておいたから、みんな問題なく働いてるよ」

「――そっか、よかった」

せっかく好調なスタートを切ったんだし、この勢いを崩したくない。

「取材もいくつか入ってね、今度話をすることになったよ。できればフェリク君にも同席してほしいけど……まあ体調次第かな」

「大丈夫、甘酒を飲んで寝てればよくなるよ」

「いや、頼むから無理はやめてくれ……。フェリク君は今や、アリスティア家の貴重で希少な宝でもあるからね。本当に、屋台もレストランの料理も、『ここでしか食べられない話題の新メニュー』として前例がないくらい注目されてるよ」

お米の可能性が、こんなにも日の目を浴びる日がくるなんて。

この嬉《うれ》しさを思えば、僕が倒れたことなんてなんて大したことじゃないな！

でも、おじさんに迷惑がかかるのは困る。これからはもう少し自重しよう。

「おじさんや領主様が力を貸してくれるおかげだよ」

「あはは、そんなふうに思ってもらえて嬉しいよ。私は、一を十や百に見せるのは得意なんだ。お米料理はそれ自体に力があるから、これは必然だよ」

アリア父はそう言って笑う。

フローレス商会との取引を、お米関連商品の取り扱いを希望する店は、今や対応が追いつかないほどに増えているという。

また、フローレス商会の競合他社は、どうにかしてうちの白米の秘密を暴こうと躍起になっていて、この白米のクオリティがスキルによるものだと知ると、僕に取り入ろうと高額の報酬をチラつかせる輩《やから》まで現れ始めた。

その中には、ファルムにいた頃「米なんて作るヤツの気が知れない」と散々見下してきていた行商人もいたが。もちろん笑顔でお断りした。ざまあ！


「――フェリク！」

「父さん！　母さん！」

「おまえ、倒れたって聞いたぞ。大丈夫か？」

自室のベッドで寝ていると、両親がやってきた。

そういえば最近、忙しくて会えてなかったな。

前回会ったのは、たしか麹《こうじ》を完成させて甘酒を作った頃だったか？

領主様の所有している農場は広大で、田んぼはお屋敷から少し離れた場所にある。

そのため農場の近くに別邸があり、父さんと母さんは普段そちらで暮らしているのだ。

さらにお米料理が想像以上に注目されていることで、僕たちクライス一家は今、めちゃくちゃ忙しい。

そんな事情からずっと会えずにいた僕たちを見かねて、領主様が二人を屋敷へ呼んでくれたらしかった。

「ごめんねフェリク、一人にして。寂しかったでしょ？」

「う、うん。でも大丈夫だよ。みんな優しくしてくれるし、メイドさんたちから母さんと父さんの話はよく聞いてたから」

涙目で僕を強く抱きしめる母さんを見て、自分が八歳であることを思い出す。

前世の記憶が戻ってからというもの、どうしても過去の自分に引っ張られてしまい、現在の年齢を忘れがちだ。

「配慮が足りなくて悪かった。要望があれば、遠慮なく言ってくれて構わないからね。私もそれなりにやることがあるから、言われないと気づけないこともある」

泣きながら僕に抱きつく母さんを見て、領主様は申し訳なさそうにそう言ってくれた。

たまには、家族に会いたいって泣いた方がいいんだろうか？

このままじゃ、子どもとして父さんと母さんに申し訳ない気もする。

でも今更そんなことするのも……。シャロやミアを困らせたくはないし。

「――そ、そうだ母さん、僕が作った新しいお米料理、食べてくれた？」

「ええ、もちろんよ。信じられないくらいおいしくて驚いたわ。醤油《しょうゆ》と味噌《みそ》も届けていただいたけど、あれ、味が決まりやすくてとっても便利ね。メイドさんと一緒に、私も焼きおにぎりを作ってみたの」

「父さんは甘酒が気に入ったぞ。あれを飲むと体力が回復する気がするんだ。今や農場で働くみんなの中で、すっかり回復薬扱いだよ」

麹から作る甘酒は、前世では「飲む点滴」「飲む美容液」とまで言われていた。

人間のエネルギー源となるブドウ糖をはじめ、ビタミンB群、必須《ひっす》アミノ酸など人間の生命活動に欠かせない栄養を豊富に含んでいることがそのゆえんだ。

僕の前世である米原秋人《まいばらあきと》も、仕事が忙しく疲れたときのため、冷蔵庫に甘酒を常備していた。

もちろん、それは「フェリク」としても変わっていない。

僕が勧めた影響で、今やシャロとミアの大好物にもなっている。

「そういえばフェリク、あなたグラムスの有名レストランで三つ葉を使った料理を出したんですって？　すごい勇気だわ！」

三つ葉は山や河原などでいくらでも手に入るが、名前すらつけられていない「雑草」扱いだった野草の一つで。

うちが貧しい米農家で、母さんがスキル【鑑定・植物】持ちだったことから、勝手に「食用」と判断していた野草だ。

母さんのスキルは、鑑定した植物に毒があるかないかを見分けることができる。

そのため、少しでもお金をかけずにおかずを増やそうと、そこらへんの草を鑑定しては料理に使っていた。三つ葉は、その中にたまたま混ざっていたのだ。

「そのグラタンなら、私もいただいたよ」

「まあ！　領主様にもお出ししたんですか⁉」

「あはは。試作品に雑草が入っていたときは、どうしようかと思ったけどね」

三つ葉の使用を領主様とアリア父に願い出たとき、最初は速攻で却下されたが。

しかし実際に僕が作った「鶏《とり》もも肉とじゃがいも、三つ葉の餅《もち》ミルクグラタン」を食べて、考えが変わったらしい。

――まあ、あの香りと味を出せる植物はそうないからな！

しいて言うならセリくらいか。セリもここでは雑草扱いだけど！

「も、申し訳ありません。私が家族に食べさせていたばっかりに、領主様にそのような……。この子に悪気はないんです」

母さんは慌ててそう頭を下げた。

たしかにそういう言い方をされると、我ながらだいぶ思い切ったことをしたなと思う。僕にとっては、あれは三つ葉以外の何ものでもないんだけど。

三つ葉は栄養価も高いし、雑草として捨て置くなんてあまりにもったいない。

「いや、謝らなくていい。むしろこれは素晴らしいことだよ。今まで見向きもされなかった雑草に目を向けて、ああもおいしい料理を完成させたのだからね。クライス夫人も、栽培には力を貸してくれているんじゃなかったかな？」

「それは……はい。でもまさか、領主様のお口にまで入っているとは」

母さんはつい最近まで、使用人たちの食事用に育てていると思っていたらしい。

元々雑草としてあちこちに生えていた三つ葉の生命力はたくましく、手もかからないそうで、とても元気に育っているそうだ。

「クライス夫人は、ほかにもおいしい野草をたくさん知っているらしいね。ぜひともエイダンに教えてやってもらえないだろうか」

「たくさんありますよ！　ね、母さん！」

母さんのスキル【鑑定・植物】と節約意識によって、そして前世の記憶によって、僕はほかにもこの世界で知られていない山菜や香草を多数認知している。

「ち、ちょっとフェリク！」

母さんは赤面し、あたふたしながら僕の発言を止めようとしている。

しかし、それを領主様が遮った。

「クライス夫人、工夫を凝らしておいしい食事を作ることができるというのは、誇るべきことだよ」

「で、でもその、三つ葉もそうなんですが、フェリクが勝手に名前をつけているだけで……元々は名前すらない雑草なんです……」

「だからこそ、私は知りたいんだ」

母さんにとっては、あれはただ毒がなくそれなりに食べられる味、というだけの雑草でしかない。それはこの世界で生まれ育った以上、仕方がない。でも。

領主様は、そこに可能性を感じてくれている。これはチャンスだ。

――野草といえば、久々に七草粥が食べたいな。

食べごたえのあるガツンとしたメニューもいいが、僕は米の味がダイレクトに味わえるお粥も大好きだ。

特に七草粥は、七草のほろ苦さが絶妙でクセになる。

一人暮らしなのに正月にフリーズドライの七草粥の素《もと》を数十単位でまとめ買いして、たまたまスーパーで出くわした知り合いにドン引きされたっけ。

あれ、せっかくフリーズドライなんだから年中売ってくれてもいいと思うんだけどな。どう考えても朝食や夜食にもってこいだろ！

――そうだ！

「領主様、今日から三日ほど、お休みをいただけないでしょうか？　行きたいところがあるんです。研究に必要なんです」

「は？　ダメだ！　君は今、療養中だろう。大人しくしていなさい」

「そうよフェリク、何考えてるの！」

――ぐ、やっぱり止められるか。

「でも、スキル【鑑定・植物】を使える母と一緒じゃないと危険です。それにこれは、お米革命に必要なことなんです」

「……はあ。まったく、君はだんだんエイダンに似てきたな。体調が回復したら馬車を手配させよう。だから今はちゃんと寝て、早く治しなさい」

こうした状況にはアリア父で慣れているのか、領主様はため息をつき、諦《あきら》め気味にそう言ってくれた。やったね☆

「ありがとうございます！」

七草を手に入れて七草粥《ななくさがゆ》を広めることができれば、そこから健康に配慮した食べ物の重要性にももっと目を向けてもらえるかもしれない。

この世界の、特に貴族など裕福な家庭の食事は、体への配慮が足りていない。

転生前に暮らしていた日本に比べると食の知識も不十分な部分が多く、胃腸への負担などまるでおかまいなしなのだ。

――今思えば、カユーは比較的体にやさしい料理ではあったけど。

でも、カユーは米の扱い方も知らずに適当に米を煮ているだけでおいしくないし、吸水もろくにさせず作るから、消化に良いかといわれると微妙だ。

やっぱり早いうちに、ちゃんとしたお粥の存在も広めなければ！！！

その第一歩として、まずは七草粥を！

待ってろセリナズナゴギョウハコベラホトケノザスズナスズシロおおお！！！

◆◆◆

両親がやってきた日から五日後、家族、それからシャロとミアを連れて、かつて住んでいたファルムの近くにある山へと向かった。

この山は、たびたび両親と野草を採りに行っていたなじみ深い場所だ。

山の麓《ふもと》までは馬車で移動することになったが、それでも屋敷から一日以上はかかる距離にある。

そのため、途中で近くの村に一泊して向かうこととなった。

ちなみにライスはお留守番だ。

「フェリク、病み上がりなのに、こんなに移動して大丈夫？」

「もうすっかり元気だよ！　多分、連日スキルを使いすぎて回復が追いつかなかったんだと思う。以前もあったんだ」

「私どもがついていながら、申し訳ありません」

「そんな、息子が無駄な苦労をかけてませんか？」

「とんでもないです！　むしろとても働きやすくて助かってますよ」

「はい。フェリク様付きのメイドになってから、毎日が本当に楽しいです」

いつも無表情気味なミアが、ふわっと笑顔を見せる。

「フェリクも、こんな可愛《かわい》らしいメイドさんに囲まれてりゃ下手なことできねえよな。でも変なことを考えて手ぇ出すんじゃねえぞ。あっはっは」

「ちょっと！　もう、夫が失礼なことを言ってすみません」

「いえ、お気になさらず。……それより、地図を見る限りもうすぐですね」

シャロは笑顔でそう受け流し、窓の外を見つめる。

――度々思ってたけど、シャロのコミュ力って割とすごいよな。

面倒見いいし、無口なミアとも全然違う性格なのに仲良くやってるし。

自由に言いたいことを言っているように見えて、ちゃんとＴＰＯは弁《わきま》えてるし。

しかも、全然嫌みな感じがしない。

メイドをやってると、そういう技術も身につくんだろうか？


「着きましたよ！」

御者の一言で外へ出ると、そこには懐かしい風景が広がっていた。

……あんなにいろんなことがあったのに、山は変わらないな。

ファルムを出てからまだ一年も経っていないのに、遠い昔のような気がする。

それだけ濃い月日を過ごしているということだろう。

「フェリク、何ぼーっとしてんだ？　行くぞ！」

「はーい！」

「山は道が悪いですから、足下お気をつけくださいね」

「大丈夫だよ。こういう道は慣れてるんだ。でもありがとう」

山へ着き、僕たちはそれぞれ野草を採って回った。

僕と母さんが中心となり、父さん、それからシャロとミアにも手伝ってもらって、母さんのスキル【鑑定・植物】で確認しながら持ってきた大きな籠《かご》へと集めていく。

「――や、山を登るのって、けっこう体力いりますね⁉」

「シャロ、大丈夫ですか？　やっぱり屋敷にいた方がよかったのでは？」

「嫌よ！　こんな楽しげなイベントに参加しないなんて、もったいないじゃない！」

「で、でも……」

どうやら、山道に強いのはシャロよりミアのようだ。

しかし野草を採るのは楽しいらしく、苦戦しながらも頑張ってくれた。

「――――こんなもんかな？」

二～三時間もすると、持ってきた籠が二つとも山盛りになった。

――セリ、ナズナ、ゴギョウ、ハコベラ、ホトケノザ、スズナ、スズシロ……。

「よし、七草すべて揃《そろ》ったよ！」

「やったー！　七種類も集めると、達成感がすごいですね！」

「うふふ、楽しそうにしてくれてよかったわ～」

「リイフ様のスキル、すごいですね！　私、こんなふうに自分で野草を採ったの初めてです！　一層のありがたみを感じますねっ！」

「そうね、野草は本当にありがたいわよね～」

シャロと母さんは、すっかり意気投合しているようだ。

微妙に噛《か》み合ってない気もするけど、楽しそうで何より！

「籠、お持ちいたします」

「いやいや、領主様んとこの女の子にこんな重いもの持たせられないですよ」

「領主様のとこの……。私、使用人ですが」

「そりゃ知ってますが、それでもやっぱり、こういうのは男の仕事ですよ。それにほら、俺は【身体強化・怪力】持ちですから！」

首をかしげるミアに、父さんは力こぶを作って体力アピールしている。

「で、ですが……」

「俺がそうしたいんですよ。妻と息子の前で女の子に荷物持たせるなんて、俺の沽券《こけん》に関わります。だから、ここは引いてください」

「そう、ですか？　ではお言葉に甘えます」

父さんはミアから籠を受け取ると、スキル【身体強化・怪力】を発動させ、「先に行ってるぞ！」と軽い足取りで山を下りていった。

「父さん張り切ってて、なんかごめんね……」

前世なら、下手したらセクハラ案件だぞまったく！

「いえ、私のような者にまで気を遣ってくださるなんて、優しいお父様ですね。フェリク様がメイド思いなのは、お父様譲りなのでしょうか」

ミアは、ふふっと小さく笑う。可愛い。

「フェリク、そろそろ行くわよ～！」

「はーい！　じゃあミア、行こうか」

七草も揃ったし、あとは帰って七草粥を作るぞおおおおお！


「――ほう、これが君の言っていた『七草』かい？　小さな大根とかぶも混ざっているように見えるが……」

「それも含めて『七草』です」

帰宅した翌日、領主様やメイドさんたちの好奇の目に晒《さら》されながら、母さんとともに工房のキッチンで七草を綺麗《きれい》に洗い、茹《ゆ》でて、細かく刻んでいく。

「これをお米を煮たものに加えます」

「な、なるほど……。白米のカユーということかな？」

領主様の声色に、若干の不安が滲《にじ》み始める。

貴族として育ち、辺境伯として何不自由なく暮らしてきた彼は、恐らくカユーを食べたことがないのだろう。

しかしそれでも、名前くらいは聞いたことがあるはずだ。

貧しい人々が食べている、まずい主食として。

――ここで領主様がおいしいって思ってくれたら。

そしたらこの世界のカユー、つまりお粥の常識が変わる。

何としても、おいしいと思ってもらいたい……。

研いだ白米、それから米の約八倍の水を入れた鍋《なべ》を火にかけ、煮立ったら優しく混ぜて弱火にし、蓋《ふた》をして三十分程度じっくり煮込む。

この煮込む時間に米を混ぜないのが、おいしく作るポイントだ。

混ぜてしまうと、粘りが出たり米粒が潰《つぶ》れたりして、ドロドロになってしまう。

「──よし、こんなもんかな」

お粥が完成したら、そこに刻んだ七草と塩を少々加えて、さっと混ぜる。

あとは器に盛りつけて──。

「できました。これが七草粥です。お粥はできたてが一番おいしいので、熱いうちに召し上がってください。塩は少しだけ入れてありますが、あとはお好みで」

「……ほう。ではいただくとしよう」

領主様はキッチンに備え付けてある椅子に座り、七草粥をスプーンですくって口へと運ぶ。シャロとミアも、立ったまま器を手にし、それぞれ同じようにした。

「──驚いた。もっとドロッとしているのかと思ったが、思ったより粘り気もなくサラサラしていて食べやすいね。おいしいよ。この野草の独特な香りがまたいい」

「お粥は消化にもいいので、体調がすぐれない時でも、体に負担をかけずに栄養を摂れるんです」

「スッと体に入ってきて染み込むようだよ。カユーがこんなにおいしいものだったとは知らなかった」

領主様もシャロもミアも、それから父さんも母さんも、時折塩を追加しながらおいしそうに七草粥を味わい、あっという間に完食してしまった。もちろん僕も！

じんわり染みる七草粥に、体も心も溶かされてしまいそうだ。うまい……。

「一般的に食べられているカユーは、玄米で作るのでもう少しクセが強いです。でも玄米も、本当はおいしいんですよ。お米の研ぎが甘かったり、吸水させなかったり、煮込むときに混ぜたりするせいで、良さを殺してしまっていたんです」

まあ、この世界のお米は品質がイマイチだったというのもあるけど。

おいしい玄米をちゃんとした手順で煮込んだ「玄米粥」は、白米で作るお粥とはまた違うおいしさがある。

いずれは、玄米粥も味わってほしいな……。

でも、とりあえず。

七草粥が領主様に認められたああああああああああ！

これは、とても大きな進歩では⁉

◆◆◆

七草粥を作り、領主様に認められた日から数日後。

僕は一人、領主様の自室へと呼び出された。

ノックをしてドアを開けると、領主様が神妙な面持ちで待っていた。

——なんだろう？　僕、何かしたっけ……？

最近調子に乗りすぎてるから死刑、とか言われたらどうしよう。

僕みたいな米農家の息子なんて、領主様の一声でどうにでもなってしまうのがこの世界だ。怖い。

「お、お待たせしてすみません。何かご用でしょうか」

「ああ、突然呼び出してすまない。実はフェリク君に頼みがあるんだ」

「……は、はい。何でしょう」

「あの七草粥という料理、それから甘酒を食べさせたい相手がいるんだ」

――へ？

「も、もちろんそれは構いませんが、どこかお体でも悪いんですか？」

いつになく真剣な表情で切実そうに頼み込んでくる領主様に、思わずそんな質問が口をついて出る。

レシピなら、今までにもたくさん伝授してるのに。何を今さら……。

「…………実は、私の妻と娘の体調が良くなくてね。こんな辺境の治癒師では埒《らち》が明かないから、何かあった時のためにと王都に近い妻の実家で療養させているんだ。でもどうにも食が進まないらしく、何を出してもあまり食べないらしくて」

「それは……大変ですね……」

――な、なるほど。そういうことだったのか。

領主様と出会った当初、彼は娘がいるような発言をしていた。

しかしこの屋敷に来て半年以上経つが、僕はそのご令嬢を見たことがない。

それどころか奥様の姿も見当たらず、てっきり本当は相手がいないことを知られたくなくて見栄《みえ》を張ってしまったのだと思っていた。

が、奥様もご令嬢も、ちゃんと実在してたらしい。ごめんなさい領主様。

「けど、もしかしたら七草粥《ななくさがゆ》や甘酒なら喉《のど》を通るんじゃないかと思ってね」

「……現状、精米が僕のスキル頼りなので、お米の受け渡しが必要です。甘酒を作るには米麹《こめこうじ》も必要ですし」

「今、君にアリスティア領を離れられると困る。妻の実家までは、往復だけで半月近くかかるからね。だから、エイダンに頼んで遣いの者をこちらへ呼び寄せている」

まあ、フローレス商会と取引している米農家から買い取った米の品種改良、それから白米への精米は、僕が一手に引き受けてるし。

新しいレシピの開発もあちこちから依頼されている。

だから、今アリスティア領を離れられちゃ困るってのは分かる。

王都へも行ってみたかったけど……仕方ないか。

「そういうことなら。では、僕も早速準備します！」

「ありがとう。いつも悪いね」

「いえ、お気になさらず。領主様には多大な恩がありますから。力になれるのなら光栄です」

……それにしても、食事が喉を通らないのは心配だな。

栄養をしっかりと摂《と》らないと、治る病気も治らないし。

七草粥だけじゃ飽きるだろうから、遣いの人には消化によさそうなお粥《かゆ》レシピ、それから甘酒のアレンジレシピもいくつかレクチャーしておこう。

何の病気か知らないけど、早く回復して元気になりますように！

そしてあわよくば、お米を好きになってもらえますように！！！

僕はそう願いながら、スキル【品種改良・米】と【精米】でお粥に合う米を量産していった。

◆◆◆

アリスティア夫人の実家からの使者は、スキル【強化・速度】と【転移】を駆使したらしく、通常なら一週間以上かかるところを三日でやってきた。

──やっぱりスキル【転移】は便利だよな。

アリアもいつか、こうやって使いこなして出世するのかな……。

「なるほど、お米ですか……」

アリスティア領から遠く離れた土地で暮らす彼らにとって、お米は未《いま》だ貧しい庶民の食べ物でしかなく。

それを領主様自ら夫人に食べさせたいと言い出したことに戸惑っていたが。

「これがあのまずいと噂《うわさ》の米⁉」

「信じられん……。たしかにこれなら──」

実際に七草粥を食べてもらったことで、米のスッキリとした甘さと七草のほろ苦さ、体に染み入るようなやさしい味に驚き、考えが一八〇度変わったらしい。

甘酒は遠方からやってきた二人の体も癒やしたらしく、大変喜んでくれた。

「これなら、奥様とフィーユ様も召し上がるかもしれません！　フェリク様、ぜひとも作り方をご教授いただけますか？」

七草粥と甘酒に希望を見出《みいだ》した使者たちは、そう言って頭を下げた。

ちなみにフィーユ様というのは、領主様の娘、アリスティア家のご令嬢のことだ。

「もちろんです。材料はたくさんあるのでお譲りします。まずは──」

僕は数日かけて、七草粥を含めたお粥の作り方数種類、それから甘酒の作り方とアレンジレシピをいくつか伝えた。

使者たちは僕の言うことに真剣に耳を傾け、メモを取りながら、お粥と甘酒のおいしい作り方を一生懸命学んでいく。そして――。

「――どっちも完璧《かんぺき》だと思います。これならきっと、おいしく食べてもらえるんじゃないでしょうか」

「ありがとうございます！」

「丁寧に教えてくださり助かりました。恩に着ます」

「いえいえ。僕も、少しでも召し上がっていただけることを祈ってます」

使者たちが屋敷を発《た》つ日、僕はお粥用に品種改良して精米した米、培養していた米麹、採取した七草、あとは完成している甘酒と醤油《しょうゆ》、味噌《みそ》も少しずつ渡してあげた。

――まあ、甘酒もお粥も薬じゃないから、直接病気を治すわけじゃないんだけど。

でも少しでも体力回復の助けになりますように！！！

閑話　フェリクに追いつきたい

フェリクの家が火事になって、そのあと領主様がうちにやってきて。

私たちフローレス一家は、突然ファルムからグラムスへと引っ越すことになった。

グラムスは、アリスティア領で最も栄えている街。

美しい大通りには華やかな店やレストランが並んでいて、横道には多くの屋台が並んで賑《にぎ》わいを見せている。

パパが経営している「フローレス商会」は、今や貴族が運営する商会にも負けない大きな商会で、領主様との繋《つな》がりも深い。

そのこともあって、娘の私を知っている店員さんもたくさんいる。

「お、フローレスさんちの娘さんじゃねえか。それから奥様も。はいこれ、サービスだよ。持ってきな！」

「わあ、ありがとうっ！」

「すみませんいつも。ありがとうございます。アリア、よかったわね」

「いやあ、うちはフローレスさんのおかげで儲《もう》けられてるようなもんですからね。これくらいはさせてもらわねえと」

ママと屋台通りを歩いていると、いつもこんな調子で誰かに声をかけられる。

ちなみに今日もらったのは、「塩漬け肉と青じそのおこげサンド」だ。

カリカリのごはんも、たっぷりと挟まれた具も、私の大好物。

「――それにしても、お米料理が定着してきたわねー。これがあのフェリク君の力だなんて、今でも信じられないわ」

ママがそう言って、感心した様子でほう、とため息をつく。

まだファルムに住んでたころ、たまに家族でグラムスへ来ていた時は、お米料理なんてカユーしか売っていなかった。

あれから、まだ一年も経ってないのに。

今や多くの店で、「いろんなおにぎりあります！」「甘酒で体力回復！」「お昼ごはんにぴったり！　おこげサンド」など、お米料理を売りにしている。

「本当、すごいよね、フェリク……」

ちょっと前まで、フェリクの家は貧しくて、お金がなくて。

カユーと干し肉、あとはよく分からない雑草ばかり食べてたから、いつも私が食べ物を持って行ってあげていた。

うちには食べ物がたくさんあったから、私が面倒見てあげなきゃって思ってた。

申し訳なさそうに、少し困ったような顔で笑う、優しいフェリクが大好きだった。

――でも、今は、大出世して、領主様のお屋敷に住んでいて。私の助けなんてなくても、おいしいごはんをいくらでも食べられる。

それどころか与えられたばかりのスキルを使いこなし、あっという間にお米を人気商品にしてしまった。

私なんて、まだ数メートル先に転移できるかどうかなのに……。

フェリクが出世して、何不自由なく暮らせてるのはとても嬉《うれ》しい。

これは本当だけど、でも同時に、どうしようもなく寂しくなることがある。

まるで別の世界の人間になってしまったみたい……。

最近は、会うことすらなかなかできなくなってしまった。

——私、このままフェリクに置いていかれちゃうのかな。

そんなの嫌だな。

私だってもっと何かしたい。

少しでいいから、フェリクに追いつきたい。

「……ねえ、ママ。私もフェリクみたいに何かできないかな」

「ええ？　あなたにはまだ無理よ。……あのねアリア、フェリク君が特別なだけなの。焦らなくたっていいのよ」

ママは、優しくそう言って頭を撫《な》でてくれた。

うちは、パパもママもとても優しいし、同じ村で育った同年代の子たちと比べるとかなりお金がある方だと思う。

何不自由なく暮らせているし、欲しいものがあれば大抵は買ってくれる。

——でも、それは私の力じゃない。私は何もできない。

つい最近までは、そんなことまったく気にしてなかったけど。

「……でも私、フェリクが好きなの。一緒にいたいの。置いていかれるなんて、そんなの嫌だよ」

目のふちが熱くなって、じわっと涙が溢《あふ》れてくる。

「アリア……」

どうして私には、フェリクみたいな力がないんだろう？

同じ日に同じ村で生まれて、ずっと一緒に育ってきたのに。

もっとフェリクと一緒にいたいのに。

九歳になったら、私は領主様のお屋敷でフェリクと勉強することになっている。

だから、週に三日は一緒に過ごせるらしい。

でも、多くの人に認められて立派に仕事をこなすフェリクの横にいる私は、きっと何もできないままのただの子ども。

そんなの、余計につらい。

私にも、何か、何か――。

第八章　第三のスキルは【炊飯器】⁉

「────え⁉」

「あれ、エイダンから聞いてなかったかな？　この工房は、『クライスカンパニー』としての正式な開業、それからフェリク君の社長就任を記念して建てたものなんだ」

たまたま工房を訪れた領主様との会話で知った、衝撃の事実。

どうやら僕は、この工房を受け取った日、「クライスカンパニー」という会社の社長になっていたらしい。

「え、ええと。両親はなんと」

「ああ、もちろんちゃんと許可は得ているとも。『よく分からないけどお任せします！』とのことだよ」

「そ、そうですか……」

父さんは難しい話になるとすぐ逃げようとするからな！

ほんと悪いクセ！！！

そして母さんは、「なんか面白そうだしいっか」くらいの感覚だろう。

うちの両親はそういう人たちだ。

「君はスキルの扱いがうまいだけでなく、機転が利くし発想力もある。必ず成功すると信じているよ。もちろん私も、可能な限り力を貸す」

「ありがとうございます」

まあ、社長だろうが何だろうが、僕がやることは何も変わらない。

おいしいお米が少しでも多くの人に届くよう、最善を尽くすのみだ。

「でも無理はしないように。食事と休息と睡眠はしっかり取りなさい。君はお米のこととなると、すぐにまわりも自分も見えなくなるからね」

領主様はそう言ってため息をつく。

たしかにここ最近、また仕事三昧《ざんまい》な生活を送っていた。

スキルを使う分、自分が思っている以上に体力が削られてしまうのだ。

「お気遣いありがとうございます。気をつけます」

――でも、貴族宅のシェフにもっとバリエーションがほしいって相談されてるし、レストランのメニューも増やしたいんだよな。屋台のことだってあるし――。

「人員が足りないなら、新たに何人か手配しようか?」

「い、いえ！　さすがにそこまでは……」

工房では今、僕、シャロとミアを含めたメイドさん五名、従業員十名が働いている。

アリア父と領主様が厳選してくれただけあって、皆僕にはもったいないくらいに優秀な人たちばかりだ。

それに人数が増えたところで、【品種改良・米】や【精米】を使える人が増えるわけではない。

「だいぶ浸透してきたとはいえ、領内でも田舎へ行けばまだまだカユーが主流だ。私は、これを覆したいと思っている」

「僕もそう思ってます。米農家ならお米を作る環境は整っているわけですし、そんなに時間もかからないかと。ただ――」

「？　ただ？」

「貧しい村で白米を普及させるには、食生活を改善する必要があります」

白米はたしかにクセがなくて食べやすいし、おいしいけど。

でも、栄養価の高い米ぬかを削《そ》ぎ落とした白米では、栄養面で玄米に勝てない。

「白米を普及させるだけではいけない、ということかい？」

首をかしげる領主様に、白米と玄米の栄養面の違いを説明した。

とはいっても、この世界には「栄養」という概念がほとんどない。

そのため、理解を得るのにだいぶ苦労した。

「――つまり玄米には、白米では補えないものが含まれている、ということか」

「そういうことです。肉や魚、野菜などをバランスよくしっかり摂《と》れれば、基本的には白米に替えても問題ありません」

日本でも昔、白米が普及したことでビタミンＢ１が不足して、脚気《かっけ》が流行したという。そうした事態を発生させないためにも、貧しい地域での食文化改革は特に慎重に行なう必要がある。

「分かった。その情報も併せて伝えるようにしよう。当分の生活が苦しい場合は、低金利での貸し付けも検討しなければいけないね。エイダンと話をしてみるよ」

「ありがとうございます！」

理解ある、領民思いの領主様で本当によかった。

「旦那《だんな》様、そろそろお出かけの準備をなさいませんと――」

「おっと、もうそんな時間か。それじゃあフェリク君、続きはまた改めて」

「はい。また何かあればご報告します」

バトラとともに名残惜しそうに部屋を出ていく領主様を見送ってから、仕事の続きをしようかと思ったが。

「――たしかに最近、少し寝不足かも」

というか、やけに眠い。急に眠い。

まるで何かに、夢の世界へ引っ張られているような――。

まだ本調子じゃないのかな……。

この間倒れたばかりだし、ここは大人しく休憩を挟むか。

「シャロ、ちょっと仮眠を取ってくるよ」

「かしこまりました」

二階の自室へ向かい、そのままベッドへと倒れ込んだ。

質の良い柔らかさと弾力を兼ね備えたベッドが、その衝撃ごと包みこんでくれる。

その心地よさに、僕はあっという間に夢の世界へと落ちていった。


――はずだった。


「こんにちはー！」

「――え？　えっと、どちら様でしょうか」

「ええ、ひどいですっ！　私です私。スキルを授けた女神ですよ～」

眠りに落ちたと思ったら、僕は真っ白な空間に立っていた。

目の前には、真っ白なワンピースと膝下《ひざした》まで伸びた美しい金髪が印象的な、「THE☆女神」という感じの女性が立っている。

ほんわかした印象の女神様は、ぷくっと頬を膨らませてこちらを見る。

――あ、ああ、あのスキルをくれる神様か。

なんかこの女神様と話すたびに、僕の中の神様像が崩れていく……。

「も、申し訳ありません。お姿を拝見したのは初めてだったので」

「もうっ！　まあいいでしょう。それより――おめでとうございます！」

「は？　えっ？」

女神様はどこから出したのか、満面の笑みでパーン！　とクラッカーを鳴らし、盛大に紙吹雪をまき散らした。

「功績ポイントがＭＡＸになったので、あなたには第三のスキルが付与されます」

「だ、第三のスキル……⁉」

そういえばアリア父が、領主様はスキルを三つ持っていると言っていた。

というか功績ポイントって何だろう？

一般的には、八歳で授けられるスキル一つで終了、というのが常識だが、実はそういうわけじゃないってことなのか？

「……反応が薄いですね？　もっと喜んでくださいよ～。これ、けっこうすごいことなんですよ⁉」

「ええ、いや嬉しいです！　嬉しいんですけど、ただちょっとびっくりしちゃって」

「ああ、そういう。ふふ、まあ八歳で三つ目のスキルを獲得できるなんて、恐らく史上最年少ですからね～」

僕が驚いていると把握したことで、女神様は満足気にうんうんと頷《うなず》く。

「女神様が前世の記憶を取り戻させてくれたおかげですよ」

「え？　私そんなことしてないですよ？　あなたが記憶を取り戻したのはたまたまです。米原秋人《まいばらあきと》さんの魂、よほど食べ損ねた新米への念が残ってたんでしょうね」

「え……」

な、なん……だと……。

もし、前世の記憶が戻っていなかったら、あのまま米嫌いの状態で、【品種改良・米】やら【精米】やらと向き合う羽目になっていたら……。

そう考えるとゾッとする。

「それにしても、まさか【品種改良・米】で、しかも一年足らずでここまで上り詰めるとは。でも、うん。あなたならきっと何かしてくれるって思ってましたよ☆　それに、迷子の神獣も助けてくれたみたいですね。感謝します」

「は、はあ」

「それで、肝心のスキルなんですけどね。【炊飯器】はどうでしょう？」

「炊飯器」

いや、炊飯器は欲しいと思ってたけども。

でもスキル【炊飯器】ってなんだ。

「えーっと。例えばほら、こんな感じに、いい感じの木箱と蓋《ふた》があったとします。あ、中にはお米と水が入ってます」

女神様が手を前へかざすと、そこにテーブルが出現した。

その上には鍋《なべ》くらいの、蓋付きの木箱が置かれており、女神様が蓋を開けて中身の確認を要求してくる。

——うん、米と水だな。

「この箱に、炊き立てごはんをイメージしながら『【炊飯器】』と唱えてください」

「……す、【炊飯器】」

「すると⁉　どうでしょう！　なんと木箱の中に炊き立てごはんが！」

女神様が木箱の蓋を開けると、中では炊き立てつやつやごはんが湯気を立てていた。

粒の一つ一つがしっかりと立ち、キラキラと輝きを放っている。

——え、つ、つまりこれは、今この一瞬でこの木箱が炊飯器になって、しかも炊飯してくれたってことか？

「す、すげえええええええ！！！」

「ふふ、でしょう？　しかもこれ、なんと炊いたごはんが僅《わず》かでも入っている間は保温機能も付与されます☆」

「な、なんだと……。こんなのまさに神の箱じゃないか……」

「もちろん鍋でもカップでも箪笥《たんす》でも、蓋ができる容器があれば何でもいけますよ。ただ、水漏れが防げるわけじゃないので、布や紙の容器では無理ですけど」

これは研究が一気に進むぞ！

しかも食べたいときに、いつでも一瞬で炊き立てごはんが食べられる。

さ、最高か……。

「ありがとうございます！　最高です！」

「ふふ、いえいえ。こちらとしても、世界の発展に貢献してもらえるのは助かりますから。これからも頑張ってお米を普及させてください。あの神獣は、そのまま置いておきますね。あの子もそれを望んでいるようですから。それでは私はこの辺で。素敵な生をお過ごしくださいね☆」

女神様のその言葉で、僕の意識はスッと更なる深みへ落ちていった。


「――んん」

目を覚ますと、見慣れた工房の自室にいた。

部屋の中は真っ暗で、カーテンを開けると空には星が瞬いている。

どうやらけっこうな時間眠っていたらしい。

――そういえば、さっきのスキルの話、あれ夢じゃないよな？

一瞬不安になったが、スキル特有の、「必要な情報がインストールされた感覚」がたしかにあった。どうやら現実らしい。

『――起きたか』

「おはようライス。女神様に【炊飯器】っていう新しいスキルもらっちゃった。これでいつでも簡単においしいごはんが食べられるよ！」

『なっ――本当か⁉　よくやった。ふふ、これからはおいしいごはんが食べ放題だな』

なんかライス、僕に似てきた気がする！

尻尾《しっぽ》を振って喜ぶライスを見て、僕まで嬉《うれ》しくなってしまった。

「フェリク様、失礼いたします。お休みのところ申し訳ありませんが、領主様がお呼びです」

「――ミア。ありがとう、すぐ行くよ」

ライスを部屋に残し屋敷の執務室へ向かうと、帰宅した領主様とアリア父がいた。

二人で何か難しそうな話をしていたが、僕に気づくと会話をやめ、座るようにと促してくる。

「あの……？」

「実はね、お米レシピの本を出版しようと思うんだ」

「えっ⁉」

また急な話だな！

「これまではフェリク君やうちの社員が中心となって、講習会をするか個々に会ってレシピを伝授していただろう？　でも、今後はそうもいかなくなる」

これまでは主に貴族宅やレストランのシェフが相手だったが、一般家庭にお米料理を普及させることを考えると同じやり方では効率が悪すぎるため、レシピの本を出そうという流れになったらしい。

でも、田舎には文字が読めない人もたくさんいる。実際父さんだって――。

「フェリク君ももうすぐ九歳になるし、将来のために勉強もしないといけない。君の時間を確保するためにも必要なんだ。それから、領民の識字率も向上させたくてね」

「……たしかに、文字は僕も読めるようになりたいって思ってました」

けどまさか、自分がレシピ本を出版する日が来ようとは。

でもレシピ本なら、これまで伝えきれていなかった幅広いメニューを一気に広めることができる。

おにぎり一つ取ったって、まだまだ紹介できていないレシピが山ほどある。

チャーハンや炊き込みごはん、混ぜごはんの類もいいし、ドリアや丼もの、お寿司《すし》、お餅《もち》レシピにスイーツ……挙げればキリがない。

——そういえば、梅と青じそと卵のチャーハン、大好きでよく作ったな。

あとジャンクフードだけど、カルパスを使ったおにぎりも好きだった。

ほかにも、無限と言っていいくらいには伝えたいレシピがある。

ああ、やばい。想像するだけでワクワクが止まらない……！

これはアリスティア領全土が、そしてガストラル王国がお米に染まる日も遠くないのでは⁉

そして浸透していく中でいずれは僕の手を離れて、この世界ならではのまだ見ぬレシピがたくさん生まれていくんだ。

ああ、嬉しいような、ちょっと寂しいような。

娘を送り出す父親の気持ちってこんな感じなのかな……。

「え、ええと、フェリク君……？」

気がつくと、二人とも僕の顔を見て何とも言えない表情を浮かべていた。

いけないいけない。未来に思いを馳《は》せている場合じゃなかった。

今は大事な話をしている最中だ。

「あのっ、僕、レシピ本作りたいです！」

「そ、そうか。そう言ってくれてよかったよ」

「フェリク君にしてほしいことは、新たなお米を使ったレシピの開発と、写真用にその料理を作ること。あとは作る際のポイントなんかも教えてもらえると助かるかな。今度フェリク君も顔合わせに行こう」

アリア父は、手帳を見ながら今後の流れをざっくりと説明してくれた。

「うんっ！　楽しみにしてる！」

にしても、この世界ってそんな普通に本が作れたんだな。

うちにも紙自体はあったけど、本は母さんが大事にしてる薬草図鑑しかなかったし、てっきり印刷技術が云々《うんぬん》みたいな感じですごく高価なんだと思ってた。

僕の【品種改良・米】みたいに、出版業に適したスキルを持ってる人もいるってことなのかな。気になる。

「それなら、顔合わせまでに参考資料を作った方がいいよね？　写真は——え、というか写真⁉」

「うん？　ああそうか、フェリク君は見たことないかもしれないね。人や物を、スキル【転写】で紙に写したものだよ」

「そんなスキルがあるんだ⁉」

——薄々思ってたけど。

この世界って、転生前の日本と比べて技術的な部分が未発達だからこそ、自分はもちろん周囲の人間のスキルもかなり重要になってくるよな。

そうか、だから顔が広いおじさんは、平民なのにこんな強いのか。

改めて、アリア父の有能さを実感する。

「じゃあ、顔合わせのときまでに、僕もいろんなレシピを考えておくね！」

「ああ、頼んだよ」

「頼りにしているよ」

僕はまだまだ、この世界のことを分かっていない。

前世でも人脈は大事だと言われてたけど、ここでのそれは前世の比じゃない。

今はおじさんや領主様が何でもやってくれるけど、それは僕がまだ八歳の子どもだからだ。

僕も将来に向けて、ちゃんと生き方を学んでいかないとな。

なんといっても、僕が成功できるか否かにお米の将来がかかっているのだ。

まあでも、新たなスキル【炊飯器】も手に入れたことだし。

まずは本用のレシピ開発を急ピッチで進めるぞおおおおお！！！

◆◆◆

三人でレシピ本の話をしてから一週間後。

僕はアリア父とグラムスにあるユグドラ出版へ赴き、料理本を手掛けている編集部の人と会うことになった。

「――レシピのほかにも、おいしいごはんの炊き方や、玄米と白米の栄養面の違い、それからお粥《かゆ》のおいしい作り方も入れたくて……」

「いいですね！　まずは入れたい内容と作る料理をリスト化して、それから詳細な材料や作り方、作る際のコツ、写真など必要な素材を集めていきましょう」

説明してくれたのは、二十代半ばくらいのミールという女性編集者だ。

ミールさんは、既に出版されている既存のレシピ本をいくつか机に広げ、必要となるページや情報を細かく教えてくれた。

「写真撮影時には、うちから【転写】持ちの社員を一人、サポート役を二人ほど連れていきます。ほかにも何か困ったことがあれば、遠慮なくおっしゃってください」

「ありがとうございます！」

「ふふ、いい本を作りましょうね！」

なんか緊張してきた！


「――ということになったよ。シャロとミアにも助手を頼めるかな」

工房へ戻り、僕は早速レシピ本に載せるレシピを考えることにした。

九歳になれば家庭教師の授業が始まって、今ほど自由に時間が使えなくなるかもしれないし今のうちに、進められるだけ進めておきたい。

「もちろんです！　買い出しから味見まで何でもいたします！　ねっ、ミア！」

「はい。微力ながらお手伝いさせていただきます」

二人とも一緒に楽しもうとしてくれているのが伝わってくる。嬉しい。

ミアもだいぶ心を開いてくれた感じがあるよな。


こうして僕は、通常業務に加えて、レシピ本のためのレシピ開発に着手することとなった。ちなみにページ数は、中表紙や目次、奥付を合わせて八十ページ程度を想定しているらしい。

「えーっと、はじめに、から始めて、目次の前に白米と玄米の違いを持ってきたいな。あとはお粥のおいしい作り方とごはんの炊き方、それからジャンル別に分けたメニューを入れて――。あ、スイーツも載せよう。索引もいるかな」

……ざっくりとした構成はこんな感じか？

前世でも米レシピをノートに書き溜《た》めてはいたが、さすがにレシピ本を作るのは初めてだ。

ミールさんに見せてもらったレシピ本、それから前世で見ていたレシピ本の記憶を頼りに、少しずつイメージを固めていく。

「こうして具体的に考えていくと、案外雰囲気って掴《つか》めるもんだな」

「なんかかっこいいです！」

「ワォン！」

ライスは僕が書いたメモを興味深げに見て、『これから一層、お米を使った料理が充実していくのだな』とワクワクした様子で尻尾を振っている。

多分文字までは読めないだろうけど、レシピ本は写真がつくし、完成したらライスにも一冊プレゼントしよう。もちろん、お世話になってるみんなにも。

「ここからは、実際に掲載するレシピを何にするか、だな」

このレシピ本が各地でお米の魅力を拡散してくれると思うと、みんなの笑顔を生み出すと思うと、思わず顔がにやけてしまう。ふへへ。

「フェリク様、お顔がいかがわしいです」

「レシピ本作るメモ書きを見てそんな……。ちょっとマニアックすぎませんか？」

気がつくと、二人が若干引き気味な顔でこちらを見ていた。失敬な！

というかミア、いかがわしいは地味にひどい！

「べ、べつに変なことなんて考えてないから！　――あ。そうだ、せっかくなら領主様やおじさん、アリアも呼んで、みんなでごはんパーティーをするのはどうかな」

「ごはんパーティー、ですか？」

「うん、試食人数は多い方がいいし、意外な組み合わせも生まれるかもしれないし。それに、参加型にすることで興味を引くこともできるんじゃないかなって」

我ながら、幅広い人たちの意見が聞けるいいアイデアだと思う。

「だ、旦那《だんな》様もお呼びするんですか⁉」

「我々メイドが同じ場に参加するなんて、許されるでしょうか」

シャロとミアは、不安そうに互いに顔を見合わせる。

「レシピの開発にはいろんな視点がほしいんだ。きっと領主様も分かってくれるよ。僕、ちょっと話をしてくるよ！」


「ごはんパーティー？　そうだな、明後日《あさって》の夜なら空いているが……」

「本当ですか⁉　それなら——」

「でも、私がいると楽しめない者もいるんじゃないか？　お金は出すから、私のことは気にせず楽しんでいいよ」

領主様は、あまり気乗りしない様子だ。

というより、若干戸惑っているようにも見える。

身分差がはっきりしている分、こうした誘いは経験がないのかもしれない。

「そうじゃなくて……。領主様のご意見もぜひ聞かせていただきたいんです」

辺境伯である領主様なら、領内外問わず、全国各地で工夫を凝らしたおいしい料理を食べているはず。

そんな彼が参加してくれれば、見える範囲も広がるだろう。

「……ふむ、そうか。分かった。では明後日の夜、お邪魔するとしよう」

「ありがとうございます！」

僕の気持ちが伝わったのか、領主様は参加を了承してくれた。

フローレス一家には、アリア父が毎日昼頃に定期連絡をくれるため、それを活用して声かけをお願いする。

――よし、楽しんでもらえるように頑張るぞおおおおお！

◆◆◆

こうして迎えた二日後の夜。

アリスティア家の庭の一角に、声をかけた面々が続々と集まり始めた。

今回声をかけたのは、領主様とバトラさん、屋敷のシェフたち、僕の両親とそのメイドさん、農場で一緒に働いている従業員たち、フローレス一家、シャロとミア、工房の従業員とメイドさんたちなどなど。もちろんライスも一緒だ。

ライスを初めて見る人々は、その大きさに驚き言葉を失っていた。

最初は怖がる人もいたが、ライスが大人しいと分かると、むしろ積極的に抱きついたり撫《な》でたりとモフモフを堪能し始める。モフモフは正義！

そうこうしているうちに、バトラを従えた領主様がやってきた。

「領主様、本日はご参加くださりありがとうございます」

「ああ。――にしてもこれはすごいな。この巨大な木箱の中身はごはんかい？　すべて炊き立てに見えるが、こんなにたくさんいったいどうやって――」

ずらっと並んだテーブルには、数々のおかず、そして大量のごはん（が入った木箱）が所狭しと用意されている。

木箱からは、真っ白な湯気とともに、お米特有の甘さをはらんだおいしい匂いが立ちのぼっている。

「はい、実は新しいスキルを授かったので、力の確認も兼ねてるんです。今日のパーティーは全員が参加者ですので、お食事はセルフサービスでお願いします」

今日は貴族も平民も関係なく、自分で好きなものを好きなだけお皿に取って食べるスタイル――いわゆる立食パーティーのような形式だ。

「わ、分かった。……いや、待ちたまえ。新しいスキルだって⁉」

領主様が「冗談だろう」という顔で僕の目を見る。

さらっと伝えてみたけど、それを聞き逃す領主様ではなかったらしい。

そういえば、八歳でスキル三つというのは恐らく史上最年少だって女神様が言ってたけど。

言っちゃまずかったかな……。

でも、今後仕事をする上で隠し通すのはかなり効率が悪いし。

言うなら早いうちに、正直に言ってしまった方がいい、よな？

「はい。実は――」

僕は簡単に、新たなスキル【炊飯器】について説明した。

「……なるほど？　つまり一瞬でおいしいごはんが炊けて、それを温かいまま保管することができるスキルというわけか」

「そんな感じです。ごはんの劣化を防ぐわけではないので、炊いたごはんは翌日には食べきりたいところですけど」

「なんというか、相変わらずフェリク君のスキルは凄《すさ》まじく独特だね……」

そんな「よく分からない」みたいな顔しないで！

今はピンとこないかもしれないけど、使いこなせば素晴らしいスキルなんだぞ！

領主様と話したあと、僕はみんなにパーティーの説明を兼ねた挨拶《あいさつ》を行なった。

「このごはんパーティーは、レシピ本に掲載するレシピの開発を兼ねています。気づいた点や気に入った組み合わせがあったら、事前に配布したアンケート用紙にご記入お願いします」

挨拶を終えると、皆拍手と笑顔で歓迎してくれた。ありがたい。

こうして星が輝く夜空の下、領主もメイドも貴族も平民もない、フリースタイルのごはんパーティーがスタートした。


「フェリク！」

「あ、アリア！　よかった来られたんだね」

「こんなの来るしかないじゃない。ねえ、オススメはどの組み合わせ？　――あっ、ライスもいる！　ライス、楽しんでる？」

「ワンッ！」

ライスに気づいたアリアは、抱きついてこれでもかと撫でまわす。

仕方がないけど、子どもは触り方に容赦がない。ライス大丈夫かな……。

『心配するな。こんなことでこの子が幸せになれるなら、甘んじて受け入れよう』

ライスは穏やかな目でそう伝えてきた。器が大きくて助かる！

「相変わらず可愛《かわい》いなあライス。でも、見るたびに大きくなってない？　きっとフェリクのごはんがおいしすぎるのね」

「あはは。……オススメかあ。何か食べたいものはある？」

「チーズと卵！　前にフェリクが作ってくれた鮭《さけ》とチーズと枝豆のおにぎり、あれすっごくお気に入りなの。今じゃうちの定番になってるわ」

「それは嬉《うれ》しいな。……ええと、じゃあ」

僕はテーブルの上に並んだおかずを見回し、ごはんと一緒にいくつかお皿に盛りつけていく。

「この炒《い》り卵に、炒《いた》めたベーコンと青じそを合わせて食べてみて」

「――お、おいしい！　変わった味がするけど、でもこれ甘くて好き！　炒り卵の味つけって塩コショウだけじゃないのね。不思議なくらいごはんと合う！」

「気に入ってくれてよかった。卵は砂糖と醤油《しょうゆ》っていう調味料で味つけしてるんだよ」

このあとも、僕とアリアはもちろん、その場にいるみんな、それぞれ好きなおかずとごはんを自由に堪能していた。

領主様の反応はどんなものかと気になったが、バトラにあれこれ聞きつつ、不慣れながらも案外楽しそうに選んでいる。

よ、よかった……。


「父さん！　母さん！」

「――おお、フェリク。アリアちゃんはもういいのか？　つーか、その犬ってライスだよな？　でかっ！」

「本当ね。きっとフェリクのごはんがおいしいのね～」

「ワン！」

実は神獣だからなんだ――とは言えないよな。

どこかで誰かが聞いてるかもしれないし、父さんは隠し事が苦手なタイプだ。

あとで面倒なことになっても困る。

「あはは……。アリアは、僕が教えた組み合わせを家族にも勧めてくるって。それより聞いてよ。僕、三つ目のスキルを手に入れたんだ」

「なっ――はあっ!?」

「ほ、本当なの？　今度はいったいどんなスキルを？」

僕は、驚く両親にスキル【炊飯器】について説明した。

「じゃあここにあるごはん、すべてフェリクのスキルで炊いたものなのね。すごいわフェリク！」

「父さんも母さんも、おまえが息子で誇らしいぞ！」

二人とも、僕を抱きしめ大喜びしてくれた。

「このイベントも、僕が一から計画したんだよ。もちろん、みんなの手伝いがあってこそ実現できたんだけどね。何か気に入った組み合わせはあった？」

「全部うますぎて胃袋が足りねえよ。でもそうだな、父さんはこの、きのこのオイル漬けってのとごはんの組み合わせが好きだな。酒が止まらなくなる」

きのこのオイル漬けは、オリーブオイルとにんにく、鷹《たか》の爪で炒めたきのこ類を塩コショウで味つけして瓶に詰め、オリーブオイルを注いだもの。

しっかり炒めて水分を飛ばし、瓶詰めする際に空気を抜くことで、保存食としても重宝する。今日出したのも、少し前にたまたま作っていたものだ。

「お母さんは、なめ茸《たけ》？　と青じその組み合わせが好きだったわ。これの味つけって、もしかして醤油？　しっかりめの味つけなのにさっぱりしてて、青じそとの相性もいいわね」

「この二つを組み合わせるとは、さすが母さんだね。そうそう、醤油。あとはお酢っていう調味料と、みりんと酒。鷹の爪も入ってるよ」

えのき茸を炒め、酒、醤油、みりん、酢、鷹の爪で味つけしたなめ茸は、前世の幼少期から僕の大好物だ。

元々は瓶詰めされたものを購入していたが、作った方がコスパがいいことに気づいてから自作するようになった。

ごはんをおいしく食べるためなら、多少の手間は厭《いと》わない。

「ありがとう、参考になったよ。どっちもよく作り置きしてるから、今度渡すね。引き続き楽しんで！」

「フェリクもね。あまり無理しちゃだめよ？　あと、メイドさんや従業員の方たちもたまには休ませてあげるのよ？」

「はーい！　分かってる！」

シャロとミア、休みをあげても工房に来るんだよな……。

僕は別にいいけど、大丈夫なんだろうか。無理してなきゃいいけど。

「――フェリク様！」

「ん？　ああ、ミア――とシャロも。二人とも楽しんでる？」

「はいっ、それはもう！　以前フェリク様がアリア様に作ったという鮭とチーズ、枝豆の組み合わせを試したんですけど、これたまりませんね！」

「私はこの鶏生姜《とりしょうが》そぼろというのが好きです。体にじんわり染み渡ります」

「あははっ、ミア、言い方がおばあちゃんみたいっ」

「なっ——誰がおばあちゃんですか！」

シャロの言葉に、ミアは真っ赤になって反論する。可愛い。

——この二人、どんどん仲良くなっていくな。

なんかこう、娘の成長を見守ってる気分だ。いいぞ、うん。

ちなみに鶏生姜そぼろは、鶏ひき肉とみじん切りにした生姜を炒め、醤油とみりんで味つけしたもの。

醤油とみりんの甘辛味は、鶏の深いうまみをこれでもかと引き出してくれる。

そこに生姜を加えることで味に締まりが出て、ごはんのお供としてより最適化されるのだ。

「みんなそれぞれ気に入ったのがあってよかったよ」

「フェリク様はどれがお好きなんですか？」

「僕？　僕は全部かな！」

「ええーっ！　ずるい、そんなの私もですっ！」

「私も全部好きです」

最初はレシピ本のためのレシピ開発に繋《つな》がれば、と思って企画したごはんパーティーだったけど。

みんな幸せそうに食べてくれてるし、開催して本当によかった。

ちなみにアリア父は、みんながどのおかずをどれくらい使っているかの統計を取り、「これは売れる！」やら何やら言いつつ嬉々《きき》としていた。

なんというか、うん。べつにいいけどさすがだな！！！

第九章　アリアがメイドになった

スキルを手に入れてから一年が経《た》ち、今日で九歳になった。

「フェリク君、お誕生日おめでとう」

「おめでとうフェリク」

「おめでとう〜」

「領主様、ありがとうございます。父さんと母さんもありがとう」

僕もついに九歳か。

ちなみにレシピ本の原稿作成と写真撮りは、まだ全然終わってない。

工房で研究をしていると、見学しに来る屋敷のシェフたちに質問責めにされてしまうため、なかなか思うように進まないのだ。

かといって、せっかくお米に興味を持ってくれた同志を無下に追い返すのも気が引ける。

——にしても、本当にいろいろあった一年だったな。

この一年でスキル【品種改良・米】と【精米】、それから【炊飯器】を使い倒し、何度も倒れては周囲の人々を顔面蒼白《そうはく》にさせた。

しかしその甲斐《かい》あってか、最近はスキルの使用で体力切れを起こすこともほとんどない。精度も上がっている気がする。

多分、八歳でこれほどスキルを使いまくった例はほかにないんじゃないかな！

領主様のお屋敷で、去年の何倍も豪華な食事をとりながら、僕はこの一年のことを思い返していた。

ちなみにアリア父は商談があるらしく、今は不在だ。

僕の誕生日ということはアリアの誕生日でもあるわけで、きっとそのまま自宅へ戻ってお祝いするのだろう。

「フェリク君も九歳になったのだから、これからは勉強もしなくてはね」

「そ、そうでした……」

「貴族ならば、本来は六歳には学校へ入るんだ。むしろ遅いくらいだよ」

「は、はい……頑張ります……」

僕は貴族じゃないけどね！

ファルムのような田舎の農村では、学校へ行く子どもなんていないに等しい。

みんな村の中で必要最低限のことを学んで、そのまま親の仕事を継ぐ。

もしくは結婚してどこかへ嫁いでいく。

男女問わず、それがあの村の普通だった。

「そういえば、アリアも一緒に授業を受けるんですよね？」

「ああ、そのことだけどね。……アリア、入りなさい」

「は、はい。旦那様《だんな》」

――うん？　え、アリアもここにいたのか。

というか旦那様？

「――え？　あ、アリア!?　その格好って」

「え、えっと……本日よりメイドとして働くことになりました。その、よろしくお願いしますっ！」

アリアは手短に挨拶を済ませて頭を下げる。

少し大きい新品のメイド服が、彼女のぎこちなさを一層際立たせる。

緊張しているのか、アリアは頭を下げたまま震えていた。

僕の両親も知らなかったようで、面食らった様子で顔を見合わせている。

「……こ、これはどういうことです？」

「いやあ、どうしてもうちで働きたいと頼み込まれてね。最初は断ったんだが、あまりに真剣に頼んでくるものだから根負けして雇うことにしたよ」

アリア父の財力があれば、九歳なんて歳《とし》でメイドにならなくても、普通に寮付きの学校に通えるはずだ。

それにそもそも、アリアは僕と一緒に授業を受けることになっていた。

——ということは、お金に困ってるわけじゃないよな？

「えっと、授業は……」

「もちろん君と一緒に受けてもらうよ。アリアが私とエイダンにこの話をしたとき、彼も最低限そこは譲れないと言っていたからね」

「授業は受けるし、宿題もちゃんとする。それ以外の時間に、ここで働かせてもらうことにしたの」

よく分からないが、アリアの意思は固いようだった。

「……まあ、そういうことだ。アリアには、明日からうちでメイド見習いとして働いてもらう。大変なこともあると思うが頑張りなさい」

「は、はいっ。ありがとうございます」

——うーん。

アリアはしっかりしてる子ではあるけど。

でも仕事をする場に放り出すには、やっぱりちょっと早すぎる気もする。し、心配だ……。


誕生日の翌日から、僕とアリアの授業が始まった。

「本日より、フェリク様とアリア様の授業を担当させていただきます、ラヴァルと申します。よろしくお願いしますね」

「よろしくお願いします、ラヴァル先生」

「よろしくお願いします」

授業は、工房二階にある一室で行なうことになっている。

先生は二十代半ば～後半くらいの、茶色のようなオレンジのような淡いピンクのような、パステル系の柔らかい色合いの髪を持つ女性だった。

髪はサイドを編み込み、うしろの低い位置に団子にしている。

どちらかというとふわっとした印象だ。

——厳しい人だったらどうしようかと思ったけど、温和そうな人でよかった。

ちなみにラヴァル家は、子爵というれっきとした爵位を持つ貴族だ。

雇い主が辺境伯の領主様である以上、こちらに何かをしてくることはないだろうが、それでも失礼のないようにとアリア父に釘《くぎ》を刺されている。

「それでは本日の授業を始めます。今日は——」

授業は簡単な読み書きや計算、音楽、礼儀作法や立ち振る舞い、ガストラル王国の歴史やアリスティア領のこと、基礎的な知識など、案外幅広かった。

中身が大人な僕とは違い、アリアは授業を受けるだけでもやっとな状態だ。

授業を終える頃には、机に突っ伏してぐったりしていた。


「アリア、大丈夫？　やっぱりメイドと掛け持ちなんて難しいんじゃないかな……」

「そんなことないっ。フェリクだって仕事掛け持ちしてるじゃないっ」

アリアは悔しそうに頬を膨らませ、ぷいっと顔をそむける。

――あー、なるほど？

こいつもしかして、同い年の僕が仕事してるのが悔しいのか？

まったく、遊んで暮らせる幸せを理解できないとは。

まあそういう年相応なところも可愛《かわい》いんだけど。

これまでは僕がアリアに助けてもらう立場だったし、抜かされたと思っているのかもしれない。

「アリア、うちは家が燃えて行き場がないし、今でこそお金も貯《た》まってきたけど元々はお金がなくて、それで仕方なく……」

「フェリクは関係ないわ。私は、私が働きたくてメイドになったの！」

……うーん。相変わらず頑固だなあ。まあ知ってたけど。

普段は明るくて優しい子なんだけど、こうなったら何言っても聞かないんだよなこいつ。はあ。

「……まあ、無理はしないようにね」

「だ、大丈夫だもん！　私だってやればできるんだからっ！」

アリアはガタッと勢いよく席を立つと、そのまま部屋を出ていってしまった。

やっぱ女の子は難しいな。いや、アリアが難しいだけか？

いったい何が気に食わなかったんだ……。

「——フェリク様？　ど、どうかされました？」

アリアと入れ違いで、シャロとミアが入ってきた。

「あー、いや、何でもないよ。……そういえば、二人は仕事でアリアと一緒になることあるの？」

もし二人がアリアといてくれるなら、それはとても心強い。

そう思ったのだが。

「私とミアは、現状フェリク様の専属メイドです。ですから見習いのアリア様と仕事が一緒になることは、あまりないかもしれませんね……」

「そうですね。行儀見習いで入っている貴族ならともかく、アリア様は平民です。普通は使いっぱしりとして雑用に奔走することになります」

「な、なるほど……」

まあそりゃそうか。

でも大丈夫かな……。

女の子の中では体力ある方だと思うけど、アリアも何だかんだでお嬢様だからな。

「で、でも、いずれは工房の、もしくはフェリク様付きのメイドに昇級するかもしれませんよ？」

「うーん。けど、それはそれでどうなんだろう？　幼なじみのメイドになるなんて嫌じゃないかな。しかも本来、アリアの方がずっとお金持ちなのにさ」

「アリア様は自らメイドになったわけですし、それに……ねえ、ミア」

「……なぜ私に振るんですか。でもそうですね、アリア様は喜ぶと思います」

そうかなあ？

それならまあ、僕も一緒にいられて嬉《うれ》しいけど。

◆◆◆

授業とアリアのメイド生活が始まってしばらく経ったころ。

「どう？　私だってやればできるんだからっ！」

「お、おう」

週三日の授業と宿題をこなしながら、アリアは案外頑張っていた。

メイド同士の付き合いも今のところ問題なく、歳の近い子はみな平民であることから、それなりに楽しくやっているという。

また、行儀見習いで入っている貴族からの評判もいい、とシャロが教えてくれた。

「いやでも本当にすごいよ。さすがフローレス家の娘だね。勉強も、さっきラヴァル先生も褒めてたし。アリアって頭よかったんだ」

「ふふん♪　これくらい当然よ！」

「今はどんな仕事してるの？」

「お屋敷の掃除、あとは洗濯と雑用がほとんどかな。でも洗濯は洗浄機があるからとってもラクよ。集めて入れて、スイッチを押せば勝手に洗ってくれるの。あとは干して、乾いたら畳むだけ。汚れがひどいときは手洗いするけど」

洗浄機というのは、冷却庫と同じ魔導具の一つらしい。

恐らくだが、洗濯機のようなものなのだろう。

「……そうだ。あとでキッチンにおいでよ。甘酒とごはんご馳走《ちそう》するよ」

「本当⁉　行く行く！　フェリクのごはん久しぶり〜♪」

「ちゃんと食べてる？」

「もう、フェリク心配しすぎ。平気よ。みんな優しいし、私はお金に困ってるわけじゃないもの」

「まあ、そうだよね。……でもじゃあ、なんで突然メイドに？」

「――あ。そ、それは……その……ひ、秘密よ秘密っ！」

アリアはしまった、という顔で口に手を当て、視線を彷徨《さまよ》わせる。

勢いでうっかり口を滑らせるかと思ったが、そうはいかなかったようだ。

「そ、そんなことよりキッチンに行きましょう！　夜はまた仕事なの。早くフェリクのごはんが食べたいわ」

「そっか。じゃあ行こうか」


「ワン！　ワォォォン！」

工房のキッチンへ行くと、ライスがしっぽを振りながら迎えてくれた。

「ライス、こんにちは！　今日もモフモフね！」

「ワン！」

アリアが抱きついて撫《な》でると、ライスはしっぽでアリアを優しく包み込む。

この二人もすっかり仲良しだな。

「……フェリクは、最近どんなお仕事してるの？」

「うん？　変わらずだよ。品種の研究をしたり、精米したり、レシピ開発したり、レシピ本用の料理を進めたり。あとはお餅《もち》を作ったり、米麹《こめこうじ》を培養して醤油《しょうゆ》、味噌《みそ》、みりん、酒、酢、甘酒、塩麹づくりもやってる」

「そ、そんなに……」

「せっかくだしね。ほかにも、どうしてもごはんと一緒に食べたくて、納豆とかつお節にもチャレンジしてみたんだ。かつお節はまだ完成してないけど」

「なっとう？　かつおぶし？　初めて聞くわ。それっておいしいの？」

アリアは聞いたことのない二つの名前に興味津々だ。

「アリアも食べてみる？　でも納豆は、僕は好きだけどかなり人を選ぶ食べ物なんだ。匂いも強烈だしね」

「へえ？　でもフェリクは好きなんでしょ？　食べてみたいっ！」

アリアは前のめりになり、意気込みを見せる。

なかなかにチャレンジャーだな。

けど僕の直感だけど、これは匂いでリタイアするな！

そう思いながらも、冷却庫から納豆を取り出してアリアの前に置く。

「……何これ？　枯れた草？　これ食べられるの？」

「この草——というか藁《わら》に包まれてるんだ。開けてみて」

アリアは不思議そうにしながらも、結ばれている部分を解いていく。

ちなみに納豆は、稲の茎の部分、つまり藁に住み着いている納豆菌（枯草菌）を活用して作る発酵食品だ。

この菌は麹と違って藁に大量にいるため、水に一晩ほど漬けた大豆を煮て、それを藁で巻くだけで完成する。作ってみると案外簡単だ。

「――なにこれ臭いっ！　ちょっと、これ腐ってるんじゃない⁉」

「ワゥウゥ……」

ちなみに、鼻が利くためかライスは納豆が苦手で。

包みを開くと、いつもこうして警戒心をあらわにして部屋の隅へと逃げてしまう。

「納豆はそういう食べ物なんだよ。これを器に移して、混ぜて醤油を垂らして食べてみて」

「……本当に食べて大丈夫なの？　おなか壊したりしない？」

「大丈夫だよ」

まあ、食べられるかは別問題だけど！

でもチーズは好きなわけだし、もしかしたら臭みに耐性が――。

「…………フェリク、私これ無理。味以前に、食べた瞬間鼻に凄《すさ》まじい匂いが」

アリアは一口食べたあとすぐにフォークを置き、匂いを避けるようにテーブルから遠ざかった。目には涙を溜《た》めている。ダメだったか。

「好みが分かれるって言ったの、分かっただろ」

「こんなの好きな人いるの⁉　カユーよりひどいじゃない！　うえ……まだ匂いが残ってる～っ」

「ええ、僕は好きだけどなあ納豆」

――まあこうなるだろうと思ってたけど。

でもせっかくだし、いつか克服させてやれたらいいな！

「悪かったよ。ほら、口直しにこれでも飲んで」

「うう……これは？」

納豆がよほど応えたのか、アリアは顔をしかめたまま警戒している。

「いちご入りの甘酒だよ。潰《つぶ》したいちごと甘酒を混ぜたんだ。甘くて飲みやすいし、これは好きだと思うよ」

「……ほんとだ、甘酸っぱくておいしい！」

「それはよかった。それより、今日は何が食べたい？」

「うーん、チーズとごはんかな？」

こいつ本当にチーズ好きだな！！！

でも、そこにごはんを加えてくれたのは素直に嬉しい。

チーズとごはんか。それなら――。

「よし、じゃあピザにしよう！　マルゲリータなんてどうかな？　アリア好きだったよね？」

「ピザ？　マルゲリータは大好きだけど、でも今日はごはんじゃないのね」

「いや、ごはんで作るライスピザだよ。ごはんをこんがりモチモチに焼いて、ピザみたいに具材を載っけてさらに焼くんだ」

「ごはんでピザができるの!?　私、それがいいっ！」

「ワンッ！　ワォン！」

アリアもライスも、ライスピザに興味津々だ。

ふふ、僕のお気に入りレシピがどんどんこの世界に浸透していくな。いいことだ。

「よし決まり！　じゃあそれでいこう」

僕は早速準備に取り掛かることにした。

まずは炊飯器——代わりに使っている木箱に洗った米と水を入れ、スキル【炊飯器】でごはんを炊く。

「これ、ごはんを炊く魔導具だと思ってたけど違うのね」

「え？　ああ、うん。僕の新しいスキルだよ」

「……はあ。なんかもう、フェリクには一生勝てる気がしないわ」

「ええ、アリアの【転移】の方が高位スキルだろ」

「………だから……に……しいのよっ。フェリクのばかっ！」

アリアが小声で何か言った気がするけど——まあとでいいか。

ごはんが炊けたらボウルに入れ、塩コショウと片栗粉《かたくりこ》、水を少々加えて混ぜて、フライパンで平らにして両面をこんがり焼く。

それをオーブンの天板に載せて、トマトソース、それからモッツァレラチーズをたっぷりトッピングして——そうだ。

アリアはこれから仕事だし、スタミナをつけるためにベーコンも載せておこう。

トッピングが完了したら、二二〇度に温めたオーブンでこんがり焼けば完成する。

ちなみに僕は、香りを活《い》かすためバジルは最後に載せる派だ。


「——っ！　いい匂い！」

焼けたライスピザをオーブンから取り出すと、魅惑的なピザの熱気と香りが辺り一帯を支配する。

それに加えて、ほのかに米の香ばしさも漂っている。

「フェリク様、ただいま戻りまし……わわ、何これすっごくいい匂い！」

「これはピザ、でしょうか？」

ピザを切り分けていると、そこにシャロとミアが戻ってきた。

二人には、ごはんのおかずに相応《ふさわ》しい、醤油や味噌に合いそうな食材がないか、街に買い出しに行ってもらっていたのだ。

「おかえり。ちょうどよかったよ。シャロとミアも食べる？」

「え、た、食べたいですけど、でもそれはアリア様のために焼いたものでは？」

「そうだけど、足りなければまた追加で作ればいいし。アリアもいいよな？」

「もちろん！　二人にはとってもお世話になってるし、少しなら分けてあげてもいいわよ！」

アリアはそう言って無邪気に笑った。少しかよ！

これは追加で作ったほうがよさそうだな。

「やった！　ありがとうございますアリア様！」

「ありがとうございます」

こうして僕たちは、八つに切り分けたピザを四人と一匹で食べることになった。

「これ、下がごはんなんですね!?　すごいです！」

「ああ、うん。ライスピザっていうんだ。普通のピザと違って生地を発酵させる手間もいらないし、すぐできるから便利だよ」

「ピザなのにごはん……なのに合いますね……おいしいです」

「本当、おいしいーっ！　いくらでも食べられそう！　ごはんってこういう食べ方もできるのね！万能じゃない！」

「ワオオオオン！」

フライパンで追加のごはん生地を焼きながら、僕たちはライスピザを満喫した。

「あはは。アリアも分かってきたね。そう、ごはんは万能なんだ」

ああ、にんにくの利いたトマトソースがごはんに染みて、最高にうまい。

最近はレストランでも徐々にお米料理が受け入れられてるし、これも人気が出そうだな。今度おじさんに打診しよう。

結局、追加で作った二枚目も、みんなあっという間に完食してしまった。

おかげでおなかがはちきれそうだ。

「なんか、すっごく元気になってきた！　私もお仕事頑張るわ！」

「何か困ったことがあれば、遠慮なく私やシャロに相談してください。私たちにできることなんて知れてますが、一応これでもメイドとしては先輩ですから」

「そうそう、ここでの仕事は大変ですから、使える仲間は使わないと損ですよっ！」

「親切にしてくださって助かります。ありがとうございます」

――なんか微笑《ほほえ》ましいな。

この二人が味方についてくれてるなら、とりあえず安泰かな。

このとき僕は、そう思っていた。

◆◆◆

「……ふああ」

ある日の朝、いつもどおり工房の自室で目を覚ました。

窓から入るカーテン越しの光が、柔らかく部屋を照らしてくれる。

「今日も天気良さそうだな」

そんなことを考えながら起き上がり、ふと違和感に気づく。

シャロとミアがいない？

二人はいつも、洗顔用の温かいお湯と着替えを持って僕を起こしにくる。

しかし今、すでにその時間を三十分ほど過ぎていた。

ちなみにライスもいないが、ライスは運動不足解消のため比較的自由にさせているので、いないことは珍しくない。

それに、何やら外が騒がしい。

「どうしたんだろう？　何かあったのかな……」

正直、朝の支度は一人の方が気楽でいい。

僕は前世でも現世でもただの平民だし、自分の半分くらいしか生きていない女の子に毎朝世話を焼かれる現状には未《いま》だ慣れない。

だから、いないことはどうでもいいんだけど（ごめん）。

「――着替えがないな。どうしよう？」

普段生活面のほとんどを世話してもらっているため、自分の服がどこにあってどう管理されているのかすら分からない。

「勝手に探しに行っていいのかな……」

窓から外を覗《のぞ》くと、外ではメイドさんたちが慌ただしく行き来していて。

ちょうどその中に、シャロを発見した。

「シャロー！　申し訳ないんだけど、着替えを持ってきてもらえる？」

「⁉　ふ、フェリク様！　申し訳ありませんすぐに！」

僕が窓から手を振っていることに気づいたシャロは慌てて頭を下げ、工房へ向かって走り出した。

「あ、いや、ゆっくりでいいよ！　べつに急いでるわけじゃないから！」


「フェリク様、申し訳ありませんっ！」

しばらく待っていると、着替えを持ったシャロが慌てた様子で部屋へ入ってきた。

「いや、こっちこそ忙しい中ごめん。服の場所が分からなくて。ありがとう。それより外が騒がしいけど、何かあったの？」

「実は夕べ、急遽《きゆうきよ》奥様とお嬢様がご帰宅されるとの連絡があったそうで」

アリスティア夫人と娘のフィーユ様は、王都近くにあるご夫人の実家で療養中だと聞いている。

帰宅するということは、体調が良くなったということだろうか？

「そっか。それは一大事だね。僕は自分で支度できるから戻っていいよ」

「い、いえ、でもそんな」

そんなやり取りをしているうちに馬車の音が近づき、そして屋敷の前に止まった。

自室の窓から外の様子を見ると、ご夫人、それからフィーユ様らしき娘が馬車から出てきた。

そこには領主様の姿もあり、何やら二人と話をしている。

「ここにいてよかったの？　お出迎えとか」

「へ？　い、いえ、奥様とお嬢様をお出迎えするのは、使用人では執事のバトラさんやメイド長、側仕《そばづか》えのメイドくらいです」

「あれ？　そうなんだ」

僕はてっきり、使用人たち全員がずらっと並んで「おかえりなさいませ」って言うものだとばかり……。

しかしそれは、どうやら前世のアニメやマンガの見すぎだったらしい。

――僕も挨拶《あいさつ》に行くべきかと思ったけど、シャロですら外野なら僕が出る幕ではないな。仕事しよう。

「そっか。服ありがとう」

「本当に申し訳ありませんでした！」

「気にしなくていいって。落ち着いたらまた頼むよ」

「！　はいっ、かしこまりました」

こうしてそれぞれ仕事に戻ろうとしたそのとき。

「フェリク様」

「――ミア。おはよう。どうかした？」

「旦那《だんな》様がお呼びです。奥様とお嬢様が、ぜひともフェリク様にお会いしたいと」

「――――へ⁉」

な、なんだろう？

甘酒やお粥《かゆ》が口に合わなかった、とか？

初対面で性格もまったく分からないし、状況が読めなすぎて怖い！

「――し、失礼いたします」

身支度を整え、僕はミアに連れられて屋敷のリビングへと向かった。

そこには、領主様に引けを取らない整った顔立ちの、大人の女性と女の子がいた。

先程も見かけたこの二人が恐らく、アリスティア夫人とフィーユ様だろう。

「おお、フェリク君。朝から突然呼び出して悪かったね」

「い、いえそんな」

「あなたがフェリク君？」

「は、はい。お初にお目にかかります。フェリク・クライスと申します。訳あって、一年ほど前から領主様にお世話になっております」

き、緊張で声が震える……。

「――驚いたわ、まだ子どもじゃない。フィーユよりも年下ではなくて？」

「ははは、そういえば年齢を伝えていなかったね。この子は先日九歳になったばかりだよ」

いったい何の会話がなされているのか。

僕の年齢、今そんな大事か……？

「え、ええと、あの、何か……」

「あら、挨拶もせずごめんなさいね。わたくしはマリィ・アリスティアよ。そしてこちらが娘のフィーユ」

「フィーユです。よろしく」

フィーユ様は、僕より少し年上――恐らく十二～三歳くらいに見える。

ふわふわとした金髪と青い瞳《ひとみ》が美しい彼女は、身のこなしも洗練されている。

さすがは辺境伯の令嬢だ。

「あの甘酒と七草粥《ななくさがゆ》を従者に伝えてくれたのは、あなたで間違いないのよね？」

「え、ええ。お体の具合があまりよろしくないとお聞きしまして。少しでもお力になれればと。お口に合いましたでしょうか」

「とってもおいしかったわ。フィーユはお粥もだけれど、特に甘酒を気に入って飲んでいたわね」

「ええ、潰《つぶ》したいちごを入れていつも飲んでいたわ」

あ、気に入ってくれたんですね⁉　よかった！！！

「光栄です。それで、体調の方は……」

「おかげさまで、わたくしもフィーユもすっかり元気よ。本当に、信じられないほど素晴らしいスキルだわ」

「き、恐縮です……」

……それにしても本当、病み上がりとは思えないほど肌艶《はだつや》がいいな。

まあ上級貴族だし、それだけ回復してから戻ってきたのかもしれないけど。

「あのお米があれば、お医者様もいらなくなりそうね」

「ほう？　そんなに効果があったのかい？」

アリスティア夫人の言葉に、領主様も興味を示している。

でもまあ栄養満点とはいえ、そんなことはないけどな！

「だって、お米にスキルとしての回復効果が付与されているのよ？　そんな食材、これまで見たことがないわ」

「な、なんだって？　フェリク君、君、そんなことまでできたのかい？」

えええええええ。

「いやいやいや。たしかに甘酒は米麹《こめこうじ》を使用した発酵食品で、必須《ひっす》アミノ酸とかビタミンB群とか、体にいい成分がたくさん含まれてます。でもそれはあくまで体を整えるもので、そんな魔法みたいな効果は――」

「……フェリク君、あなたもしかして無自覚にあれを？」

「……へ？　え、あれ、とは何のことでしょうか」

「わたくしは、【効能解析・薬】というスキルを持っているのよ」

……ん？　んん？

つまりどういうことだ？？？

「わたくしの実家、ファルマス家は、代々薬の研究をしている家門なの。その影響なのか、わたくしは薬の効果や効能を解析できるスキルを授かっているの」

「は、はあ……」

「そのスキルが、あなたがくれたお米を薬だと、しかもスキルによる強力な万能回復効果を持っていると判定したのよ」

「――――はい？　え⁉」

な、なん……だと⁉

もし、もし仮に【品種改良・米】にそんな力があるとするなら。

ただ米をおいしく強くするだけでなく、そんな効果を付与することができるなら。

それはもう、チート級のスキルなんじゃ⁉

「まあ、本当に無自覚だったの？」

「も、申し訳ありません。ただ、お粥に合うお米を作ったとき、早く元気になってほしい、みたいなことは考えてたと思います」

——いや待てよ。

そのとき確か、横にライスがいたような。

もしかしてこれ、ライスが何かやったんじゃ……？

「…………。ふふ、あなたはとっても優しい子なのね。会ったこともないわたくしたちのために、無自覚にスキルに影響を与えるほど回復を願ってくれていたなんて」

アリスティア夫人は一瞬驚いたような顔をして、ふっと小さく、優しく微笑んだ。

領主様にはとんでもなくお世話になってるし、その領主様のご家族の健康を願うのは普通のことだと思うけど。

でも普通は、願っただけでこんなことにはならない。

あとでライスに、ライスの力について聞かなくちゃ……。

「……フェリク君、その何らかの特殊効果を込めたお米を、マリィたち以外に渡したことは？」

「わ、分かりません……。僕も今初めて自覚した、というか、未だそんなことがあり得るのかと思っているくらいで……」

これまでの【品種改良・米】や【精米】、【炊飯器】の効果も、もちろんスキルがなければ成し得ない素晴らしい効果ではある。

しかし、これらはすべて時間や手間、作業をショートカットしているにすぎず、前世で見てきた文明の利器がスキルに置き換わっただけだった。

だが、今回の米に付与された効果はレベルが違う。

「そ、そうか。フェリク君、申し訳ないが、しばらくその力は秘匿してもらえないだろうか。その力が広く知られれば、君の身に危険が及ぶかもしれない」

「は、はい。分かりました。僕もそう思ったよ！！！

ですよね！　僕もそう思ったよ！！！


「マリィ、念のため、一度フェリク君が作っているものを解析してみてくれないか」

「分かりました」

「お手数おかけしてしまい、申し訳ありません……」

「そんな、謝らないでちょうだい。わたくしもフィーユも、あなたのおかげでここまで回復したのよ」

アリスティア夫人のその言葉に、フィーユ様もうんうんと頷《うなず》いてくれる。

今回の力は、下手をすれば監禁されてもおかしくないものだと思う。

本当に、アリスティア家の人たちが悪人じゃなくてよかった……。

「……あの、僕はこの仕事を続けていてもいいのでしょうか」

「それはもちろん。すべての食品に効果が付与されるなら、普段君の料理を食べている私やエイダン、それからメイドたちにも何か変化があるはずで――いやでも、言われてみれば最近疲れにくくなったような」

「ええ……」

そういえば、父さんの農場でも甘酒が大流行してるらしい。

飲むと疲れが取れるとかなんとか。

言われた時は、単純に甘酒の効果だと思ってたけど。実際そうだとは思うけど。

でも、もしかしたらライスがこっそり何かしてるのか――？

「ま、まあ多少の効果ならば、そうそう知られることもないだろう。マリィのスキルは、かなりレアで高度なものだからね。でも、少し解析を急いでくれ」

「ええ、そうします」

あ、あまり強い念は込めないように気をつけよう……。

僕はただおいしいごはんとともに平和に生きられればそれでいいので！

引き続き楽しく生きられますように！！！


工房へ戻ったあと、僕はライスを連れて散歩がてら人のいない場所へ行き、力のことを聞いてみることにした。

「うん。屋台の出店に醤油《しょうゆ》が間に合ったのもライスのおかげだし、感謝してるんだけど。でも治癒効果の付与とか、そういうあまりに人知を超えた力を使われるとちょっと困るっていうか……」

『――我の力について知りたい？』

『……ふむ。だが、我の力は、主《あるじ》の力を増幅させるものだ。無から何かを生み出しているわけではない。あとはまあ、姿を消したり転移したり、飛ぶこともできる。ほかはそこそこ戦えるくらいか』

「えっ⁉　じ、じゃあ、七草粥や甘酒に治癒効果を付与したのは僕ってこと？」

『そういうことだ。出会ってまだ日が浅いし、フェリクも幼く未熟だ。それゆえ繋《つな》がりが完璧《かんぺき》ではないから、今は僅《わず》かな力しか発揮できんが』

僅か⁉　か、完璧じゃなくてこれって……。

『スキルは、本人が持つイメージ力と神の力の掛け合わせで強さが決まる。ここまでの力になったのは、フェリクのお米愛とその人間性があってこそなのだろうな』

ライスは楽しそうに笑う。

お米愛――か。

まさかお米への愛にこんなにも救われる日が来るなんて、思いもしなかったな。

僕が最初にもらったスキルが、【品種改良・米】で本当によかった！

僕のスキルの隠された力が発覚して以降、奥様とフィーユ様は度々工房を訪ねてくるようになった。

奥様の実家があるファルマス領までは、アリスティア領からだいぶ距離がある。

そのため白米を使用した料理は一切伝わっておらず、今でも「米＝カユーの原料」でしかないらしい。

「――お米にこんなにたくさんのおいしい食べ方があったなんて、衝撃だわ」

フィーユ様は、鶏肉《とりにく》をにんにくとトマトソースで炒《いた》めたものを挟んだおこげサンドを頬張り、ご満悦だ。

奥様も手で持って食べるおこげサンドに最初は戸惑いを見せていたが、今は満更でもない様子で食べてくれる。

「そうそう、解析の結果だけれど……」

「は、はい」

「フェリク君が手を加えたものには、かなりの率で何かしらの効果が付与されているみたい。その多くは体力回復を少し促進させる程度のものだけれど、念のために力のコントロール術を学んだ方がよさそうね」

な、なるほど。そうだよな、能力の垂れ流しは、それはそれで危険だよな。

「──ふふ、そんな顔しないで。大丈夫、あなたのそれはすごい才能なのだから。一応すべて解析し終わったから、夫に報告して検討してもらうわね」

「お願いします。何度も足を運んでいただき、ありがとうございました」

「いいえ。こちらこそ、いつもおいしい食事をありがとう」

奥様とフィーユ様を工房前まで見送り、部屋へ戻ろうとしたその時。

「──ね、ねえフェリク」

「はい、何でしょう？」

「その……今後もたまに来てもいいかしら？」

フィーユ様は少し恥ずかしそうに、もじもじしながらそんなことを聞いてくる。

居候の僕相手にそんな遠慮がちに言わなくてもいいのに。可愛いけど。

「ええ、もちろんです。いつでも」

「本当⁉　おいしいごはん、期待してるわね！」

「ちょっとフィーユ！　まったく、あなたって子は……」

「なによ、本当はお母さまだって食べたいんでしょう？　いつも直接かぶりつく背徳感がたまらないって絶賛してるじゃない！」

フィーユ様の指摘が図星だったのか、アリスティア夫人は真っ赤になって黙り込んでしまった。

背徳感！　いやまあ分かるけど‼

でも、アリスティア夫人もそんなふうに思うのか。

「奥様もぜひ。いつでもお待ちしております」

「え、ええ。ではまた」

屋敷へ戻っていく二人を見送りながら、僕は「次はどんな料理で驚かせよう」「二人の好みも聞いてみたい」と楽しみが湧きあがってくるのを感じていた。

グラムスや契約農家を中心に、少しずつ白米文化も根づきつつあるが。

しかし貴族の中には、おいしいと食べておきながら、それがお米でできていると分かるや否や怒って帰ってしまう人もいるという。

先日レストランの料理長が、貧乏人の食べ物を食べさせられ、しかもそれをおいしいと思ってしまった自分に耐えられないのでしょう、とため息をついていた。

辺境伯としてこの辺一帯を管理しているアリスティア家は、そんな貴族の中でも最上位に近い貴族なはずだ。

にも拘《かか》わらず、領主様もアリスティア夫人もフィーユ様も、皆偏見なくお米を愛してくれる。

――本当に、僕はなんて恵まれてるんだろう。

いろんなことがありながらも確かに感じる手ごたえと、米を愛し応援してくれる領主様や仲間たち。

前世でだって、米活《こめかつ》に関してはここまで恵まれてなかった。

おいしいお米は豊富にあったけど、でもごはんがおいしいことが当たり前すぎて、多くの人がそのことに無頓着《むとんちゃく》だった。感動を共有できる仲間がいなかったのだ。

一人で楽しむのもそれはそれでよかったけど、仲間がいるっていいいな。

『フェリクの米なら、必ずこの世界の常識を塗り替える。――もう既に、その片鱗《へんりん》は見せているがな。ふふ、我も楽しみにしているぞ』

「うんっ！　僕頑張るよ！」

アリアも仕事頑張ってるみたいだし、アリア用の回復ごはんも考えたい。

甘酒のバリエーションも増やしたいな。

第十章　アリアと令嬢フィーユ

「――というわけで考えてみました！　名づけて、アリア専用食堂だよ」

「す、すごい！　何これいつの間に⁉」

ある日の午後、僕はアリアの休憩時間を狙って工房へと誘った。

そして空き時間にコツコツ作った、アリア専用のメニュー表を彼女に手渡す。

メニュー表には、甘酒やおにぎり、ごはんとおかずの組み合わせなどさまざまなお米料理が記してある。

おかずやおにぎりの具材は、アリアが仕事の合間に来られるよう時間のかからないものに絞った。

これなら気軽に利用できるはず。

「で、でも急にどうしたの？」

「最近頑張ってるから、アリアのために何かできないかなって思って」

「ふ、フェリク……。もう、忙しいのにバカじゃないの？　……でも、ありがと」

「さ、選んで選んで！」

泣きそうな顔で笑うアリアに不覚にもドキッとした僕は、それを誤魔化すようにメニューの選択を催促する。

――まったく、九歳のくせにいつの間にそんな大人っぽい顔するようになったんだ。変な男に言い寄られないか、お父さん今から心配だぞ！

「……じゃあ、このほうれん草ときのこ、ベーコンのバター炒め丼？　それから桃甘酒っていうのをちょうだい」

「かしこまりました。少々お待ちくださいお客様」

「ふふっ、ちょっと何よそれ！」

僕がウェイターになりきって応じたのがツボに入ったらしく、アリアはおかしそうにケラケラと笑う。

ここがアリアの息抜きの場になればいいな。


「それじゃあ、早速バター炒め丼から始めるか！」

まずバターでベーコンときのこを炒め、こんがり色がついたら、そこに洗って切ったほうれん草を加えて更に炒める。

あとは塩コショウで味を調え、丼《どんぶり》に盛ったごはんの上に載せ、目玉焼きを作ってそれも載せる。

「お待たせいたしました。お好みで醤油をかけてお召し上がりください」

「わー、おいしそう！　いただきますっ」

アリアは添えていた醤油を垂らし、ごはん、バター炒め、それから目玉焼きを器用にすべてスプーンに載せて頬張る。

「んーっ！　おいしいっ！」

「だろ？　シンプルだけど、バター醤油ってごはんとすごく合うよな」

「本当、卵が少し半熟なところも最高だわ」

「ワンッ！　ワォン！」

「ダメ！　ライスはあとで！」

「クゥゥン……」

まったく、本当ライスは食いしん坊だな。

神獣が太って不健康な体になったら、すごくかっこ悪いぞ！

「ふふ、ごめんねライス。でもきっとあとで作ってくれるわよ」

アリアは夢中で食べ続け、あっという間にバター炒め丼を完食した。

「気に入ってくれたみたいでよかった。はいこれ、デザートの桃甘酒。桃を甘さひかえめのジャムにして、それを甘酒に混ぜてみたんだ」

「桃のいい香りがする……！」

アリアは桃甘酒の香りに、幸せそうに表情をとろけさせる。

「……もっと甘いかなって思ったけど、すっきりしてて飲みやすい！　ちょうどいい甘さだわ。これ、すっごく好き！」

「お、よかった。甘酒用に調整した甲斐《かい》があったよ」

「……フェリク、ありがとう。仕事、みんな優しいけど失敗することもあって、こんなんじゃだめだって少し落ち込んでたの。でも元気出た！　私、頑張るねっ！」

「ん。でも無理はするなよ」

アリアとそんなひとときを過ごしている中。

「フェリク！　――って、どなた⁉」

「お、お嬢様⁉」

「ワンッ！」

突然現れたフィーユ様に、アリアは慌てて立ち上がって深く頭を下げる。

「い、犬⁉　しかもこんな大きな犬がいたなんて……！」

「も、申し訳ありません。フィーユ様はお体が弱いと伺っていたので、いらっしゃるときには近づかないようにしてたんですけど……」

巨大な犬にたじろぐフィーユ様からライスを遠ざけ、慌てて謝罪する。

アリスティア家の令嬢に万が一のことがあったら、僕の命なんてあっという間に消し飛んでしまう。頼むから大人しくしててくれよ、ライス。

「い、犬はまあいいわ。それよりあなた、その服ってうちのメイドの制服よね？　こんなところで何してるの？　お父様に言いつけるわよ！」

フィーユ様はアリアの方を向き、少し不機嫌そうにそう言い放った。

そんな言い方しなくても……。

「待ってくださいフィーユ様。紹介します。この子は、僕の幼なじみなんです」

「お、幼なじみ……？」

フィーユ様は、ぽかんとして僕とアリアを見る。

「はい。同じ村でずっと一緒に育ってきたんです。だからきっと、僕と離れてるのが寂しかったんじゃないかな、と。それでメイドに」

「ちょ——誰がそんなこと言ったのよ。フェリクは関係ないって言ったでしょ！」

アリアは顔をぷくっと頬を膨らませ、真っ赤になってこちらを睨《にら》む。

せっかく助けてやったのに！

「ちなみに今は休み時間だそうですよ」

「……そ、そう。さぼってるんじゃないのなら、べつにかまわないわ。わ、わたくしには関係のないことですし。今日は帰ります」

フィーユ様は何か言いたげだったが、それ以上は何も言わずに去っていった。


——が、翌日、フィーユ様は再び工房のキッチンへとやってきた。

「こんにちはフェリク。あの犬は……いないわね。今日はあのメイドはいないのかしら？」

フィーユ様はライスを警戒しているのか、キョロキョロとキッチンの中を見回す。

「——フィーユ様、こんにちは。犬は散歩中です。アリアは今仕事中だと思います」

「……あの子、アリアっていうのね。昨日は突然ごめんなさい」

「いえ、お昼ごはんを食べさせていただけですので。こちらこそ、お相手できず申し訳ありませんでした」

「謝らないで。わたくし、あなたと仲良くしたいの。だからもっと気楽にしてちょうだい」

アリア専用食堂をオープンしていた、という事実は、客観的に見ると恥ずかしすぎるので伏せておくことにした。

「そ、そう、ですか？　あっ、そうだ、フィーユ様も何か召し上がりますか？　なんて、フィーユ様にはお屋敷のシェフがもっといいものを——」

「いいの!?　わたくしにもぜひまた何か作ってほしいわ！」

フィーユ様はキラキラとした目でこちらに迫ってくる。近い。

十二歳のフィーユ様は、九歳になりたての僕より十五センチは身長が高い。

そのため大人ほどではないとはいえ、アリアに比べて何とも言えない圧を感じる。

アリスティア家の令嬢である点も大きく関係してそうだけど。

「どんなものがお好きですか？」

「……昨日メイドが食べていたのは何？」

「あれは、ほうれん草ときのことベーコンを炒《いた》めたものと目玉焼きを載っけただけの簡単な丼料理ですよ」

「なら、それをいただくわ」

えっ。

「え、いやでもさすがに……。辺境伯家のお嬢様が召し上がるようなものでは」

「……だめ、なの？」

「いえ、ダメではないですけど……。本当にそれでいいんですか？」

「ええ、それがいいわ。……き、昨日この部屋に入ったとき、とてもおいしそうな匂いがしたのよ」

あー、まあバター×醤油《しょうゆ》の誘惑は強烈だからな……。

「……分かりました。すぐできますので、そちらでお待ちいただけますか」

「分かったわ」

僕は昨日アリアに作ったのと同じ「ほうれん草ときのこ、ベーコンのバター炒め丼」を作り、フィーユ様の前に置く。

「わあっ……彩りもいいわね！」

「お好みでこちらの醤油をかけてお召し上がりください。味の濃い調味料ですので、かけすぎに気をつけてくださいね」

「……昨日の香りの正体は、バターとこれだったのね！　量が分からないから、あなたがかけてちようだい」

「分かりました」

醤油をかけると、フィーユ様はスプーンで目玉焼きの端を崩し、バター炒め、ごはんとともに口へと運んだ。

「――っ⁉　お、おいしい……。この醤油という調味料、とても手間のかかっている味がするわ。高級なものなんでしょう？」

「たしかに、今は量が少ないので比較的高級な部類です。でもあと一年もすれば、もう少し安く出せるようになりますよ」

ライスの力を借りずに作る醤油の熟成には、最低でも半年以上、本当なら一年以上かけたいところ。

今も工房や屋敷の一角で正式に量産中だが、まだ完成には至っていない。

「そうなのね。……もしかして、この醤油もあなたが？」

「ええ、まあ」

「……あなたは本当に、まるで魔法使いみたいね」

フィーユ様は頬を染め、少し大人びた柔らかな笑みを浮かべる。

こんな庶民的な丼料理を出して良かったのかという疑問はあるが、これだけ喜んでくれれば作った甲斐があるというものだ。

一応、フィーユ様の食の好みとしてシェフたちに報告しておこう。

「……そういえば、昨日のあのメイド、あなたの幼なじみと言ったわね」

「へ？　ああ、はい」

「仲がいいのは分かるけれど、メイドは普通、メイド同士で食事をとるのが普通じゃなくて？　あなたは普通の使用人とは違うのでしょう？」

僕の立ち位置については、僕も分からないから突っ込まないでほしい。

「僕とアリアは家族みたいなもので、週に三日の授業も一緒に受けています。工房へ来ていることは、領主様もご存じだと思いますが……」

「……お父さまも知ってるのね。――って、授業を一緒に⁉」

僕がアリアとの状況を説明すると、フィーユ様は複雑そうな表情で黙り込み、何かを考え始めた。

「その授業、わたくしも一緒に受けたいわ」

突然、とんでもないことを言い出した。

この子、自分が貴族だって自覚はありそうなのに、たまに発言が突拍子もない！

「……それは僕に言われても困ります」

「お父さまが良いって言ったらいいのね？」

「それはもちろん」

「分かったわ。お父さまにお願いしてくるっ！」

「えっ？　ちょ――」

フィーユ様は席を立ち、そのまま工房から走り去ってしまった。

アリアといいフィーユ様といい、女の子ってのは本当に理解できないな……。

◆◆◆

アリアがメイドとしてアリスティア家に来て、奥様とフィーユ様が帰宅して。

工房が一気に賑《にぎ》やかになった。

「はあ。来客が多くて仕事が全然進まない……」

アリアは気を遣う相手じゃないし、そもそも忙しくて来られる日数も限られてるからいいけど。

問題はフィーユ様なんだよな……。

フィーユ様は今十二歳。本来ならば、当然授業を受けているはずの歳《とし》だ。

辺境伯であるアリスティア家の一人娘ともなれば、学ばなければならないこともさぞかし多いことだろう。

しかし病み上がりであるという事情から、今は療養に専念している。

つまり暇なのだ。

「ふふ、人気者ですね。フェリク様の作る料理はおいしいですからね～！」

「うーん。お米を好きになってくれるのは嬉《うれ》しいことなんだけどね……」

貴族令嬢を放置してお米の研究に没頭はできないし、やることが多くて時間が足りない。

「もしお困りなのでしたら、旦那《だんな》様か奥様に相談なさってみてはいかがでしょう。フェリク様のお話なら、聞いてくださるのではないでしょうか」

「……そうだね。これが続くようなら考えるよ」

そんなことを話していると、今日も外が騒がしくなってきた。

フィーユ様付きのメイドさんの「お待ちくださいお嬢様！」と叫ぶ声が、徐々に工房へと近づいてくる。そして。

「フェリクっ、今日も来たわよっ！」

工房の扉が開けられ、目を輝かせているフィーユ様が中へと入ってきた。

後ろの方で、メイドさんが申し訳なさそうに頭を下げる。

「フィーユ様……こんにちは」

「今日は何を食べさせてくれるのかしら？　わたくし、このために朝ごはんをほんの少ししか食べなかったの。おなかぺこぺこだわ」

「え、ええと……今日はもうすぐ新作レシピに関する打ち合わせがあってですね」

「そうなの？　ならその新作でいいわ」

いや良くないんですが⁉

まだ試作段階なのに領主様の娘が同席するなんて、相手が畏縮してしまう。

なんて返せば大人しく帰ってくれるんだろう……。

そう頭を悩ませていたそのとき。

「フェリク君、今日の——うん？　フィーユ、こんなところで何してるんだ」

今日の打ち合わせに向けての話をするため、領主様がやってきた。

「お、お父さま⁉　え、ええと……」

「フェリク君はこれから仕事なんだ。邪魔になるからうちに戻りなさい」

「で、でも私——」

「でもじゃない。先日話したことを忘れたのか？　君はアリスティア家の娘なんだ。貴族には貴族のやるべきことがある」

「……分かりました」

領主様に叱られ、フィーユ様はしょんぼりしつつも大人しく屋敷へ戻ってくれた。

「うちの娘がすまないね。もしやいつもこうして邪魔を？」

「い、いえ……」

「バトラから上がってきた報告を見て、最近少し進みが遅いと思っていたが……そういうことか」

――ぐ、そう言われると何も言えない‼

「……はあ。困った娘だ。あの子は幼い頃から病弱でね、友達と呼べる相手がいないんだ。だから君といるのが楽しいのだろう。私からも再度忠告しておくから、あまり悪く思わないでやってくれ」

「そ、それはもちろん」

そういうことだったのか……。

まあ辺境伯の娘であれだけの美少女じゃ、たとえ健康だってまともな友達を作るのは難しそうだよな。変な相手も寄ってくるだろうし。

寂しいんだろうな。

僕もべつに、フィーユ様が嫌いなわけではないんだけど。

むしろ平民である僕とも普通に接してくれるあたり好印象だし、料理もとてもおいしそうに食べてくれるので作りがいがある。

でも、いかんせん時間がない！

――今度、何か差し入れでも作ってやるかな。

◆◆◆

時は少し遡《さかのぼ》る――。

「お父さまっ！」

「――フィーユ。どうしたそんなに慌てて」

「わ、わたくしもフェリクと一緒に授業を受けさせてくださいっ」

メイドが許されているのだから、わたくしだって――。

そう思っていたのに……。

「ダメだ。いったい何を考えてるんだ……」

「えっ――ど、どうして⁉　メイドだって一緒に受けているのでしょう？」

「メイドだからだ。おまえはうちの、アリスティア家の娘だろう。学ばなければならないことの量も種類も違いすぎる。それに、二人はまだ勉強を始めたばかりだ。十二歳にもなって六歳の授業を受けるつもりか？」

そんな、そんなのずるい……。

わたくしだって、フェリクと一緒にいたいのに。

「授業はわたくしに合ったものを受けます。ですから同じお部屋で――」

「ダメだ。二人だって、ずっと貴族の娘が一緒では気が休まらないだろう。おまえには、ちゃんと別の家庭教師を雇ってある」

「わ、わたくしは二人を困らせるつもりは――」

「おまえはそう思ってなくても、向こうにとってはそうなんだ。貴族の発言や行動には、それだけの力がある。それに、フェリク君やアリアとトラブルを起こされては困る」

……そんな理由、納得できない。

トラブルなんて起こす気ないのに。

——ずっとお仕事ばかりで、離れて暮らしていたお父さまには分からないわ。

幼いころから病弱で、先の見えない体の不調と戦い続けてきて。

ちょっとしたことで熱が出て、どれだけつらくて苦しかったことか。

そんな中に現れた、奇跡のようなスキルを持ったフェリクという人。

従者に甘酒とお粥《かゆ》という不思議な食べ物のレシピを伝えて、わたくしとお母さまを救ってくれた人。

ずっと、ずっと会いたかった人。お礼を言いたかった人。

そんなフェリクにようやく会えた。

そしたらまさかの歳下で、歳も近かった。

フェリクは、誰もがおいしくないと思っていたお米を心から愛し、いろんな料理に変えてしまう魔法使いみたいな人で。

その姿を見ていて、不遇の扱いを受けてきたお米と、普通の暮らしすらままならない弱い自分が重なってしまったの。

そして、ただただお米に没頭するまっすぐな姿から、目が離せなくなったのです。

わたくしはただ、フェリクと一緒にいて、彼のそうした姿を見ていたいだけ。

楽しくお話したいだけなのに……でも、お父さまが認めてくださらなければどうすることもできない。

せっかく近くにいるのに、遠い。

「……分かりました。もういいです」

涙が溢《あふ》れそうになるのを必死でこらえ、足早に部屋を出る。

でも、いけないと思えば思うほど、思いが溢れて止まらなくなった。

あのメイドが羨《うらや》ましい。

フェリクと仲良しで、同じ立場で、いつも楽しそうに笑っている。

――フェリクは、わたくしのことどう思ってるのかしら。

いつも優しい笑顔で接してくれるのは、わたくしがアリスティア家の娘だから？

料理を振る舞ってくれるのは、工房や住む家を奪われたら困るから？

わたくしのことが怖いから、そうしているの……？

◆◆◆

九歳になり、三か月ほどすぎた頃。

ものすごく久々に、僕もアリアも同じ日に休みが取れた。

同じ日に全日の休みが取れたのは、アリアがメイドとして働き出して初めてだ。

「ねえフェリク、今日は授業もないし、久々にグラムスの屋台でも見に行かない？」

「ん、いいよ。領主様も今日は好きにしていいって言って下さってるし。僕も最近は工房に籠《こも》っての作業が多かったから、あんまり街まで行けてないんだ」

「じゃあ決まりっ♪　私、準備してくるっ！」

アリアは、工房二階にある僕の部屋から元気よく走り去っていった。

いつも仕事と勉強で大変なはずなのに、あの体力はどこからやってくるのか。

若いってすごい。まあ僕も同い年なんだけど。

「シャロ、ミア、同行頼めるかな。僕とアリアだけでグラムスに行くと、さすがに怒られそうだから」

「もちろんです！」

「かしこまりました」

こうして僕とアリアは、シャロとミアを引き連れて馬車でグラムスへと向かった。

ライスも行きたがっていたが、街中に連れていくには大きすぎるので、結局は留守番してもらう方向で話がまとまった。ごめんライス！


「——すごいですね、お米大人気ですよ、フェリク様」

「あはは、いつもみんなが協力してくれるおかげだよ」

——本当、来るたびにお米の存在感が増してるな。

普通に考えれば反対勢力もいるはずだし、競合となるほかの商会だってあるのに。

「やっぱりおじさんはやり手だなあ」

「……フェリク、それ本気？　パパもすごいけど、一番すごいのはフェリクよ」

「え？　そうかな……。でも、僕だけではここまでお米の市民権は得られなかっただろうし、きっとどこかで潰《つぶ》されて終わってたよ」

最近はレストランでも人気商品として注目を浴びていて、一部の貴族を除けば米への抵抗はかなり薄れつつある。

屋台通りへ行くと、フローレス商会が作ったお米料理専門屋台「むすび」は大盛況で、店構えも初期よりだいぶ立派になっていた。

「ちょっと寄っていいかな」

「もちろん。ここ、ママとよく来るのよ」

「そうなんだ？　まさかアリアがお得意様だったとはね。今日は何でも奢《おご》るよ。シャロとミアも遠慮なく言ってね」

屋台「むすび」へ着くと、店員が温かく迎えてくれた。

アリアは真っ赤になってあたふたし、その後黙り込んでしまった。

「で、デー……そんっ、ちがっ……」

「フェリク先生！　……お、今日はアリアちゃんとデートですか？」

アリアならもっとあっさり返すと思ったけど、こんなに照れるとは。

それだけ女の子として成長してきたってことか？

なんかこっちまで恥ずかしくなってきた……。

「き、今日は僕もアリアも休みだったので、久々に街を散策しようかと」

「いいねえ。せっかくだし、何か食べていきますか？」

「ああ、はい。ええと……じゃあこのライスコロッケで」

「何それ、新商品？　私もそれにする～！」

シャロとミアも興味を示したため、ライスコロッケを四人分購入することにした。

トマト風味に味付けされたごはんでチーズを包み込み、衣をつけて揚げたものだ。

熱々サクサクの衣の下には、爽《さわ》やかな酸味をまとったごはん、それからトロリととろけるチーズが潜んでいる。

「ねぇ見てフェリク！　チーズ！！！」

「アリアはほんとにチーズ好きだよね」

「だっておいしいじゃない！　幸せの味がする〜っ♪」

えへへ、と笑いながら至福そうに頬張るアリアに、こちらまで頬が緩んでしまう。

振り返ると、後ろではシャロとミアもおいしそうに食べていた。気に入ってくれたようで何より。

「ねえ、次は何食べる？　私、あの店のシュワシュワ甘酒も大好き！」

シュワシュワ甘酒とは、ラムネのような炭酸飲料と甘酒を合わせたもの。

甘さに爽やかさが加わることでサラッと飲める、スッキリ系甘酒だ。

――せっかくだし、買っていくか？

そんなことを考えていたそのとき……。

「フェリク！」

「えっ。ふ、フィーユ様⁉　――と奥様まで。こ、こんにちは」

アリスティア夫人とフィーユ様に気づき、シャロとミアはもちろん、アリアも慌てて頭を下げる。

「まあ、フェリク君じゃない。奇遇ね。今日はお店の見回りに？」

「ああいえ、今日はお休みをいただいたので、アリアと散策してたんです」

「あら、ごめんなさいねお邪魔して」

夫人は「ふふ」と微笑《ほほえ》ましげに笑っている。

そしてその隣では、フィーユ様が少し眉《まゆ》をひそめた――ように思えたが、すぐにいつもどおりの笑顔になって僕に話しかけてきた。

「へ、へぇ？　本当に仲がいいのね」

「ええまあ。幼なじみですので」

「フィーユ、せっかくの休日なのだからわたくしたちは。フェリク君、また新作期待しているわ」

「えっ、お、お母さまっ⁉　わたくしはまだフェリクと――っ」

「だめよ。……ごめんなさいね、ずっと病弱だったものだから、少し甘やかしすぎたみたい」

夫人は何か言いたげなフィーユを連れて、少し先に停《と》めてあった馬車へと戻っていった。

アリスティア夫人とフィーユ様が去ったあとも、僕とアリア、シャロ、ミアは、引き続き散策しつつ、ひたすら屋台での食べ歩きを楽しんだ。

シュワシュワ甘酒で口をさっぱりさせたあとは、薄く切った餅《もち》に具材を載せてピザ仕様にした餅ピザを食べたり、塩麹《こうじ》に漬け込んで作った鶏《とり》むね肉の唐揚げをみんなで分けたりした。

唐揚げは、しっとり柔らかい肉質とジューシーさが話題になり、おにぎりとのセットが大人気商品となっている。

「――ふう、たくさん食べたね～っ！」

「そうだね。工房に引き籠っての研究も楽しいけど、やっぱりこうして実際に売られてるとこを見ると感動するよ。お客さんの反応も見られるしね」

散々楽しんだあとは、休憩も兼ねてアリアお気に入りのレストラン「クラット」でお茶をすることになった。

アリア父が親しくしている、餅ミルクグラタンを最初に出したあの店だ。

「ねえフェリク、見て。あの人、餅ミルクグラタン食べてる！　あっちのテーブルにはトマトリゾットもあるわ」

「――本当だ。しっかり浸透しているみたいで何よりだよ」

アリアは店内を見回し、ヒソヒソと餅メニューや米メニューの並ぶテーブルを嬉《うれ》しそうに教えてくれた。

ちなみにこのレストランでは、現在なんと玄米茶も提供している。

「このお茶、工房でも時々いただいてますが、おいしいですよね～っ！」

「私もこれ好きです。ほっとします」

ガストラル王国には、元々緑茶の文化はなかった。

しかし紅茶があるのだから作れないわけがない、と紅茶用に栽培されている茶葉をもらって緑茶を開発。

そこに炒《い》った玄米を加えて、この「クラット」に売り込んだ形だ。

緑茶のフレッシュさと玄米の香ばしさを併せ持つ独特の味わいが評価され、今では食後のお茶として楽しむ人も増えてきた。

「――そういえばフェリク様、お休みの日にお仕事の話で恐縮ですが、今朝、フローレス様が『明日は取材が入っていると伝えておいて』と」

「――え、し、取材⁉」

そんなサラッと言われても！

取材対応なんてしたことないんだが⁉

というか忘れがちだけど、僕一応九歳なんですけど！

もっと丁寧にフォローしてくれてもいいのでは……。

「そういえばフェリクのパパとママ、起業するんでしょ？　その関係じゃない？　うちのパパも、何か新しいこと始めるとそういうの増えるし」

「うん⁉」

「少し前、パパが『クライス農園』って会社を作ることにしたって言ってたけど」

聞いてないんだけど⁉

クライス農園ってなんだよ⁉

「フローレス商会の中のお米部門があまりに大きくなって、抱えきれなくなってきたからって。フェリクのパパとママは会社の経営は素人だから、うちのパパもお手伝いするって言ってた」

「そ、そうなんだ……」

ここ二か月くらい、父さんにも母さんにも会えてないからなあ。

明日からはまた当分忙しい日が続くし、次会えるのはいつだろう？

——でも、みんなそれぞれ頑張ってるんだな。僕も負けてられない。

このアリスティア領全域を、そしていずれはガストラル王国中をお米ワールドにするくらいの勢いで、今後も米活《こめかつ》を頑張らなきゃ！


——なんて思ってはいたけれど。

それとは関係なく、アリアと街へ出かけた翌日から僕の仕事は一層忙しくなった。

もしかしたら、この多忙を見越して全日の休みをくれたのかもしれない……。

「フェリク君、雑誌や新聞の記事、反響も良好だよ」

「お、おじさん、最近人使い荒すぎない⁉　もしかして、僕のせいでアリアがメイドになったの怒ってる？」

「べつにそんなことはないよ」

笑顔で否定するアリア父だが、しかしその声には若干のトゲを感じる。

「……やっぱり怒ってる」

「ごめんごめん。そうじゃないんだ。ただその、うちは貴族じゃないし、やっぱり親としてはあんなところに置いておくのは心配なんだよ。あとはまあ、家族に苦労させないように頑張ってきたのに、なにも九歳から働かなくてもいいんじゃないかってね」

アリア父の思いはもっともだろう。

僕だってそう思う。

「――だからあまり考えないように仕事に打ち込んでいたら、いつの間にか君の仕事も増えてしまったというわけだよ。あはは」

「いやそこは自重してもらって。というか、うちの親が起業したってほんと？」

「あれ、言ってなかったっけ。そうそう、うちでは手に負えなくなってきたから、独立してもらったんだ。レグスさんが代表取締役、リイフさんが取締役、私はアドバイザーという形で入ってる」

アリア父によると、これまでフローレス商会では、お米の仕入れや店舗展開、広報活動に加え、農地を増やし、生活に困っている人たちを雇い入れて米の生産基盤を拡大させる農場管理まで行っていたらしい。

が、さすがに米の普及と農地拡大に伴って手が回らなくなり、農場側のことを「クライス農園」として切り離して、本来の「フローレス商会」としての仕事に専念することにした、と説明してくれた。

今後「クライス農園」では、農具の生産や改良、仕入れも行なっていくという。

「……そっか。おじさんも大変だもんね。うちも、いつまでも甘えてばっかりじゃいけないよね」

「甘えだなんてそんな。クライス家のおかげで、フローレス商会は今やアリスティア領一の商会だからね。しかも君という戦力は、よそには決してマネできない。むしろ感謝してもしきれないよ」

アリア父はそう言うけど。

でもやっぱり、どう考えても助けてもらったのはクライス家だと思う。

ある日突然家を焼かれて、すべてを失って、路頭に迷うしかなかった僕たちに道をくれたのはアリア父だった。

領主様と知り合えたのも、彼がいてこそだ。

きっと、今が頑張り時なんだろうな。うん。

九歳で目が回るような仕事量って、ちょっと意味が分からないけど。

でもこのガストラル王国は、前世の日本のような優しい国ではない。

犯罪者以外にも、さまざまな事情から奴隷に落ちてしまう人は珍しくないし、法によって奴隷の売買も認められている。

犯罪奴隷と違って、一般奴隷は一応最低限の人権は守られることになっているが、それもまあ、買い手次第というのが実際のところだ。

……うちもそうなってたかもしれないんだよな。

これからだって、何がどうなるか分からない。

僕もアリア父を見習って、いざという時に負けない力を身につけないと。

第十一章　異変、からのアリア救出作戦！

ここは、アリスティア家の敷地内にある使用人が集まるスペース。

「――アリア、ちょっと」

「？　はいっ！」

フェリクと街へ行った翌日、いつものようにお屋敷の掃除をしようと準備をしていると、先輩メイドの一人・メイジーに呼びつけられた。

向かった先は、洗濯をするための小屋。

この小屋には私の背丈よりも大きな洗浄機が置かれていて、洗濯物はそれで洗って、小屋の前の物干しに干して乾かすことになっている。

いつもは五人くらいでする作業なんだけど……。

「今日は掃除はいいわ。その代わり、これ洗っておいてね」

「――へ？　あの、ほかの子たちは……」

「いないわ。そろそろ仕事にも慣れてきた頃でしょう？　――ああ、それから。魔導具師様が来られるまで、洗浄機が使えないの。手洗いでよろしくね」

「こ、こんな量、手洗いでなんて無理ですっ！」

「は？　何甘えたこと言ってるのよ。平民に無理なんて言葉は許されないのよ。やるの。終わるまで戻って来ちゃだめよ」

「そ、そんな……」

メイジーは、私を一人残して去ってしまった。

洗浄機を使って五人でする仕事を、一人で手洗いでなんてどうかしてる。

昨日まで、こんな意地悪されることなんてなかったのに。

いったいどうして……。

急に一人ぼっちになった気がして、涙がこぼれそうになった。

このまま放り出して、パパに泣いて縋《すが》ってしまおうか、なんて考えが頭をよぎる。

——ううん、だめ。

家族と領主様の反対を押し切ってメイドになったのは私。

それにきっと、こんなことが発覚したら、寮に入って学校に通えって言われるわ。

そしたらフェリクと一緒にいられなくなっちゃう……。

必死で涙をこらえ、洗濯物が山積みになった籠《かご》の一つを持って流し台へと向かう。

その籠の重さと冷たい水が、不安な気持ちにのしかかった。


一日かけてどうにか洗濯物を洗い終え、脱水して干し終わるころには、外はもう真っ暗になっていた。

私はふらふらになりながらも、どうにかメイド用の休憩室へとたどり着く。

「も、戻りました……」

「遅いわよ。明日までに洗濯物乾くんでしょうね？」

「えっ」

「え、じゃないわよ。平民の見習いメイドの分際で遊び歩いてるから、仕事ができないんじゃないの？」

メイジーがそうため息をつくと、取り巻きたちがクスクスと笑う。

メイジーは伯爵家の娘で、行儀見習いの中でも圧倒的な力を持っている。

だからメイドの中では、彼女の言葉は絶対だ。

——そういうことか。

遊び歩いてるって何？　家庭教師のこと？　それとも、昨日フェリクと街に行ったこと？

でも上位貴族で十八歳のメイジーがどうしてそんなこと——。

そこまで考えて、私は事態の深刻さに気付いてしまった。

昨日フェリクと出かけた際、奥様とお嬢様に会っている。

——そういうことか。

……どうしよう、そんなの私、勝てっこない。

こんなことになるなら、もっとみんなから積極的に気に入られておくんだった。

言うこと聞いて受け身でいるだけなんて、そんなの甘かったんだわ。

「ちょっと、何ぼーっとしてるの？　何か言いなさいよ」

「……ごめんなさい」

パパならきっと、こんな状況も笑顔で切り抜けるんだ。

でもどうしよう、私、笑えない……。

せめて、せめて泣かないようにしなくちゃ。

部屋の隅では、昨日まで仲良くしていた同い年くらいのメイドたちがおろおろしている。

彼女たちを巻き込んじゃいけない。

あの子たちの中には、帰る家がない、生きるのに精一杯の子もいる。

「ああ、ちなみに、今日はあなたのごはんはないから」

「——え？　そ、そんなっ！」

「当然でしょ？　あなた今日洗濯しかしてないじゃない」

「————っ！」

何なのこいつ！　あまりにひどいわ！

……でも言い返しちゃだめ。

相手は貴族、しかも伯爵家の娘なんだから。

私が何かトラブルを起こせば、パパやママにも迷惑をかけるかもしれない。

「用がないならさっさと部屋に戻りなさい。明日も仕事は山ほどあるわよ」

メイジーが意地悪く笑うと、周囲のメイドたちもそれに倣って笑い出す。

それが悔しくて、不安で心細くて、私は逃げるように一人部屋へと走った。


ドアを閉めた途端、こらえていた涙が一気に溢《あふ》れ出る。

どうしよう？　どうしたらいいの？

こんなのが続いたら体が持たない。

フェリクに相談する？

でも、もしそれをメイジーかお嬢様に見られたら？

そしたら、今くらいじゃ済まなくなるかも。

「………私はやっぱりフェリクとは違う、無力なただの子どもなんだわ」

こうして、私の慌ただしくも楽しいメイド生活は一変してしまった。

◆◆◆

「……アリア、眠そうだけど大丈夫？」

「……ふえ、ああ、うん。大丈夫。仕事に戻らなきゃ」

授業が終わってもぼーっとしているアリアに声をかけると、ハッとした様子でふらふらと立ち上がり、本やノートを片づけ始めた。

最近、アリアの様子がおかしい。

授業中もそのあとも、やたらと眠そうにしている。

それに授業に来るのもギリギリ、終わったあとも、工房に寄る間もなくすぐに仕事に戻ってしまう。手荒れもひどい。

「アリア、ちょっと工房に寄っていかない？」

「……ごめん今日は無理。仕事がまだ終わってないの」

「でも、そんな状態で働いたら危ないよ。とりあえずこれだけでも飲んで」

「……ありがとう」

アリアに、持ち運び用のボトルに入れていた甘酒を手渡す。

甘酒を飲み干すころには、少しだけ回復したようだった。よかった。

本当はもっと強力な回復薬も作れそうだけど、領主様に禁止されてるからな……。

「……アリア、もし何かあるなら」

「ご、ごめんねフェリク、私もう行かなきゃ。また明後日《あさって》ね」

アリアはそれだけ言うと、足早に部屋を出ていってしまった。まるで僕から逃げるみたいに。

「……シャロ、ミア、アリアの様子、おかしくないかな」

「…………」

「…………」

壁際に控えていたシャロとミアは、困った様子で顔を見合わせ、目を逸《そ》らす。

やっぱり何かあるんだ……。

でも、少し前まで仲良くやってるって言ってたのに……。

「──ふ、フェリク様、あのっ！」

「シャロ⁉」

「……二人とも、何か知ってるんでしょ？　アリア、いじめられてるの？」

「…………」

「なんで？　誰に？」

「…………申し訳、ありません」

この二人がこんな頑《かたく》なに口を閉ざす理由はなんだ？

僕、そんな信用ない？

それとも、何か言えない特別な事情があるってこと？


翌朝六時。

いつもより二時間ほど早く起きた僕は、こっそりメイドの作業場へ向かった。

メイドさんたちの朝は早いらしく、皆すでに慌ただしく働いている。

――アリアはどこにいるんだろう？

作業場と言っても、そのスペースは非常に広い。

そのうえ全員が似たようなメイド服を身にまとい、髪をうしろにまとめて動き回っている。

一部談笑しているのは、恐らく貴族たちなのだろう。

いずれにせよ、身長からしてアリアではない。

「――まったくあの子、平民の分際でお嬢様の思い人に付きまとってアプローチなんて、どういう神経してるのかしら。さっさとここから出ていけばいいのに」

「本当よね。お米の子と一緒に授業受けてるんでしょ？　商会の娘だか何だか知らないけど、厚かましいにも程があるわよ」

――いや、うん。お米の子って。

間違ってはないけども。

というか今、授業受けてる商会の娘って言ったよな？

思い人に付きまとうってなんだ？

もしかしてアリア、この屋敷内に好きな人がいるのか……？

なぜか少し、心にざわつきを感じる。

――っていやいやおかしいだろ！

可愛《かわい》い幼なじみを取られて嫉妬《しっと》してるのか？

相手は九歳の子どもだぞ⁉

僕は壁の陰に張りつき、そのメイドさんたちの話に耳を澄ませる。

「でもお嬢様も、ちょっとスキルに恵まれただけの平民に恋しちゃうなんて、言っちゃなんだけどお子様よね～」

「ちょっとやめなさいよっ。誰かに聞かれたらどうするの⁉」

「でもみんな思ってるわよ。聞いた話だけど、アリアに嫉妬して、旦那様《だんな》に一緒に授業を受けたいって泣きついたそうよ？」

――――え、それって僕、のこと？　フィーユ様の思い人って僕なの⁉

いやいやいやいやいや、さすがにそれは――――。

でもたしかに、言われてみれば納得してしまう部分もある。

実際、やたらと懐かれていたのは事実だし。

けど最近会ったばかりのご令嬢が、お米のことしか頭にない僕なんかに惚《ほ》れる理由が分からない。

友達いないって聞いたし、友情と恋愛の区別がつかない、とか？

それとも恋に恋しちゃうお年頃的な？

もしくは米に恋を⁉

わ、分からん……。

というか！

アリアが僕と一緒にいるのは、家族同然に育ってきた幼なじみだからで！

決してそういう好きじゃないから！

………ち、違う、よな？

いやそんなことより。やっぱりアリアはいじめられてるんだ。

こんな場所にアリアを一人にはできない。助け出さないと。

でも、僕が普通に話しても意地を張るだろうし、何か策を――。

翌日、僕はラヴァル先生に頼み込んで、授業を休みにしてもらった。

最初はだめだと断られたが、僕の真剣さが伝わったのだろう。最終的には折れて言う通りにしてくれた。

「おはようフェリク。……あれ、ラヴァル先生は？」

「今日は授業は休みにしてもらったんだ」

「えっ⁉」

「アリア、大事な話がある――んだけど、その前にとりあえずこっち！」

「えっ⁉　ち、ちょっと――⁉」

僕はアリアを自室へ引っ張っていき、シャロとミアに引き渡した。

「二人とも、アリアのことよろしくね」

「かしこまりましたっ！」

「承知いたしました」

「は？　え？　ちょ、な、なんっ――」

僕はアリアを二人に預け、部屋を出る。

今ごろアリアは、二人に風呂《ふろ》に入れられているはず。

そのあとは、部屋でしばらく眠ってもらうつもりだ。

まずは体力を回復させないことにはどうしようもない。

「シャロ、ミア、頼んだよ……」

　ちなみに、工房の入り口には鍵《かぎ》がかけてある。

　今この工房にいるのは、僕とアリア、シャロとミア、それから信頼できる使用人とラヴァル先生のみだ。

　先生には、夜まで工房内の客室でゆっくりしてもらうことにした。

「──よし！　じゃあ今のうちに作るか！」

『あの娘は放っておいていいのか？　今日は何を作るんだ？』

「僕は男だから、さすがにお風呂に同行はできないよ。だからその間に、ライスプディングを作る！」

『ほう？　ライスプディングか。これはまた初めて聞く料理だな』

　ライスプディングは、お米と牛乳で作るプリンのようなスイーツだ。

　消化に良く、疲れた体への負担も少ない。

「まずは米と水、牛乳、砂糖を鍋《なべ》に入れて──」

　これを柔らかいお粥《かゆ》状になるまでじっくり煮込み、トロトロになったら粗熱を取ってすり鉢に入れて、麺棒《めんぼう》で米粒をすり潰《つぶ》して滑らかにしていく。

　滑らかに、とは言っても、多少ざらざら感が残るくらいの方が僕は好きだ。この辺は好みだけど！

　いい感じに滑らかになったら、あとは器に入れて冷却庫で冷やせば完成だ。

「ソースは、甘酒アレンジ用に作り置きしてるいちごジャムにしよう」

　甘さひかえめに作ってるからちょうどいいはず。

　すり鉢に残っているライスプディングを味見すると、練乳を思わせるまったりとミルキーな甘さが口いっぱいに広がる。

ああ、うまい。この程よく残った米のざらざら感も素朴で好きなんだよなあ。

『おい、ずるいぞ自分だけ。我にもそのライスプディングとやらを――』

「ごめんごめん。でも今日は、アリアのためだけに作りたいんだ。このすり鉢に残ってる分なら舐《な》めてもいいけど……」

『……ふむ。分かった。今日はそれで我慢しよう』

ライスは僕の様子から何かあると感じ取ったようで、大人しく引き下がってくれた。分かってくれてよかった。

『――む、これはうまい。程よい舌触りとミルキーな甘さがたまらん。これを食べれば、あの娘もきっと喜ぶぞ』

「……だといいな」

アリア、ライスプディング気に入ってくれるといいな。

そして少しでも元気になってくれますように！

ライスプディングを冷却庫に入れたあとは、ここ数日のごたごたで放置していた仕事を急ピッチで片づけていく。

特に仕入れた米の品種改良や精米が滞ると、方々に多大な迷惑がかかってしまう。

――ほかの多くの作業は、僕がいなくても工房の従業員がやってくれるけど。

でもこればっかりはな。

ちなみに精米は、日本古来の杵《きね》と臼《うす》でつくやり方を伝授してはいるのだが。

途方もない労力と時間を必要とするうえ、スキルに比べると精度がだいぶ低いため、今のところ実用化には至っていない。

たった数百円で、しかも数分で精米してくれるコイン精米機って、あれ実はめちゃくちゃすごかったんだな……。


「……フェリク」

夕方、目が覚めたアリアが、工房一階のキッチンへと降りてきた。

「アリア！　おはよう。少しは回復できた？」

「う、うん……。心配かけてごめんね」

「そんなのどうでもいいよ。ほら、座って」

「で、でも私、そろそろ戻らないと……」

アリアは困惑した様子で時間を気にしている。

「あんな場所に帰せるわけないだろ。いいからほら、座る！」

「ええ……」

「はいこれ、食べて。ライスプディングっていう、お米で作ったスイーツなんだ。冷たくておいしいよ」

僕はアリアを椅子に座らせ、テーブルに、いちごジャムを載せたライスプティングを用意した。

僕の様子から逃げられないと悟ったのか、アリアはため息をつきつつもスプーンを手に取る。

そして、ライスプディングをすくって口へと運んだ。

「………甘い。おいしい。やさしい味がする」

気づくと、アリアは泣いていた。

ライスプティングを食べながら、僕とアリアは、これまでのことを話し合った。

アリアは、僕と離れてどれだけ寂しかったか、自分だけ置いていかれたみたいで怖かったかを涙ながらに話してくれた。

――まさかそこまで寂しがってたなんて。

もっと積極的に気にかけてやるべきだったな。

僕は、自分の考えの足りなさを猛省した。

「……フェリクは、お嬢様のことが好きなの？」

――――うん⁉

「え？　なん――どうしたの突然」

「メイジーさん――あ、先輩メイドなんだけどね、その人が、お嬢様とフェリクの仲を邪魔するなんて、メイドとしてありえないって。フェリクは今やアリスティア家になくてはならない存在で、あなたが入る隙なんてもうないって」

「ええ……いやいやいや。なんでそうなるんだよ」

メイジーが誰だか知らないけど、もしかしてあの談笑してたヤツらの誰かか？

いったいアリアに何の恨みがあるんだ。

まあどうせ、フィーユ様の点数稼ぎがしたかったってとこなんだろうけど！

「アリア、フィーユ様はアリスティア家の令嬢だよ？　僕みたいな農家の息子とどうこうなるわけないだろ」

「……フェリクは？　フェリクはどう思ってるの？」

ええ……。

「……フィーユ様は、いつも楽しそうに話しかけてくれるし、ごはんもおいしく食べてくれる。だから悪い子ではないと思ってるし、嫌いじゃない。でも、僕にとってはアリアの方が何百倍も大事だし大切だよ。そんなの当たり前のことだろ？」

「え、な、ひゃ……!?　……も、もう！　フェリクのばかっ！」

なんでだ！

めちゃくちゃ誠意のこもった大事な言葉だっただろ今！

真っ赤になってあたふたしながら罵倒《ばとう》してくるアリアに困惑しつつも、同時に可愛いとも思ってしまう自分がいた。

そしてふと、あのメイドたちが話していたことが頭をよぎる。

――いやいやいやいやいや。

アリアはまだ九歳だぞ。恋愛なんて、そんなこと考えてないに決まってる。

ただ幼なじみと一緒にいたくて、なのにいられなくて寂しかっただけだ。

あいつらが変なこと言うから、こっちまで意識しちゃうだろ！

「……そ、そういえば、アリアにお願いがあるんだけど」

「――へ？　お願い？」

「メイドをやめて、工房で僕の手伝いをしてほしいんだ」

「…………え？」

「アリアはフローレス家の娘だし、きっと長い付き合いになるだろ？　だから、今のうちからクライスカンパニーのことを見て、知っててほしいんだ」

今回のことを領主様に話せば、きっとある程度はどうにかしてくれる。

でも、それでアリアの居心地がよくなるとも思えない。

きっとまた、告げ口しただの何だの言い出すヤツが出てくるに決まっている。

そんなところにアリアを置いておくなんてできない。

――それに、アリアには笑っててほしい。

これが米原秋人《まいばらあきと》としての父性本能なのか、フェリクとしての感情なのかはよく分からないけど。

でも、アリアが僕のことを好きでいてくれるように、僕もアリアのことが大好きなのだ。

「……いいの？　迷惑にならないなら、私も仲間に入れてほしい、かも」

「やった！　じゃあ決まりだね！　これから改めてよろしくね、アリア」

「えへへ。うんっ、よろしくねフェリク！」

アリアが素直に受け入れてくれてよかった！

――さて、領主様とおじさんにもちゃんと話をしないとな。


「――え？　アリアを工房で？」

「はい。アリアはフローレス家の娘です。今後もこうして働かせていただくことを考えると、将来は仕事で関わる可能性も高いと思うんです」

アリアと話をした翌日。

僕はアリアとともに領主様の執務室へ行き、話をすることにした。

そこには、アリア父も呼んである。

「アリア、あれだけごねてメイドになったのに、もう辞めるのか？　あまりアリスティア様に迷惑をかけないでくれ。このお方は――」

「いや、待てエイダン。……アリア、何か困るようなことがあったのかい？」

「……そ、それは」

アリアは、助けを求めるようにこちらを見る。

どう切り出したらいいのか分からない、という様子だ。

……まあこのまま放置して、またアリアに手を出されても困るしな。

「そういえば領主様、洗浄機の魔力が切れているようですね」

「……うん？　洗浄機？　そのあたりの管理はメイドに任せていてね……。でも月に一度のメンテナンスは依頼してあるし、魔石残量がなくなりそうなら、遠慮なく魔導具師を呼ぶようにと伝えてあるはずだが」

領主様は、不思議そうにバトラを見る。

バトラも認知していなかったようで、分からない、と首を振る。

もしかしたら、魔力切れであること自体が嘘《うそ》なのかもしれない。

「……そうなんですか？　でもここ数日、魔力切れで洗浄機が使えないからと、アリア一人で洗濯物を手洗いするよう命じられていたらしいですよ」

「……なんだって？」

「アリア、本当なのか？」

少し白々しいかと思ったが、領主様もアリア父も、それで何が起こったのかを察したのだろう。

眉《まゆ》をひそめ、アリアの様子を見る。

アリアの手は、ここ数日の洗濯でひどいあかぎれを起こしていた。

「……アリア、君にその仕事を命じたのは誰だ」

領主様の怒りをはらんだ鋭い目が、じっとアリアを捉《とら》える。

「ひっ⁉　そ、その……め、メイジーさん、です……」

アリアはうつむき、震えながら泣きそうな声でそう返す。

まだ幼いアリアにとっては、大人に詰め寄られるだけでも怖いはず。

ましてや領主様が相手ともなれば、当然の反応だろう。

「ああ、すまない。君に怒っているわけじゃないんだ。バトラ、今すぐそのメイドを連れてきてくれ」

「かしこまりました」

アリアは事が大きくなったことに戸惑っているのか、僕の服をぎゅっと掴《つか》む。

その手は、小さく震えていた。

「大丈夫だよ。アリアは何も悪いことはしてないんだから」

「う、うん……」

しばらくすると、バトラが一人の女性を連れて戻ってきた。

彼女――恐らくメイジーは、アリアの姿を見るなりハッとした様子で青ざめる。

「だ、旦那《だんな》様、あの……」

「まず確認したい。洗浄機が魔力切れだというのは本当か？」

「……わ、私はそのようなことは申しておりません。そのメイドの勘違いではないでしょうか」

「なら話を変えよう。洗濯は、新人メイド一人に押しつける仕事なのか？」

領主様は、まっすぐにメイジーを見る。

メイジーは何か言おうとするも、言葉が浮かばないのかただただ俯《うつむ》き、口元を震わせるばかりだ。

「どんなメイド相手でも許されることではないが、アリアは私が懇意にしているフローレス商会の大切な娘さんだ。今の私にとっては、君の家以上に替えのきかない大事な相手だ。なぜそんなことをした」

「――――っ。お、お許しください旦那様。私はただ、お嬢様に命じられたことを実行したまでです。お嬢様が、言うことを聞かなければ私をクビにすると――」

メイジーは、そう言ってその場に泣き崩れる。

「…………フィーユが？」

「お嬢様は、フェリク様に思いを寄せております。ですから、幼なじみであるアリアのことが邪魔だったのでしょう」

「…………」

領主様は頭を抱え、深いため息をつく。

「……バトラ、何度も悪いが、フィーユを呼んでくれ」

「か、かしこまりました」

部屋には、何とも言えない淀《よど》んだ空気が流れている。

黒幕がまさかのフィーユ様かもしれないのだから、領主様も真偽を確かめるまでは気が気じゃないだろう。

――でも、本当にフィーユ様が犯人なのか？

僕に笑顔を向けながら、裏ではメイドを使ってアリアをいじめるなんて。

そんなあくどいことをする子には見えなかったけどな……。

「お父さま、いったい何事ですか」

「……フィーユ、おまえがそこのメイドに、アリアをいじめるよう指示したというのは本当か？」

「⁉　何の話です？　わたくしはそのようなこと……」

領主様は、今この場で話された内容をフィーユ様に説明する。

フィーユ様はうつむいて耳まで真っ赤になり、ぷるぷると震え始めた。

こんな大勢の前で、しかも好きな人（？）の前でそれを明かされ、問い詰められるなんて。なんだこの羞恥《しゅうち》プレイ。

もし濡《ぬ》れ衣《ぎぬ》だったら可哀想《かわいそう》がすぎる。

しかしその後、フィーユ様はキッと領主様を睨《にら》みつけ、声を震わせながらも反論を始めた。

「……た、たしかにわたくしは、フェリクのことが好きです。ずっと一緒《いっしょ》にいたいですし、先日お話ししたように授業も一緒に受けたいです。そこのメイドのことを、妬《ねた》ましいとも思っていました」

あの話、フィーユ様が僕のことを好きって、あれ本当だったのか。

というか、僕はいったいどんな顔をしてこの場にいればいいんだ……。

「ですがそんな命令をした覚えはありませんっ。そんなことをしても、フェリクが出ていってしまえば本末転倒ですもの。わたくし、二人の距離を見誤るほど愚かではありませんっ！」

「そ、そんな、お嬢様あんまりです！　私に罪を被《かぶ》せようというのですか⁉」

「……あなたいったい何なの？　たしかに一度、フェリクたちを街で見かけた日の夜、たまたま出くわしたあなたに愚痴をこぼしたけど。でもいじめてほしいなんて言ってないわ」

フィーユ様は、怒りを顔に出しつつメイジーを見る。

「お、お嬢様は気が動転してらしたので、もしかしたらその場の勢いでおっしゃったのを、私が本気にしてしまったのかもしれません」

「……はあ。あなた本当に愚かね。仕えている主《あるじ》のスキルも知らないの？」

「――へ？」

「お父さまは、【記憶逆行・場所】スキルの持ち主なのよ。あなたの言葉が嘘か本当かなんて、すぐに分かることだわ」

「…………」

メイジーは、言い訳できないと察したのだろう。

うなだれ、そのまま黙り込んでしまった。

「アリアにひどい仕打ちをしただけでなく、うちの娘に罪をなすりつけるとは。覚悟はできてるんだろうね？　君の家には追って話をする。――連れていけ」

「はっ」

いつの間にか部屋の外には、何人もの衛兵たちが集まっていた。

メイジーはあっさり捕らえられ、衛兵によって連れていかれる。

上位貴族の娘だし、さすがにこれで奴隷落ちということはないだろうが……。

しかし雇い主である辺境伯の娘に罪をなすりつけたのだ。それなりの処分がくだることだろう。

「アリア、すまなかったね」

「い、いえ……」

「……お父さま、わたくしにも何か言うことがあるんじゃありませんか？」

一難去り、皆が落ち着きを取り戻し始めた今、この場で一番怒りに震えているのはフィーユ様だった。

「あー、ええと、フィーユもすまなかったね」

「実の娘にあらぬ疑いをかけたうえ、わたくしのふぇ、フェリクへの想《おも》いまでこんな場で……。いったいどうしてくれるのです⁉」

「そ、それを言ったのはあのメイドであって、私では――。それにおまえも、あんな大声で断言しなくても」

「なっ――わたくしが悪いっていうのですか⁉」

フィーユ様に半泣きで詰め寄られ、領主様はたじろぎ言葉に詰まる。

こんなに動揺している領主様、初めて見た……。

やはり領主様といえど、娘には弱いということか。

にしても……フィーユ様がアリアをいじめているんじゃなくてよかったああああああああああ！！！！！

「……アリア」

「ひ、ひゃいっ⁉」

「わたくしのせいでごめんなさい。まさかいじめられていたなんて、本当に知らなかったの。あなたがフェリクと出かけていた日の夜、感情を抑えられなくて……。気分転換に庭に出ようとしたら、偶然あのメイドがいて……」

フィーユ様は、自身のことを少しずつ語り始めた。

そこで聞かされたフィーユ様のこれまでの生活、そして僕への思いに、思わず胸が苦しくなる。

横でそれを聞いていたアリアも、言葉を失っているようだった。

僕が何気なく伝授したあの甘酒とお粥《かゆ》は、フィーユ様にとっては本当に、奇跡を起こした「魔法の食べ物」だったのだ。

「……ごめんなさい。何も知らなくて、私――」

アリアはそう、涙をこぼす。

「いいえ、わたくしが愚痴をこぼしたのが元凶だもの。疑うのも無理ないわ」

「ふ、フィーユ様、その、僕は……」

「……待って。あなたまさか、この場でわたくしを振ろうなんて思ってないでしょうね？　あなたがお米バカでアリアを想っていることくらい、百も承知です！　もう何も言わなくて結構よ。……お父さま、わたくし、寮付きの学校へ行くことにします」

フィーユ様は改めて領主様へと向き直り、ババーン！　という擬音が響きそうな勢いでそう宣言する。

というか、なんか聞き捨てならない発言があった気がするんだが⁉

「フィーユ、おまえは病み上がりなんだ。ダメに決まっているだろう！」

「いいえ、行きます。グラムスの学校なら近いし、それにわたくし、もう体はなんともないの。……ここにいたら、いつか本当にアリアをいじめてしまうかもしれないわ。お父さまも、そんなことは望まないでしょう？」

フィーユ様の決意は固いようだった。

こういうところは、ちょっとアリアに似ているかもしれない。

領主様も苦労しそうだな。

「…………。体は本当に、まったく問題ないんだな？」

「ええ。……フェリクが定期的に甘酒を送ってくだされば、より確実でしょうけど」

フィーユ様はそう言って、チラッとこちらを見る。

何でもいいから送ると言え、という圧がすごい。

「え、ええと。甘酒くらい、もちろんいくらでもお送りしますけど……」

「そう、なら問題ないわね」

「あ、あの、そんな、お嬢様が出ていく必要は……」

「あなたはフローレス家の娘なのでしょう？　ならここにいて、うちのために貢献してもらわないと。あなたにはあなたのやるべきことがあるのよ、アリア。……はい、この話はもうおしまいっ！　バトラ、手続きは任せたわよ」

フィーユ様は周囲の反応を確認することもなく、そのまま部屋を出ていった。

残された僕たちはもちろん、領主様も、何も言えずにただぽかんとすることしかできなかった。

「……あ、頭が痛い。あの子はいつからあんな主張の激しい子になったんだ」

「それだけお嬢様も成長なさったということでしょう」

「……バトラ、今すぐ学校に連絡して、フィーユが何不自由なく暮らせる環境を整えるんだ。私はマリィと話をする」

「かしこまりました」

「君たちももう戻りなさい。うちの娘が悪かったね。アリアの件含め、メイドたちにはこちらから伝えておく」

領主様はそれだけ言い残し、バトラを連れて部屋を出ていってしまった。

部屋には、僕とアリア、それからアリア父が残された。

「……ぶ、無事解決してよかった。今度こそおしまいかと思ったよ。まったく勘弁してくれ。でも、お嬢様が良識あるお方で本当によかった……」

二人が遠ざかったころ、アリア父は深いため息をつき、その場に崩れる。

アリア父のこめかみには、冷や汗が伝っていた。

「パパ、ごめんなさい……」

「アリアは悪くないよ。僕が悪いんだ。まさかこんなことになるなんて、考えもしなかった。もっと距離感を考えて動くべきだった。ごめんなさい」

「……いや、二人とも無事で何よりだ。そして私もね。フェリク君、アリアのことは任せていいかな？　私は改めて、アリスティア様に謝罪をしてくるよ」

「分かった。アリアのことは任せて。アリア、行こう」

「う、うん……」

こうしてフィーユ様は再び屋敷を離れることになり、アリアはメイドを辞めて僕の工房で働くことになった。

——今はきっと、時間が必要なんだろうけど。

でもいつか、フィーユ様ともまた笑って話せる日が来るといいな。

その時は、とびきりおいしいお米料理をご馳走《ちそう》しよう。

エピローグ

フィーユ様とアリアの一件が無事解決へと向かい、フィーユ様は屋敷を離れて寮生活をスタートすることになった。

アリアは少し休息をとったのち、僕の工房で働くことが決まっている。

アリア父が反対するかと思ったが、思いのほかあっさりと任されてしまった。

彼いわく、「次は何を言い出すか分からない。だったらフェリク君の元に置く方がずっと安心していられる」ということらしい。

そして今日、僕とアリアは屋敷から少し歩いた場所にある原っぱへピクニックに来ている。もちろんライスも一緒に。

先日の罪滅ぼしのつもりか、領主様が「たまには二人でゆっくり羽を伸ばしておいで」と言ってくれたのだ。

ちなみに、ピクニックを提案したのはライス。

以前、「いつか一緒にお弁当持って出かけたりしたいなあ」と言ったのを覚えていたのかもしれない。

「気持ちいいね。こうやって草の上に寝転がるの、久しぶりな気がする」

寝転がって空を見上げ、流れる雲を見ていると、日ごろの慌ただしい生活も、つい先日のあれこれも、すべてが遠い過去のように思えてくる。

アリアとこうしてのんびり過ごすのも、本当に久しぶりだよな。

ファルムにいたころよく一緒に遊んだな。

走り回って疲れたら、丘の上に寝転がって昼寝してたっけ。

「……なんか、昔に戻ったみたい」

アリアも同じことを考えていたらしく、そう言ってふふっと笑う。

「そうだね」

あのときの僕は、まだ「米原秋人《まいばらあきと》」としての記憶を取り戻していなくて。

ただの純粋な、カユーが嫌いでパンに憧《あこが》れる少年だった。

あれから一年ちょっとしか経《た》ってないのに、なんだか遠い昔のことのように感じる。

『この辺りは空気が澄んでいて、草も程よく茂っているし柔らかい。こうした休息にはもってこいの場所だろう？』

ライスは得意気にこちらを見る。

どうやらここは、ライスが見つけたお気に入りの場所らしかった。

最近よく出かけてるなと思ってたら、こんないい場所にいたのか。

――いい場所、か。

昔はグラムスみたいな街に憧れたものだけど、今はこの何もない草原がたまらなく心地いい。

「……最近、さすがにちょっと忙しすぎたよな」

「本当よ！　全然遊べなくてつまんなかったんだから！」

アリアはそう、頬を膨らませる。

「アリアだって、メイドの仕事と勉強で遊ぶどころじゃなかっただろ……」

僕だけのせいにしないでほしい。

「それはだって、フェリクがすごく活躍してるから……私だけ置いていかれるんじゃないかって不安で……」

アリアはぼそぼそと、恥ずかしそうにつぶやく。

「まあそれは、うん。悪かったよ」

「本当、パパも領主様も、フェリクを自分のものだと勘違いしてるんじゃない!? フェリクは私の——なのに」

「え?」

「わ、私の大切な幼なじみなんだからってこと! 私の方がフェリクと仲良しなのに、みんなばっかりずるい!」

「あはは、何だよそれ」

真面目な顔で不満をぶちまけるアリアに、この子はあの頃から変わらない、地続きの人生を歩んでいるのだと実感させられる。

突然前世の記憶が混ざってしまった僕とは違う。

いや、前世の記憶が戻らなかったらお先真っ暗だっただろうし、実際はめちゃくちゃ助けられてるけど!

——でもアリアのことは、これからもずっと大切にしていきたいな。

きっと、今の僕だからこそできることもあるはずだ。

それなら僕は、そんな自分でこの子に恩返しがしたい。

————なんて。まあ僕にできることなんて知れてるだろうけど!

『――ふ、青春だな。仲睦《なかむつ》まじいのはいいことだ。これからの二人の成長を楽しみにしているぞ』

だからライスはそんな親目線で見るのやめて！　恥ずかしいだろ馬鹿！

……でも、アリアは性格いいし賢いし、可愛《かわい》いし、【転移】持ちだし。

きっとあっという間に素敵な大人の女性になっていくんだろうな。

そして出世して、素敵な男性と恋をして、結婚してしまうのだろう。

あー、アリアがほかの男と結婚かあ。正直嫌だな。

ぽっと出の男なんかに渡したくない……。

「……フェリク？　なんか変な顔してるけどどうかした？」

気がつくと、アリアが起き上がって僕の顔を覗《のぞ》き込んでいた。

「うわっ⁉　い、いやごめん、何でもないよ」

「そう？　ねえ、おなかすいちゃった！　それお弁当でしょ？　食べたい！　ライスもおなかすいたよね～⁉」

「ワンッ！」

「あ、ああ、うん。そうだね、そろそろ食べよっか」

び、びっくりした……。

僕は速くなる心音を悟られないよう、何食わぬ顔を取り繕って、慌ててお弁当の準備を開始した。

「今日は何を作ったの？　おにぎり？」

「おにぎりもあるけど、それだけじゃないよ。今日のイチオシはこれ！　アスパラと燻製《くんせい》肉のごはん巻き！　最近人気の塩麹《こうじ》を使ったから揚げもあるよ！」

持ってきたお弁当箱の蓋《ふた》をすべて開け、ばばーんと中身を披露する。

「わあ、おいしそう！　これ、ちょっとだけおこげサンドに似てるね」

「アスパラとチーズにベーコンを巻いて炒《いた》めて、潰《つぶ》して平らにしたごはんを巻きつけて香ばしく焼いたんだ。醤油《しょうゆ》で味つけしてあるからおいしいよ！　卵焼きは、甘酒と塩で味つけした甘じょっぱいタイプ。——はいこれ、取り皿とフォークね」

『——ほう？　これはなかなかにうまそうだ』

「すごーい！　こんな料理初めて見るわ！」

ほかにも数種類のおにぎり、ソーセージ、サラダやフルーツ、甘酒と醤油で甘辛く味つけした肉巻きにんじん、バター醤油で炒めたブロッコリーが入っている。

我ながら、けっこうテンション上がるお弁当にできたんじゃないか⁉

「フェリク、いつの間にこんなにたくさんお料理できるようになったの⁉　こんなのもう、【品種改良・米】も【精米】も関係ないよね⁉」

「——え。あー、あはは。せっかくおいしいお米が作れるようになったから、極めたくなって練習したんだ。そんなことより早く食べよう！」

キラキラと目を輝かせるアリアと、嬉《うれ》しそうにしっぽを振るライスの皿に、一通りバランスよく取り分けてあげた。

ちなみにおにぎりは、セリと鮭《さけ》、卵と鶏《とり》そぼろ、角切りチーズとねぎ味噌《みそ》の三種類あるため、好みで好きに取ってもらうことにした。

「いただきまーす！　——わあ、このごはん巻き、チーズも入ってる！」

アリアはごはん巻きをフォークで刺し、一層目を輝かせる。

アリアのチーズ好きって、将来チーズ料理を極めそうな勢いだよな。

好きなものがあるのはいいことだ。

『フェリクはどんどん料理の腕を上げていくな。このバリエーションの多さとクオリティ、子どもとは思えん』

「おいしいーっ！　ねえ、これすごい！　本当においしいっ！　ごはんってこんな食べ方もできるのね⁉」

「ふっふっふ。気に入ってくれると思ってたよ」

一口かじると、アスパラのみずみずしさとチーズの塩気、焼いたベーコンのガツンとくるうまみに、ごはんの甘さと香ばしさが驚くほどマッチしている。うまい。

『――なるほど、これはいい。このごはん巻きとやら、たまらんな。少し垂らした醤油の焦げた部分がまたクセになる』

ライスもごはん巻きを気に入ったようで、もぐもぐと幸せそうに味わっている。

おいしく食べてくれて何より！

「このから揚げ、屋台でも大人気だよね！　これもお米が関係してるの？」

「うん。お米に麹菌っていうカビを付着させて発酵させたものと、塩、水を混ぜてさらに発酵させて作るんだ。塩より味がまろやかだし、肉もすごく柔らかくなる」

「カビ⁉　これ大丈夫なの⁉」

アリアは手を止め、まじまじと心配そうにから揚げを見つめている。

まあそうなるよな。

「大丈夫だよ。これは人間にとって有益なカビなんだ」

「そう、なんだ？　そんな特別なカビもあるのね……。まあもう何回も食べてるし、フェリクが大丈夫っていうなら信じるわ」

食べたい欲が勝ったのか、アリアは再びから揚げを食べ始めた。

『我はこの卵焼きも気に入ったぞ。塩気と甘みのバランスが絶妙で、次から次へと欲しくなる』

「ブロッコリーもおいしい！　私苦手なのに、これなら食べられる！」

アリアもライスも、おいしそうに次から次へと食べ進めてくれる。

少し作りすぎたかもと思ったが、ライスの体が大きいこともあって、あっという間に食べきってしまった。


「おいしかったー！」

「たくさん食べたね。やっぱり、こういう特別な空間で食べるのもいいな」

『うむ、これはぜひとも定期的に開催してもらいたいところだ』

おなかいっぱいになった僕たちは、再び寝転がって空を見上げる。

――幸せだな。

記憶が戻ってから、本当に、本当にいろんなことがあったけど。

それでも僕は、「フェリク」として転生してよかったと心から思う。

「……これからも、ごはんでたくさんの人を幸せにできたらいいな」

「もう、フェリクは本当にごはんが好きよね。でもフェリクならできるわよ。私、応援してる」

「ありがとう」

レシピ本もまだ完成してないし、オムライスやチャーハン、お寿司《すし》、団子、おかき……まだまだ作りたい、広めたいものは山ほどある。

ああ、考えてたらワクワクしてきた！
もう少ししたらアリアも工房の仲間に加わるし、改めて気を引き締めつつ頑張るぞ！